夜行堂奇譚

嗣人

徐欣怡譯

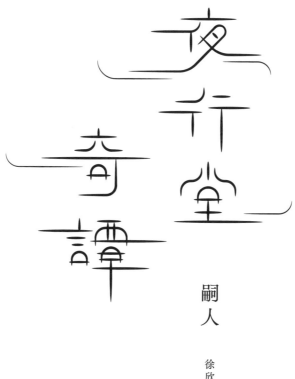

目錄

序

夕陽餘暉染上田埂。一望無際的水田倒映出茜色天空，在烈焰灼燒般的世界中，她獨自行走。嘴裡叼根菸管，步履徐緩，聆聽暮蟬的鳴叫聲。身形高眺苗條，手腳纖長。偶爾，腳邊的影子會膨脹、歪斜，改變形狀。

不知從何處傳來囃子（註）的樂聲。遠處，彼岸花怒放的田埂上，可以看見一名身材修長的青年，雙手分別被兩個身穿和服的小女孩拉著向前走。小女孩們帶著狐狸面具，青年戴著狗面具。

他們多半是正朝那座從山麓通往山腰的石階走去。不過她只看了一眼，似乎就失去了興趣。可惜、可惜，她喃喃低語。那應該是過度凝視黑暗深處，被黑暗迷惑了吧。如同耀眼的光芒會灼燒眼睛一般，濃密黑暗的竊竊私語是種甘美誘惑。

一群紅蜻蜓飛舞、交錯，好似在水田上競技。

走過橫跨小溪的朱色橋梁，來到沒入水中的鐵軌。沒有柵欄，也沒有升降桿。

她站到晃動不止的水面上，如履平地般朝鐵軌前方可見的車站邁步。腳步輕盈彷彿在享受散步的樂趣。

老舊木造車站的看板上寫有站名，但字跡亂得像吃痛狂亂打滾的蛇，看不出寫的是什麼字。車站裡沒有乘客，也不見站員的身影。牆上電風扇發瘋似地顫抖著，左右擺動脖子。掛在柱子上的時鐘連根指針也沒有。

她在供旅客休憩等車的椅子坐下，一臉愜意地閉上雙眼。山上傳來囃子的樂聲。那是祀奉神以安撫之、取悅之的樂音，她沒理由不高興。

究竟聽了多久呢？驀地，她睜開雙眼。

列車抵達的鈴聲響起。

老舊的列車減速進站。從列車下來的淨是些人形黑影。駝著背，十分徬徨似地踉蹌走出剪票口。但又像維持不住形體般，接連化爲一團團黑霧消失了。

最後一人穿過剪票口。唯有這道身影和其他黑影不同。

右臂。從肩膀到指尖，一條赤裸裸的人類手臂，垂掛著。

「這是——」

她雙眼一亮，起身站到黑影前面，興味盎然地瞧著那隻右臂。那副神態既像是正盯著什麼珍奇玩意，也像目睹了奇蹟發生的瞬間。

青年身形的那道黑影嫌煩似地打算避開她往前走，但她一把抓住那隻右臂。

「等等，你還不能去那裡。你還有性命未了。而且，這裡並非那個世界。」

黑影停下腳步，愣愣站在原地。

「把右臂留在這裡，這應該會成爲助你回去的因緣之物。」

她勸說似地低語，輕輕觸碰那隻右臂。下一秒，右臂宛如鹿角將長出新角前一樣，從根部脫落。手臂一掉到鋪著木板的地面，便失去輪廓般融化、消失了。

註：日本能劇、狂言、歌舞伎等各種傳統藝術表演中，作爲伴奏或營造氣氛而演奏的音樂，主要使用打擊樂器及管樂器，有些表演形式中還會加進歌聲或三味線。

「而且，付出這個代價也會讓你獲得一些東西。這就是所謂的禍福相倚。」

聽見她的話聲，他沒點頭也沒搖頭，只是轉身走回剪票口。

她跟在後頭。

「預感是不容輕忽的。來，我帶你到那裡吧。你不應該離開肉體太久，小心回不去。」

她從菸管吐出一縷細細的紫煙，愉快微笑。

「時候到了，我會再去找你。」

她輕推著他的背，讓他搭上列車，自己則在一張長椅上坐下，炫目似地瞇眼望向窗外延展的黃昏色彩。

他僅剩的左手緊握成拳，看都不看向窗外。

沒多久門關上，列車鳴笛。

爲了返回此岸，爲了離開常世之國。

夜行

彷彿摔落到夢的底端，我醒了過來。

在昏暗的某家店內，從天花板垂吊下來的電燈泡發出淡淡亮光。架上陳列著許多莫名其妙、破銅爛鐵般的物品，每一樣都很可疑。我忽地想起，師父曾告訴我，妖怪或妖魔又稱爲「もののけ」，漢字寫成「物の気」（註）。仔細觀看，這些物品全屬於那一類東西。

啊啊，難怪這裡充斥著竊竊私語聲。

唧唧叫的物品、嗚嗚啜泣的物品、發出怒吼的物品、喃喃咒罵的物品。我無視那些不停嘰嘰喳喳、吵雜喧鬧的物品繼續往裡面走去。結帳櫃檯沒人在，後面似乎是住家？我看見通往二樓的樓梯，但濃霧使一切模糊不清。

有一種詭異的既視感。沒錯，我已作過這個夢好幾次。我來過這裡好幾次了，只是每次醒來就忘了夢境的內容。

「什麼啊，你又來啦。」

背後傳來一道聲音，我正想回頭，肩膀被溫柔地按了回來。

「別回頭比較好。你第一次來這夢的迴廊時差點發狂，我費了一番工夫才讓你恢復神智。」

似女，又似男，不，該怎麼說呢，更像是混合一切而形成的存在，就站在我的背後。愈想聚焦感受，就變得愈混沌的某種存在。

「已結下足夠的因緣了吧。早就牢固到連解開都不可能了。」

纖細的手指沿著我的後背迅速往下滑，那觸感令我起了雞皮疙瘩。

「也是，差不多可以來留個證據了。」

理應早已失去的右手被塞進某樣東西，被迫握緊。形狀細長、光滑表面上有少許凹凸之處。

「千萬別弄丟，這東西可沒有替代品。」

我想抱怨一句，卻發不出聲音。這不是在我的夢裡。只是以夢境作爲出入口聯繫著而已。

「睡吧，時候未到。」

咚，身後的她以指尖輕觸我的太陽穴。這麼一個小動作，我就感到自己的意識逐漸遠去。身體化爲泡泡，逐漸向上浮起。

「你可以高興，因爲我選擇了你。」

下方那傢伙的輪廓如融解般消散，某個巨大東西的眼睛一齊注視著我。糟透了，我在心中暗罵，又因那傢伙太古怪而笑了。

像是背後被拍了一下，我醒過來，全身是汗。嘴裡乾得要命，身體十分僵硬。指尖麻到發疼。我似乎作了什麼恐怖的夢，卻怎麼都想不起來。

正要起身時，胸口上有個東西掉下來。我打開枕邊的燈一看，是一個顏色像翡翠的細長筒狀物。仔細一瞧，上面雕著雷紋，以及長著彎曲的角和巨大眼睛的怪物。

註一：「もののけ」，漢字寫成「物の気」或「物の怪」。日本民間信仰中，指附身在人身上，使人受苦、生病或死亡的怨靈、死靈、生靈等靈體，也指妖怪。

雖然想不起夢境的內容，但我感覺自己被不得了的傢伙盯上了。

●

我在一場意外中失去了右臂，在奇妙緣分的牽引下，進入帶刀老這號人物門下修行，期間發生了許多事，最後和師姊一起被逐出師門，也從大學退學。

然後又因為出乎意料的緣故，從一對變成幽靈的老夫婦手中接收了破舊的獨棟老房子，搬進去生活，很快過了一個月。每次去銀行提款機刷存摺，看到上面顯示的數字都會瞬間面如土色，我現在過的就是這樣的日子。

由於自作主張從大學退學，讓我和爸媽形同斷絕關係，還被我妹嫌棄得要命，但這畢竟是我自己的選擇，怨不得人。只是，人一旦沒錢，連生活都過不下去。

我曾想得很簡單，以為可以找份打工，但社會對一個在意外中失去右臂的年輕人絕對不寬容。只有高中畢業，又少一隻手，沒有老闆會特別去雇用這種人。

「被逐出師門，果然不太妙嗎？」

如今師姊不曉得在做什麼？不過，她肯定混得風生水起。既然沒有主動問我要不要一起，說不定她還看我身陷窘境看得很樂。若是我快餓死了，她或許會出手相助，但又不能全賭在這一把上。

無意間把手插進口袋，指尖碰到那個東西，我差點發出怪聲。我小心留意別讓東西掉下去，同時極力避免觸碰到，用指甲尖端夾起來。以防萬一，我用只剩下感覺的右手去碰，頓時一陣發麻，很不舒服。

「這到底是什麼玩意？好像圓筒的管子。上面雕的是……老虎嗎？但老虎沒有角吧。」

我不記得自己買過，或幫誰保管了這種東西，也不可能是趁著酒醉從哪家店裡摸來的。我酒量原本就不好，也沒閒錢晚上去喝一杯。

「這顏色眞像翡翠耶。」

不僅僅是「像」，該不會這就是翡翠吧？寶石之類的我不太懂。對著光看，散發出深山溪流般的色澤，貌似價値非凡。肯定不是販售的商品，而是有主人的。雖然我想不起來是何時撿到的，但應該是有人不小心掉的吧？儘管我知道得物歸原主，卻想不到辦法。

不如跟師姊聯絡？這個念頭閃過腦海。她從以前就對這類物品沒有絲毫抵抗力，或許能告訴我詳細資訊。

「好事不宜遲。」

我掏出手機，又對自己喊停「等等」。

她是在被逐出師門時，會拉攏師父過去使喚的妖魔一起離開的人。這種人萬一看上了師弟找到的寶石，會怎麼做呢？

「……還是算了，肯定沒好下場。」

想都不用想，到時她一定會笑著強行搶走。

再想想其他辦法好了。總之，先去問師姊以外的專家。只要去寶石商或骨董店這類地方轉轉，或許能獲得一些線索。我披上外套，套進鞋後跟扁塌的運動鞋，拿起包包就出門了。

屋裡沒有怕人偷走的值錢物品，就算不鎖門也不會怎樣，但以防萬一我還是決定鎖了門再離開。

我在屋敷（註一）町漫步，四處尋找店家。這一帶林立著歷史悠久的武家屋敷、古民宅咖啡廳、古物雜貨鋪及二手書店之類的店家，我以爲會有寶石店，沒想到實際找起來，卻一家都找不到。

而且這裡該怎麼說呢，可能因爲是殘留了濃厚怪異色彩的街區吧，到處都有東西來抓我的右手，或伸手來搔我，令我渾身不自在。只是，不自在歸不自在，不知爲何我心裡就是很確定，一定要在這裡找。

繞來繞去，不知不覺中走進一條隱密的小巷子。「不要再往前了！」我的本能發出警告。明明應該轉身走回大路上，但不知怎地，雙腿不聽使喚。

「不妙。」

左手抓住牆上的水管，我勉強停下腳步。

忽然間，我感覺似乎有誰在耳邊竊笑，右手被抓住，用力一扯。我以一種差點摔倒的姿勢，不，根本是腳尖從地面飄浮起來的狀態，簡直像被吸過去似地右轉又左拐在小巷子中前進，猛地跌進一個突然出現的空間。

「痛！啊啊，眞是的，這是怎麼回事啦……」

我抬起頭，當場愣住。眼前是一家開在古民宅一樓的陳舊店鋪。門口吊著的燈籠發出朦朧亮光，但連塊招牌也沒有，完全看不出是什麼店。不對，這眞的是一家店嗎？不是一戶住家嗎？我才在疑惑，就看到入口毛玻璃門上貼有一張紙寫著「夜行堂」，似是出自書法高手的龍飛鳳舞。多半就是這家店的店名了吧。

毛玻璃門無預警地打開，那東西從中出現。

一個有人類形體的，某種東西。

那東西不僅令人後背冒出雞皮疙瘩，我感覺就像在關著食人虎的籠中醒來一樣。眼前的那東西散發出強烈的死亡氣息，讓人不禁連呼吸都忘記了。全身彷彿有無數條毒蟲不斷往上爬，我沒有發瘋尿失禁，想必是對方體貼地手下留情了吧。

「閉上眼睛。」

我就像被那似男又似女、時高時低的聲音控制了一般，緩緩闔上眼皮。一閉上眼，內心的恐懼就少了一半。原本不停顫抖的咽喉終於能吸到空氣。

「記得不要完全聚焦，不然精神會崩潰喔。對了，不管怎樣，千萬不能透過那隻右手深入觀看。」

光用想的我都快昏倒了，誰敢做那麼恐怖的事啊。

「看來你能呼吸了。抱歉，沒用依代（註二）就出現在你這類人面前，外殼好像變得不太穩定。才剛讓你過來就這樣，眞不好意思，不過，可以請你把那個還給我嗎？」

我閉著雙眼，調整呼吸。

「我、我們應該是第一次見面……」

註一：屋敷，指宅邸。武家屋敷，指武士一家所持有的宅邸。

註二：讓神靈附身上去的憑依物。

「明明在夢中，還有在那個世界都見過。只是，你大概沒印象吧。」

「完全沒有。」

「那眞是遺憾。算了，我就是爲此才先將證據交給你。」

啊，我想起口袋裡的寶石。

「翡翠玉管，這是妳的嗎？」

我掏出那東西，心驚膽戰地遞過去。我感受到一個似乎十分銳利之物輕輕將它拿到手裡。

「不是玉管。這個啊，是羅宇（註）。」

忽然間，那股壓迫感消失了。蜈蚣爬遍背後的噁心感還殘留著，但就連那種感受也逐漸淡去。

「是羅宇喔。用在菸管上的。」

我聽見女人的聲音。不，是我集中注意力去聽成這樣的。

「應該可以了吧，你試著睜開眼睛。」

眼前站著一名個子高䠷，五官端正到嚇人的女子。她穿著薄開襟針織衫，妖豔的氣質跟師姊有幾分相似，但就連師姊也沒她那麼不像人類。再說，就算她是個大美人，第一次碰面給人的印象未免太差了。在我眼中，她就是「具有美麗人類外表的某種東西」。

「感覺如何？」

她叼著菸管滿不在乎地問，我忍不住發牢騷：

「糟透了，妳幹麼把那種東西交給我？」

「哎呀，居然不問我的事嗎？我還以爲你會問『妳這傢伙是怎麼回事啊』？」

「我不想知道，妳不用說。」

眞無情。她說完喉嚨就發出聲響，露出微笑。這樣的舉止和人類毫無二致，但眼前這傢伙不是人類，要稱她爲妖怪之流也不對。她是何種存在，我沒辦法用言語清楚說明。

「妳爲什麼會在這種地方？這裡又是哪裡？」

「你居然是好奇這種事？嗯，可以耶。不錯。」

「不要轉移話題。」

「呵呵，也是。我呀，是爲了實現過世店主的願望，才經營這家店。」

「這是什麼店？」

「喂喂，骨董店啊。看了就曉得吧？」

「骨董店？像古物雜貨店那類嗎？」

老實說，在我眼中跟巨大垃圾沒什麼差別。有沒有價值這種事我不懂。

「看來你缺乏相關素養。不過，沒關係。這裡是夜行堂，是連結人與物品之間的緣分的店。換句話說，就是專門經手一些有特殊歷史的物品。」

「這種店能賺錢嗎？」

「有時收錢，有時不收。我不是爲了做生意。」

「妳日子過得眞舒服啊。」

註：菸管的握柄。

換句話說，就是有錢人做興趣的吧。我不只是羨慕，根本是忌妒了。

「按我的本性呀，財寶要多少有多少。畢竟以前我把國內的財寶一點不剩地全吞了。」

收回前言，若是有錢人做興趣的還好得多。

「我不想聽，別說了……」

「爲什麼？」

「要是察覺到妳的眞面目，就會受妳影響吧？所以妳就別說了。」

我想起自己過去習得，觀看黑暗時必須注意的是「不要輕率賦予一個輪廓」。千萬不能因爲覺得好玩就與之打交道。不管怎樣，這些傢伙不是人類，是無法相互理解的，彼岸的居民。

「呵呵，我說不定知道你師父的事。」

「眞遺憾，我已被逐出師門，也沒興趣跟妳對答案。既然事情辦完，我要回去了。」

「等等，我根本還沒講到正題。」

「妳不用講，我要回去了。」

我轉身正要邁步時，眼前忽然一黑。鏗！一陣衝擊和疼痛從鼻梁蔓延開來，劇烈的痛楚令我忍不住蹲下。

「我就叫你等等了。」

一道傻眼的聲音從背後傳來。我抬起頭，發現不知何時移動到昏暗的室內了。沒有外罩的電燈泡垂吊著，沒鋪地板的地面上擺著一座座櫃子。上頭雜亂陳列著一堆破銅爛鐵，像是面具、木箱、掛軸或和服之類，看不出有沒有價値。

「其實啊，我有工作想委託你。」
「我拒絕。」
「爲什麼？」
「我不跟妖魔立約定。這是師父的教誨。」
「即使你已被逐出師門？」
「這跟妳沒關係。讓我回去，事情都辦完了吧？」
我的眞心話是，連對話都不想。腦中警鈴大作，提醒我「最好不要再與對方有所牽扯」。
「我想借用你的力量。你需要錢過生活，不是嗎？」
如果說聽見她這句話，我的腦海沒掠過存摺上的數字，那是騙人的。我的未來不是堪憂而已，根本是一片黑暗。
「我認爲應該優先考慮怎麼活下去。」
「我先聽聽妳要說什麼……」
她竊笑著，露出饒富興味的笑容，吐出細細紫煙。一股甜香搔弄著鼻腔。
「不是太困難的事。只是幫我跑跑腿，送一些物品，或取點東西而已。」
「那誰都能做吧。」
「嗯。雖然工作很簡單，但眼睛要好。」
「眼睛啊。」
「沒錯，不是視力的意思。」

她回話的方式簡直像是看透了我一樣，眞煩。

「我需要你的那種力量。」

「爲什麼妳知道這件事？」

「只要是你的事，我全都知道。」

一切都在她的掌控中。

昏暗的店內，牆上掛的鏡子映出的自己看起來極爲模糊。只有一隻手臂的自己，可以像這樣平安無事地站在這裡，實在很奇妙。

「……可以問個問題嗎？」

「什麼問題？」

「如果是要助人，我就幫妳。如果不是，我絕對不幹。是哪種？」

面對我的發問，店主閉上雙眼陷入沉思。

「很難說。我只是連結物品與人之間的緣分。有可能是善緣，也有可能是惡緣。而且我並不爲事情的結局負責。跟你們一樣。」

「這好像人類會說的話。」

「你很失禮耶。」

總有種她在說好聽話哄騙我的感覺。

但事情的善惡就連我也不知道。更何況是未來的事，根本沒人能預料。即使如此，只能相信自己是正確的，然後去做而已。

這也是所謂的緣分嗎？我認爲她是個恐怖的存在，卻沒有感受到邪惡的氣息。至少她並未說謊，騙我是要助人。

「就一次。總之我先試一次。要是不喜歡，之後我就不接了。」

「你這人跟我想的一模一樣。」

「要妳管！」

「呵呵，那就來談工作的事吧。」

昏暗的夜行堂裡，各處傳來細碎低語聲。雖然是一家只經手別有隱情的物品，品味詭異的骨董店，但一問之下才知道，這家店從很久以前就有了。不曉得店主何時變成一個妖怪，不過一直以來都是奇怪的店。

「由於一些因素，我沒辦法離開這個街區太久。」

「爲什麼？」

「我不是說『由於一些因素』了嗎？理由有是有，但我不想解釋。」

「那豈不是很不方便？」

「有夠不方便，但沒辦法。」

聽起來不像在說謊。

「取得物品，帶回這裡。眞的只要這樣就行了嗎？」

「我不說假話。」

「……酬勞要先付。」

「那可不行，你說不定會逃走。先付一半當訂金，完成任務再面交剩下的一半。」

「順便問一下，這次的酬勞是多少？」

店主面露微笑，稍稍挺直背脊，伸手搭上我的肩膀，附耳低聲告訴我金額。搞得我耳朵癢癢的。

「我說妳啊，知道有行情這種東西嗎？」

「哎呀，不夠嗎？」

「太多了，反而令人不安。」

我可不希望回來後，從頭被一口吞下。但事到如今，我大概也逃不了了。

「一半就行了。不管怎麼說，這實在太多了。」

「沒人會爲錢太多煩惱吧。」

「我只收取和勞動內容相符的酬勞，少了或多了都該提出異議。而且，我又不是想大撈一筆，只是需要能夠應付生活開銷的錢，沒有要追求奢華享受。更何況，錢也帶不去那個世界。」

「這倒也是。」

可能是覺得我的話很有意思，她的喉嚨發出聲響，露出微笑。

「不過，如果有能帶去那個世界的東西，我會好好珍惜。」

最後，酬勞略高於我提出的金額，何時付款則由店主決定。接下來的兩、三個月不用爲生活發愁了。

「來，値得紀念的第一件委託。」

「我剛說了只是先試一次而已吧？」

你會繼續做的。店主輕聲說，我佯裝沒聽見。

「我希望你去回收某樣物品。黃檗山的山麓有一座御溪寺，東西應該就在那裡。」

我接過信封，打開一看，爲那疊鈔票之厚倒抽了一口氣。要是我拿了這筆錢就逃之夭夭，她打算怎麼辦？不，也不能怎麼辦吧。

「『回收』的意思是，要我用這些錢買下那個東西嗎？」

「看情況，你去了就知道。」

說完，她吐出香甜的紫煙。那縷煙輕撫般纏上我的面頰。

「讓我看看你的靈魂會如何選擇。」

○

隔天，我先搭電車再轉乘公車前往黃檗山。

將斜背包拉到胸前，坐在不停搖晃的公車座位上，我望著窗外。時序已邁入秋季。田埂上鮮紅的彼岸花爭豔怒放，稻穗迎風搖曳，眼前景色是如此恬靜悠閒。

我想起修行的那段日子，常常從山上遠眺這樣的風景。此刻我重新體認到，不管是師姊那宛如與死亡比鄰的訓練，還是偶爾和師父兩個人傍晚坐在緣廊上乘涼的時光，全都過去了。現在我連叫一聲「師父」的資格都沒有了，四季花卉爭相盛開的那座華美大宅院，我再也沒有機會跨過門檻了吧。

「價值觀不同……嗎？」

師姊曾說，就是立場不一樣。到頭來，她和我都沒辦法認同帶刀老的行事作風。師姊決定力量要爲自己而用，我則選擇了向自己想幫助的人伸出援手這條路。我們都沒辦法成爲他那種居中調停的角色。

公車在沿著溪流延伸的道路上一邊大幅度蛇行，一邊慎重前進。車窗外，清澈的碧藍色河底像有什麼在閃耀般晶瑩發亮。

「剛剛那是什麼？」

我把臉貼到車窗上，但太遠了看不清楚。

不過，黃檗山似乎正是所謂的靈山。話說回來，無論大小，山原本就是特殊的場所。雖有程度上的差異，但都可稱爲「異界」。然而，靈山的規模是不同等級的。

我舉起只剩下感覺的右手，蓋住右眼。在晃動的藍色視野中，我觀看到金色光脈般的東西在下面那條河裡流動。光脈就如血管一般密密麻麻覆蓋整座山，看起來好似山本身在發光。

「難怪會在這座山的山麓創建寺院啊。」

公車逐漸減慢速度，駛過溪流上方的橋。

「下一站是黃檗山登山口，要下車的乘客……」

廣播到一半，我就按了下車鈴。

等公車完全停下，我才從座位起身，不知是獨臂的年輕人很罕見，還是對外地人有所戒備，車上那些老奶奶老爺爺都朝我投來好奇的目光，但我沒放在心上。

好似要覆蓋爬滿青苔的古老階梯，剛開始染紅的一簇簇楓葉向外伸展著。

「好冷。」

從山上吹來的空氣清澈冰冷。我從包包取出防風外套，迅速穿上。失溫極爲危險，這是過去在修行中差點因體溫過低死亡而學會的教訓。

我順了順呼吸，以穩定的速度向前走。老實說，我很想立刻轉身回家，但一想到今後的生活，這次的工作絕不能失敗。

「起霧了。」

山中天氣就像貓眼般瞬息萬變，晴天卻驟然下起傾盆大雨也不稀奇。聽說夏季到秋季這段期間又特別嚴重，矇矓的乳白色濃霧悄然無聲地從上方滑下來。

在濃霧中，我連自己伸出的左手都看不見。要是輕率移動，不小心踩空石階，就會倒栽蔥摔落山谷，頭破血流死去吧。

「不妙、不妙。」

總之，我小心翼翼坐下，決定等待霧氣散去。大概是因爲濕度高，我感到身上衣服慢慢濡濕了。我動也不動，只是望著水珠從連帽上衣的帽子滴落。白霧中傳來蛙鳴聲。

就這樣過了多久呢？景色逐漸變得清晰。

「好，走吧。」

我繼續前進了一陣子，爬完石階，山門出現在眼前，上面掛的匾額寫著「御溪寺」。我撥下帽子，拂落水珠。

山門敞開，也沒有立牌標示「禁止入內」。我輕輕點頭致意，便朝裡面走去，只見幾個身上服裝類似甚平（註）的孩童逃命般在寺院境內奔跑。是在玩捉迷藏嗎？他們一溜煙就鑽進本堂裡了。

「哎呀，是客人嗎？」

我循聲回過頭，一個身穿袈裟的老爺爺不知何時站在背後。

「您、您好。」

「居然來這種偏遠的地方，你迷路了嗎？」

「不，我是專程過來。」

「哦，這倒是稀奇。原來如此，那就請你到本堂，我們去那裡談。」

在老爺爺的帶領下，我進了本堂。本堂的地面鋪著木板而不是榻榻米，擺著木雕佛像。

「請過來這裡。」

「打擾了……」

在不知何時準備好的坐墊上，我們面對面坐著。

「我是本寺住持齋順。」

住持深深低頭行禮，我也慌忙低下頭。在我報上姓名後，住持瞇起眼睛笑了。

「眞是個吉利的名字啊。」

「是嗎？」

「是個好名字，能感受到令尊令堂傾注其中的心願。不過，你今天來是有什麼事呢？看上去也不像和本寺有什麼淵源。」

該怎麼說明才好？我不知要如何開口。那個店主說「去了就曉得」，但我完全看不出來自己該買下什麼東西。

「我就單刀直入地說了，我是來買下這裡的某樣東西。」
「買下東西？」
「我只是幫別人跑腿，我以爲你們早就談攏了，看來並非如此？」
住持蹙眉片刻，發出「喔喔」一聲，雙手合掌。
「這也是佛祖的安排吧。」
「什麼？」
「能夠把那些孩子從這封閉的循環中解放出來，是何等幸運。這是何等的緣分啊。」
我聽不懂他的意思，心裡與其說是疑惑，更多的是害怕。這老爺爺到底在說什麼？
「您認識夜行堂的店主嗎？」
「不認識，完全沒聽過。『夜行堂』是店名嗎？」
「對。」
「原來如此。不管是誰，都必須感謝那位大德。」
我不認爲那是個值得感謝的對象，但此刻還是別多嘴比較好。
「眞傷腦筋，到底該買什麼呢？」
「拙僧認爲你是佛祖派來的使者。」
年邁的住持維持雙手合掌的姿勢，放下心中大石般面露微笑。
「這是什麼意思？」

註：男性或兒童穿的一種和服的家居服。

「你待會就會明白。」

很快。住持說著指向前面，我看見黑色的人形影子在寺院境內大步走動。該怎麼形容才好？一團黑色霧氣般的東西從額頭長出兩隻角，形塑出人類的形狀。我慌忙透過右臂來觀看，卻沒有絲毫變化。我沒有看過那種東西。

「那是什麼東西？」

回頭一看，住持的身影如一陣煙般消失了。明明到剛才爲止，他都還在我身後。

這時，外頭傳來孩童的慘叫聲。我反射性地衝出本堂，心中懊悔著早知道至少該穿鞋子來。定睛一看，蹲在圍牆旁的三個孩童，就要遭黑色霧氣侵襲了。

「住手！」

我大喊著，不顧一切朝那團霧撲過去。別看我這樣，好歹我以前是田徑社的，就算現在少了一條手臂，要滿山逃也是跑得了，撞飛一個東西不過是小意思。

然而，觸碰到的瞬間，我的身體直接穿透到另一側了。那種觸感與其說是煙霧，更像是細沙。是一種類似細碎粒子聚集在一起的奇妙觸感。

我轉頭望向那幾個孩童，果然，他們倏然消失了。

四處響起孩童的慘叫聲。雖然不曉得寺院境內到底有多少個孩童，但數量絕對不只十幾二十個。這簡直就是一場襲擊。

我跑遍寺院境內尋找那些孩童，但他們總在我要出手相救的瞬間驀地消失，彷彿在玩捉迷藏。這樣說來，那團霧氣般的黑色東西也的確令人聯想到地獄裡的鬼。

「捉迷藏？」

我放棄追趕，平緩呼吸，先徹底觀察清楚情況。不曉得從哪裡冒出來的孩童們尖叫著逃開鬼。而那些鬼雖然緊追在後試圖捉住孩童，卻似乎沒有加害的意圖。

即使我用右手覆蓋右眼，所見情況也沒有絲毫改變。連右眼也觀看不到。就在我這麼想時——

「不對，相反。」

連左眼也看得見。換句話說，這裡就在靈異場所中。

那一瞬間，眼前突然閃現炫目的光芒，周圍發出轟然巨響，燃燒了起來。從本堂冒出的火焰高高竄升到天空。地上到處都是孩童的亡骸，我忍不住移開視線。一群騎在馬背上、身穿鎧甲的男人手持火把逐漸離去。不單是孩童，無數的父親、母親和老人，連同藏匿他們的寺院僧人們，都慘遭殺害。

在這些僧人當中，我看見一張熟悉的臉。他身穿袈裟，背後中了好幾支箭，像是極力要保護抱在胸前的幾個孩童般，斷了氣。

沒多久，本堂在熊熊烈焰中崩塌，化爲一堆瓦礫。

我睜開眼，那裡什麼都沒了。這一帶全被草木覆蓋，只有本堂的造景石殘留下來。大概是在漫長歲月中逐漸風化了吧，寺院曾經存在的痕跡，幾乎已不復見。

轉紅的楓樹下，站著那位住持。他臉上浮現溫和笑意，望著我。

「那些孩子沒能升天，所以鬼才會一直來接他們吧。只是，好像完全沒有成果。」

我不知道那些是不是地獄的鬼，但那樣無頭蒼蠅似地四處追趕，原本抓得到的大概也都抓不到了。雖然這不是賽河原（註一）的故事，但聽說要是去得太遲，鬼就會主動來迎接。

「都是拙僧的錯。不過，只要能夠供養那個，那些孩子肯定能回到雙親身邊，重返六道輪迴。終於從這個封閉的循環中，獲得解放。」

「明明你自己升天就行了。」

住持沒有回答，指向楓樹的根部，忽然消失蹤影。

我挑了塊適合的石頭，動手挖掘爬滿青苔的地面。挖了一會，突然敲到堅硬的東西。我用左手仔細將四周的泥土撥開，取出一尊半腐朽的木像。身穿袈裟，右手拿著錫杖，那是一尊地藏菩薩。

「夜行堂店主說的，就是這個吧？」

與住持的意向相反，這裡形成了類似反覆出現單一現象的迴圈吧。直到我這個外力介入為止，如同壞掉的影片一樣，只是不斷播放著相同的情節。

「那當然鬼會抓不到人了。」

成功完成回收任務，而且沒花一毛錢，作為一個跑腿的，我可以拿滿分了吧。至於這尊地藏菩薩上寄宿著多少孩童的靈魂，都與我這個跑腿的無關。

「與我無關……是嗎？」

一旦化為言語，儘管是自己說的，仍有一股無名火直竄上來。我既然看得清這究竟是怎麼回事，丟下一句「與我無關」就撒手不管，實在太沒責任感了。

我把地藏像放到地上，從附近撿來相對乾燥的樹枝。再從包包掏出火柴和裝著白汽油的隨身罐。幸好出發前想著說不定會派上用場就放進包包了。

淋上汽油，擦燃火柴的瞬間，要說我心中沒有半點遲疑那是騙人的。

「啊啊，太可惜了。」

我把點燃的火柴扔進去。轟！火焰氣勢驚人地竄升，劈哩啪啦燒起那尊地藏像。黑煙裊裊升上天空的畫面，簡直就像是送火（註二）。煙霧中，我彷彿也看見了幾個孩童的小小身影。

我出神地望著煙冉冉飄上群青色天空，直到連氣味都散光，送他們一程。

「如果她因此作罷，我也就不用猶豫了。」

這下，我又變回無業遊民了。

我決定要這樣想。找份好一點的差事吧。

身旁飄來線香的氣味，肯定是有那位住持在的緣故吧。

●

回到夜行堂後，店主看見我兩手空空，出乎意料地心情大好。

註一：日本傳說中，陰間與陽世由三途川分隔，三途川的岸邊平地就稱爲「賽河原」。比雙親早逝的孩子，必須在賽河原堆疊石頭塔，當作未盡孝道的補償，但每當塔即將完成時，就會有惡鬼過來毀掉，永無終結之日。

註二：日本盂蘭盆節的儀式，在盂蘭盆節初日燒火，迎接親人的靈魂回來，稱爲迎火，在盂蘭盆節終日燒火，將其送回另一個世界，稱爲送火。

「辛苦你了，平安歸來最重要。」

她在結帳櫃檯單手托腮，吐出細細紫煙。

「呃，妳委託回收的東西，我燒掉了。抱歉。」

這應該不是道歉就能解決的事，但也不能不道個歉吧。

「原來如此。我委託回收的東西，你未經許可就燒掉了。」

「嗯。不過，那並不是妳的東西，付之一炬是最好的。妳事先給我的採購金在這裡，我一毛錢都沒動。」

我把信封遞給店主，深吸一口氣，接著說：

「所以，我並不後悔。但我有在反省。」

「哦，那麼，如果再碰上同樣的情況，下次你會好好完成任務嗎？」

「不會，我辦不到。判斷是錯誤的事我不幹。不管碰上幾次，我都會採取相同的行動。所以，妳去找別人幫忙跑腿吧。」

「希望你不要誤會，我並不是在責怪你。」

面對我理直氣壯的回覆，店主沒生氣，只是神情愉悅地盯著從菸管裊裊上升的煙。

「任務失敗了吧？畢竟我什麼都沒能回收回來。」

聽見店主的話，我不由得皺眉。

「無所謂。那是你做出的選擇。我提出希望你回收一項物品的要求，你判斷不應該那樣做，想必有充分的理由吧？」

「嗯。」

「既然是根據你自身的意志做出的決定，我覺得那樣也行。由生命起頭的事，也只能由生命來終結。」

這傢伙到底知道多少？她原先就知道了多少？

「妳想說什麼，我聽不懂。」

只有一點我很清楚，問了也不會有結果。

「那就當是欠債好了。一大筆債。畢竟你把寶貴的珍品燒成灰燼是事實。直到我滿意爲止，這筆債你都還不清。請你就這樣想。」

「嘖……」

「比起這個，此次嘗試出任務感想如何？你有什麼感覺嗎？」

她爲什麼要問這種事？說得簡直像是想理解人類一樣。

「我想應該有幫上那些孩童。只有這樣。」

「原來如此。關於我呢？」

「眞面目不詳的怪物。」

「呵呵，眞過分。」

「不過，既然欠了債，我就會還清。」

店主愣住，露出傻眼的表情，接著喉嚨發出聲響，微微一笑。

「話說在前頭，我不知道自己能不能一直做下去喔。我大概連十年也活——」

像是要打斷我接下來的話，她冰涼的指尖輕觸我的嘴唇。

「你能做多久就做多久，沒關係。」

「這樣啊……」

在理應只有兩個人，昏暗又狹窄的店內。

四處響起嘻嘻嘻的竊笑聲。是那些有特殊來歷的物品。令人嫌惡、毛骨悚然、超越人類理解範圍的東西。

這裡是夜行堂。

並非人類的店主牽起人類和物品的緣分，一家奇妙的骨董店。

我是爲這家店跑腿的人。

穢向

「真的，太慘了。」

只是在放學後回去自己班上的教室，居然這麼需要勇氣。

我試圖平緩呼吸和心跳，從門縫中窺探被夕陽染成茜色的教室。如我所料，教室裡的人全走光了。畢竟之前才發生過那種事，這也是理所當然。我一點都不想回來，偏偏在這種時候忘了拿東西。

「太過分了，居然沒人想陪我過來。」

光是回想我就要哭了。我們一群四個人走在放學回家的路上，我發現忘了拿東西，老實說出來後，誰都不願意陪我回來。雖然要是立場互換，我也不確定自己會怎麼做，但至少陪我走回校門口也好啊。不想接近學校，就是我們全班共同的想法。

教室裡一排排的桌子中，只有一張桌面擺著鮮花。菊花是佛壇上常見的花，是用來供奉死者的花，這是在她自殺後班導告訴我們的。我想都沒想過自殺這種事居然會發生在同班同學身上。一定誰都不知道她居然煩惱到要自殺的程度吧。

我鼓起勇氣衝進教室，跑到自己的座位，從桌子抽屜取出練習本胡亂塞進書包。正要轉身時，花瓶吸引住我的目光。我下意識站定，雙手合十，會這麼做是出於內心的恐懼。

「安息吧。」

就在那個時候，咚！背後似乎有東西跳到桌子上。一股動物臭味撲鼻而來，我不禁屏住呼吸。哈、哈，短促的呼吸聲就在身後清晰響起，雞皮疙瘩從腳往上爬滿全身。

我無法動彈，雙手在胸前如祈禱般交握著，不停顫抖。

不曉得過了多久？呼！沒有任何預兆地，背後感受到的那股惡寒消失了。我戰戰兢兢地回頭一看，後方的座位什麼也沒有。教室裡只有我。

書包一背上肩，我就飛也似地衝出教室。一路狂奔到鞋櫃旁，套上鞋子，跑出教室大樓。背後傳來好似淒厲尖叫、又似動物咆哮的聲音，但我堅決不回頭。

○

有看不見的狗在校園徘徊。這樣的流言傳開，是在同班同學虻川千尋過世之後。起初都是看見了影子，一路跟在後面這類無關緊要的小事，但隨著時間過去，情況漸漸脫離了怪談的範圍。

在校內徘徊的看不見的狗，牠的存在感似乎愈來愈強烈了。我有種預感，那就像遠處伴隨雷鳴響徹天地的積雨雲，將一點一滴，灰濛濛地籠罩在我們的心頭。

那天一早就是月初的全校朝會，實在無聊透頂。校長和訓導主任每個月講的內容都差不多，我只有身體朝向他們，轉頭和附近的朋友嘀嘀咕咕地交談。我在班上的階級差不多落在中間偏上的位置，不會因爲這點小事就被盯上。要是太文靜太聽話，反而會被看成和下層那些人同一階，其中的平衡十分難拿捏。

從這一點來看，位於最上階的眞野她們聊天的音量就像平常在班上一樣大聲。她盤腿而坐，毫無顧忌地咯咯笑著。先不論品行，她那種膽量眞不得了。

「喂，眞野！妳們太吵了！還有那邊幾個！安靜點！」

負責生活輔導的金田老師怒斥，我們這些會聽話的人嚇到不敢動。

至於那群當事者，別說是反省了，根本露骨地表現出反抗的態度。但老師們不會繼續罵下去，因爲就某種意義來說，老師們也怕她們。這要是位於低階層的同學，肯定會在放學後被叫到辦公室嘮叨個沒完沒了。

「眞討厭。」

隔壁班的湯川一臉不悅地說。

「抱歉，我們班太吵了。」

「不用道歉。遠野，又不是妳的錯。只是……也不能一直連累大家吧。」

「抱歉，眞的。」

湯川指的肯定是一連好幾天都跑到學校來的媒體記者吧。因爲虻川千尋自殺，校內混亂到幾乎要翻過來了。媒體記者守在校門口，嚷嚷著眞假參半的話。老師們嚴格交代不要回答任何問題，但有些學生一聽見有謝禮就昏了頭，面對鏡頭開口回答，惹出了各種麻煩。

「眞不該連我們都拖下水，妳說對吧？」

她忿忿抱怨，接著就像宣告談話結束似地轉向另一側。

虻川千尋從自己家所在的住宅區大樓屋頂跳樓自殺。聽說沒有找到遺書之類的東西，但她媽媽多次與校方談話。據說她曾大吼：「自殺的原因是遭到霸凌吧？」不過校方公開宣告實際上並無這種情況後，她就如同潮水消退一般變得很安分。不管是虻川千尋自殺，或是連日來媒體記者採訪引發的騷動，明明我們都不能直接做些什麼，僅是因爲和她在同一班，所有矛頭都指向我們，我們只能默默忍受委屈，實在太不甘心了。

啪滋！突然一道巨大聲音響徹整座體育館。

「咦？」

所有人都訝異地轉向聲源處，那一瞬間，溫熱雨點般的液體從天而降。沾到臉頰上的東西出奇炙熱，用手指摸一下，黏答答的。是血，我恍惚地想。

眞野站起來，像是身上著火般發出淒厲慘叫，高高舉起右手。她手腕以下的部位全沒了，血如噴泉般飛濺四周。配合著心跳的頻率，鮮血一波又一波噴出來。

爲什麼沒有右手呢？我思考著愚蠢的問題。在場所有人肯定都沒辦法理解眼前發生的事，也搞不清楚現在到底發生了什麼事。在一片愕然中，只有眞野披頭散髮，不斷激動踩著地板咆哮。

啪滋！那聲音再度響起。肌肉和骨頭被硬生生扯斷的聲音，從眞野的左腿響起。「劈哩」一聲就折斷了，她應聲倒地。淒厲的慘叫聲刺穿我們的耳膜，擊打著我們的後背。

從她像蟲一樣扭動掙扎的動作就可以看出來，一個看不見的東西正試圖咬破她的肚子。我只能愣愣看著，她一邊尖叫一邊拚命護住自己的肚子。啪滋！一道稍微柔和的聲音響起，接著，她體內的器官組織就隨著肚子破裂全噴出來了。

這次到處都響起慘叫聲。體育館裡所有人都恐懼得尖叫，爭先恐後衝向出口。相互推擠、彼此踩踏，哀號聲與噴濺出的血滴在空中飛舞。

我嚇到雙腿發軟，勉強試著站起身，卻踩到血，腳一滑就摔倒了。裙子都被黏稠的血染紅，鐵鏽味沾附上身，揮之不去。

一片混亂中，「啪滋、啪滋」的聲音依舊響個不停，卻已聽不見眞野的慘叫。

最後，等我終於有辦法站起來朝出口走去時，好幾個學生可能是遭人群踩踏過，像一團團紅黑色塊狀物倒在地上，我在其中看見熟悉的臉龐。

湯川正面朝上，噴著血倒在地上，右腿折成奇怪的角度，胸口不尋常地凹陷。血咕咚咕咚湧出，那滿是譴責之色的雙眼看著我。

「別這樣。」

我別開目光，走到體育館外面，隨處都有學生在啜泣、嘔吐。那些聲嘶力竭哭喊、憤怒抓狂、坐著發愣的人群裡，當然也有老師們，就連方才還說著冠冕堂皇的話的校長，也一邊哭一邊嘔吐。

我抬頭望向天空，遼闊的藍天萬里無雲。

後來，趕到現場的警方搜遍體育館內，卻怎麼都找不到眞野。

她原本待的位置只殘留大量血痕及肉屑，連衣服的布料都沒找著。聽說那些的確是她的血，但最後當成失蹤處理。

過幾天，老師們告知我們那是「集體幻覺」。說我們是因爲眞野自殘，太害怕才看見幻覺。而眞野則在引發騷動後，趁現場一片混亂逃出學校了。我暗想，約莫是她原本就素行不良，校方才用這種說法卸責。

據說湯川和其他兩名學生重傷住院後，校方也是這樣向他們父母解釋的。當然有許多家長紛紛抗議，但校方全部置之不理。

班導村山老師在班會時，只淡淡說了一句：「乖乖聽從校方的說法，準考生沒閒工夫去管有的沒的。」

○

自從眞野出事後，全校的氣氛爲之一變。表面上看起來一切如常，但我們班成了大家避之唯恐不及的對象。連老師們也都在迴避我們班的課，往往要等到上課鐘聲快響起才進來教室，下課鈴一響就逃也似地回去教師辦公室。

虻川千尋桌上擺的花多到前所未見的程度。是其他班同學和老師虛情假意拿來放的。看到班上那些根本沒和她講過話的同學湊過去哭，我就滿肚子火。她們可不是在哀悼同學的死，只是出於害怕才在祈求平安。

不過，或許我們也好不了多少。

在這些人當中，以坐在虻川千尋鄰座的吾妻特別拚命。只要一有時間，他就忙著擦拭她的桌面，替花瓶換水，無視班上同學的目光合掌致意，簡直像在乞求饒他一條命。

這般殷勤的吾妻過世，是在眞野出事的幾天後。

聽說上學途中他從車站的月台掉下去，被過站不停的特急列車撞飛，當場死亡，而且死狀悽慘。車站現場的情況類似前幾天的體育館。得知吾妻過世的消息，和聽見正好人在現場的那些學生傳出的流言，並沒有相差多少時間。

「不覺得很恐怖嗎？」

坐在前面座位的朋友麻彌臉色發白，這麼說道。

「目擊現場的人說，那隻狗就在那裡。」

「狗？」

「對。吾妻在車站內四處逃竄時一直大叫著『狗、狗』。結果他就這樣被拖下去，消失在月台下。」

「可是，吾妻是出意外過世的喔。」

「里香，妳不怕嗎？眞野那種死法並不正常。雖然老師說是失蹤，但她怎麼可能瞞著男朋友，無緣無故人間蒸發。」

「她不是常換男朋友嗎？」

「……大家都在傳，該不會是鬼魂在報復吧？」

「別擔心。我們又沒跟虻川講過幾句話，還是，麻彌，妳有做過什麼嗎？」

「我才沒做那種過分的事！」

麻彌脹紅了臉大聲說，我握住她的手。這點小事就引來大家的目光，可見我們班的情況相當不對勁。不過，既然朋友不安，我就想幫她。

「麻彌，沒事的，我們沒做過什麼該遭到報復的事，對吧？」

「可是……」

「眞野確實做得太過火了。但眞野不是說過嗎？那只是朋友之間鬧著玩。要是眞的不喜歡，虻川就會說不喜歡，是不是？吾妻也不過是小小惡作劇了一下。要說那些小事就是導致她自殺的原因，根本不合邏輯，對吧？」

「應該……是吧。對，沒錯。我們沒做錯事。」

「嗯。」

如果不是就太奇怪了。應該跟我們沒任何關係吧。

這樣就沒事了。一定是的。

「欸，還沒看到百合子嗎？」

同班的吉川不安地問。

「沒看到耶，她大概也請假了吧？」

由於眞野和吾妻的事，好幾個同學接連請假。明明是準考生居然敢請假，我不禁有點佩服。

「她不是那種人。手機打不通，我打去她家也找不到人，根本沒人接。」

這太奇怪了，吉川雙眼含淚繼續說。我吃了一驚。原來她會爲自己認定是好朋友的人擔心，祈求對方平安無事，甚至流眼淚啊？

「吉川，不如去問老師。老師說不定知道。」

麻彌體貼回應。雖然贊同，我卻想不到該接什麼話。

就在這時，教室的門「喀啦」一聲打開了。村山老師臉色鐵青地站在門口，摀著嘴彷彿在按捺想吐的衝動。

「剛才警方打電話來通知，長峯百合子和她媽媽發生車禍，今天早上，她在醫院過世了。」

啪咚！吉川如提線斷裂的懸絲木偶般跌坐在地。

「除了文化祭的執行幹部，其他人都可以回家了。」
「文化祭……還要辦嗎？」
這問題不是一個人問，而是此起彼落地在教室各處響起。班上有四個人過世了，還有辦法準備文化祭活動嗎？
「校方說要辦。我也覺得太離譜了，但沒辦法。畢竟虻川自殺後，這類活動都沒有喊停吧。」
仔細一瞧，村山老師身上那件襯衫皺巴巴的，長褲也不如平常筆挺，下巴沒刮乾淨的鬍碴十分醒目。
「爲什麼只有我們班一直有人死掉呢？」
硬擠出來般的聲音。老師大概立刻發現自己說錯話了，又揚聲說「不對」。
「不是這樣。呃，抱歉。總之，沒事的人早點回家。」
說完老師便轉身離開，大家紛紛收拾起東西。
「欸，不能找人來驅邪嗎？」
吉川站起身，臉孔因氣憤而變形。
「咦？」
「這樣太奇怪了吧？不光是唯花，竟然連百合子都出事了。雖然我對鬼魂作祟這種說法很感冒，但就是那傢伙要把我們全拖下地獄。」
我知道她口中的「那傢伙」是在指誰。
「那傢伙明明是自殺，現在反過來怨恨我們也該有個限度吧。怎麼想都只可能是她太羨慕我們還活著，所以變成了惡靈。」

「反過來怨恨我們……說不定眞是這樣。」

死後由於眷戀人間而拉人同行的事，古今東西都常有耳聞。

什麼惡靈，什麼驅邪的，平常聽見頂多當是迷信不予理會，但此刻我眞的做不到。

「是不是？接下來還有文化祭，升學考也快到了。這種關鍵時期接連發生不幸的事，我眞的受不了了。既然如此，只剩請人來驅邪這一條路了，難道不是嗎？」

「可是，要去哪裡找人來驅邪啊？」

「我怎麼可能知道。對於這種事，遠野比較清楚吧？」

妳願意幫忙找吧？聽見她沉聲這麼問，我感到自己的背脊都發涼了。吉川跟眞野和長峯是同一圈子的。忤逆她們的下場會如何，這種事連小朋友都知道。

「下一次，說不定就是妳嘍？」

她瘋了，我暗忖。但看著雙眼布滿血絲、不斷啃指甲的她，除了點頭我別無他法。

我心情陰鬱地回家，發現弟弟坐在公寓入口大廳的沙發上。

他還只是國中生，個子卻比我高。或許因爲這樣，他有一種超齡的沉穩，是我暗自引以爲傲的弟弟。

「恭也，你在這裡做什麼？」

「妳回來啦。爸媽在吵架，我就跑出來了。眞受不了，吵到我沒辦法準備考試了。」

爸媽吵架不是今天才開始的，但這次似乎特別嚴重。其實他待在房間就沒事了，想必是特地來等我的。

「看來會吵很久，晚餐怎麼辦？」

「去外面吃吧。姊，上次妳不是說想去吃車站前的那家中華料理店嗎？」

「對耶，就去那家吧。」

太棒了，弟弟笑著回答。我看著他，發現自己心情好轉了些。該怎麼說呢，弟弟小時候有點奇特。他會把別人買給他的英雄或怪物塑膠模型，用剪刀剪成一塊塊。媽媽或我一出聲勸阻，說「太可憐啦，你不要這樣」，他會立刻聽話，卻會拿麥克筆把我的玩偶臉塗得烏漆抹黑，我一直覺得這孩子有點怪怪的。

不過，從小學低年級升上中年級的那陣子，他整個人變得開朗又善於社交，成爲能替他人著想的出色男孩。交遊廣闊，個性穩重。我們姊弟感情不壞，都是弟弟的功勞。

「我幫妳拿東西。」

「嗯，謝啦。」

我們踏出公寓大門朝車站走去，正隨意閒聊時，弟弟突然主動問起我們學校發生的事故。

「對了，找到眞野學姊了嗎？」

「沒有，完全沒聽說。」

「又有一個人在車站過世了吧？當時我同學在現場。」

「這樣啊。抱歉，給大家添麻煩了。」

「姊，這不是妳害的吧？妳爲什麼要道歉？」

「畢竟是我們學校的事啊。而且，其實我們班又有一個人過世了。她和媽媽一起在車上時，發生車禍。」

「這樣啊。不過，妳別擔心，只是碰巧好幾件意外連續發生而已。」

弟弟天真無邪地這麼說，我感覺心裡好過了些。

「文化祭也沒有喊停吧？」

「嗯。畢竟之前有學生自殺了也沒喊停，現在更不會因爲區區一場車禍中止。但我們認爲這樣比較好，想把煩心事都拋到腦後大玩一場。恭也，你要不要來？」

「我應該會去，雖然不能待到結束。」

啊，我突然想起來。對了，我忘記吉川交代的事了。

「欸，恭也，你認識靈能力者或會驅邪的人嗎？」

「什麼？這麼突然。」

「班上同學拜託的。她說一切都是自殺的那個女生作祟，應該找人來驅邪。」

「妳答應啦？當場拒絕不了嗎？」

嗯，這樣回答的我感到有些慚愧。

「我是不信妖魔鬼怪之類的事啦。」

「我想也是。」

「啊，不過我知道女生們最近很愛討論的傳聞。」

「傳聞？」

「是有關屋敷町一家奇妙的骨董店。」

「屋敷町，就是那個保留了很多老房子的觀光景點吧？」

「好像是那家骨董店都賣一些別有隱情的骨董品，還會幫人解決這類問題。」

如果是平時，我一定會笑著回一句「眞詭異」，但這次不能這樣。無論什麼都好。即便是這麼可疑的消息，也比什麼都不做要強得多。

「在屋敷町的哪一帶？」

「我哪知道啊。那個傳聞只在女生之間引起話題，我們男生對這些又沒興趣。」

「什麼線索都可以，告訴我。」

「她們有提到什麼隱密的小巷子之類的。不過，妳去找神社或這方面的專家不是比較好嗎？」

「我才不要，那些都像是在招搖撞騙。」

「妳說這種話人家會生氣喔。」

「又不曉得要多少錢。明明有可能是騙人的，如果不是大家口耳相傳、引發話題的店家，我沒辦法相信。」

○

隔天，我向學校請病假。老師們都很清楚我們班現在是什麼狀況，並沒有特別說什麼，頂多是因爲還要準備文化祭，稍微提醒了一下而已。

我不知道「夜行堂」——據說位於屋敷町的這家骨董店到底在哪裡，但那個街區並不大。花一整天到處走動，多少能得到一些線索吧。

爲了避免引起家人的疑心，我決定穿制服出門。按照平常上學的時間離家，先在車站廁所換上便服，再搭電車到距離屋敷町最近的車站。以這個時段來說，電車內相當空，我有位子可以坐。

隨著電車搖搖晃晃前進，我的心思迷迷糊糊地飛到了文化祭上。今年班上同學變少了，每個人要負擔的工作會變重。準備工作應該勉強可以完成，但當天會有多少時間自由活動呢？等文化祭結束以後，就得爲升學考做最後衝刺了。年底大概得參加補習班的考前強化班，恐怕暫時都沒辦法悠閒度日了。

「眞是的，就會給人找麻煩。」

我不禁脫口而出，慌忙摀住嘴巴，看向窗外。

我覺得過世的虵川千尋很可憐。

但爲什麼連無關的我們也得承受這種無妄之災？如果要作祟，眞希望她等我們畢業之後再作祟。

在目的地那一站下車後，我決定徒步走到屋敷町。撒小謊得來的難得休假，我想趁機觀光一下。我還想吃美味的食物，甜點也行。

「好像開始有點興奮了。」

不知爲何，說出口後，我心情變得更加愉快。

屋敷町這個街區保留了許多武家屋敷及古民宅，隨處可見古民宅咖啡館或別緻的雜貨店。今天雖然是平日，還是有一點人潮，看來算是受歡迎的觀光地區。

我沒吃早餐就出門了，於是走進附近的咖啡廳用餐。我點了一份撒上堅果的香甜鬆餅，順便加了冰淇淋。味道自然是棒極了，不愧是古民宅咖啡廳，在此用餐別有意趣。

肚子塡飽了，我決定沿途順便逛逛屋敷町。既然是別有隱情的骨董店，想必不會位在大馬路旁吧。弟弟也提過是在隱密的小巷子，總之先以小巷子爲主到處逛逛吧。

話雖如此，這裡跟都市中住辦大樓林立的那種又髒又陰濕的地方不同，可以算是隱密小巷子的地方，雖然窄到僅能容兩個人並排走，卻十分乾淨，地上連片紙屑也沒有。隨處可見擺在地上的移動式招牌，看來應該有不少店，晚上肯定更熱鬧。

我決定看著手機的地圖應用程式，尋訪每一條小巷子。就算地點再難找，只要把每條小巷子都走過一遍，一定找得到。

可是，即使我一直走一直走，也沒看到叫「夜行堂」的店。三小時過去了，四小時過去了，只有時間不斷流逝。我甚至放棄吃午餐，下定決心要在天色變暗前找出來，不停向前走。我也問了路人，但每個人都說聽過這家店，卻不曉得實際上位在哪裡。

太陽快要西沉時，我來到最後一條小巷子，依然沒看見有可能是夜行堂的店，前面也沒路了。

累到雙腿幾乎要站不住。我從來不曾連續走這麼久。我癱坐在小巷子裡沒人經過的地方，才終於能夠喘口氣。

「喂，妳還好吧？」

一個年輕男生出聲關切，他的個子很高。仔細一看，他右邊衣袖前端空蕩蕩的，沒有手臂。

「啊，嗯，我沒事。」

「那就好。如果妳站得起來，就早點回去。天色馬上要變暗了。」

「不好意思……謝謝。」

他說的對。我該放棄回家了。才剛這麼想，我的腦海浮現一個疑問。他不是從我背後走過來，而是從小巷子的前方過來的，可是前方明明沒有路了。

「呃……我在找一家店。請問你知道名叫『夜行堂』的店嗎？」

「知道啊。」

他稀鬆平常地說著，指向小巷子的前方。

「就在前面。」

「可是，前面沒有路了……」

「嗯？哦，這樣啊。妳再走過去一次看看，這次就會找到了。」

說完，他就抓住我的手，拉我站起來。然後，他拋下一句「掰啦」，隨即走到大馬路上。

我望向小巷子深處，昏暗通路的盡頭依稀可見微弱的燈光。我心驚膽跳地一步步靠近，小巷子前方忽然出現了一個空間。那個空間的中央有一棟老舊的木造雙層建築，屋簷下吊掛著繪有家紋的燈籠，散發出淡淡光芒，照亮四周。

一樓應該是店鋪吧。玻璃門上貼的紙寫著「夜行堂」。

「找到了。」

我差點要笑出來。傳聞是眞的。

我深吸一口氣，才伸手拉玻璃門。是門框變形了嗎？門一直喀喀作響，我硬是拉開，走進店內，裡面比原本預期的昏暗，我嚇一跳。

沒鋪地板的地上是一排排櫃子，擺著各式各樣的物品。與其說是陳列商品，更像是隨意放在那裡，而且連價格牌都沒放。照明只有從天花板垂吊下來的電燈泡，實在看不出有在做生意的樣子。

「歡迎光臨。」

裡面傳來女性的聲音，忽地飄來一股甜香。我一嗅聞，一陣痲痛感竄過腦袋。

「哎呀，是位可愛的客人。」

一名身材纖細的女子，叼著時代劇裡會出現的那種菸管，從店鋪深處走出來。她是散發出妖豔氣息的美人，光看著我就不由得心跳加速。

「初次見面，我是店主。今天來有什麼事呢？」

「妳好，其實我來是想拜託妳一件事。」

「拜託我一件事？」

「嗯，其實……」

我從虻川千尋自殺的事講起，鉅細靡遺地敘述同班同學接連過世的來龍去脈。

店主安靜地聽我說話。

「拜託，請幫助我。」

「原來如此，是這麼回事啊。」

她微微點了點頭，回答：「好吧。」

「我認識一個孩子，很擅長觀看這方面的東西，我會請他過去現場。我想想，學校的文化祭是哪一天？」

「下週六。」

「那麼，當天請妳去離學校最近的車站接他。我會通知他過去。文化祭的話，就算外校人士進出也不會引人注意吧。」

說完，她拿起身旁黑色電話的話筒，撥打電話。好像是在跟她提及的那個人通話。確認碰面的時間和地點後，她說了句「拜託嘍」就掛上電話。

「那個人也是靈能力者嗎？」

「那孩子擁有出色的觀看能力，妳大可放心。酬勞直接付給他。事先付款，金額差不多這樣就可以了。」

酬勞。這樣啊，要收錢。

「我知道了。」

或許是看透了我的心情，她笑了。

「沒問題的，後面的事妳完全不用操心。」

離開夜行堂，回到大馬路上時，天色已完全暗下來。我原本沒打算要待那麼久的。

打開手機一看，好幾通未接來電。打最多次的是麻彌，一股不好的預感油然而生。

我心驚膽戰地打電話過去，回鈴音響了一會，終於接通了。

「喂……」

她在哭嗎？聽起來語帶哽咽。

「怎麼了？抱歉，我沒發現有來電。」

「妳今天怎麼沒來學校？」

「抱歉。呃，吉川不是交代我辦事嗎？她說要驅邪什麼的。」

「妳找到人了嗎？」

「嗯，對方會在文化祭那天過來。所以，沒事了。」

「今天，保健室的祥子老師受了重傷。她叫得十分淒厲，我們衝到保健室時，地上有好大一灘血。聽說她手腕以下的部位，都被看不見的狗吃掉了。」

保健室的慘況彷彿就在眼前。

「一年級時我不是差點拒絕上學嗎？當時老師非常照顧我，一直鼓勵我，我很高興。那麼好的老師，怎麼會……？」

「妳很難過，對不對？不過，老師並沒有死吧？」

話說出口的同時，我感到一股寒意。

「大家都這樣說。什麼老師並沒有死，作祟程度變輕微了，太奇怪了吧？從手腕以下的部位都沒有了耶？那是重傷吧？人生從此就會不一樣了喔。可是大家卻……太奇怪了。一切都變得好奇怪。」

「麻彌，冷靜點。」

「我很冷靜喔。我反倒覺得自己終於恢復理智了。」

深呼吸聲和嗚咽聲交替出現。

「我一定……逃不了了。」

我不知道該說什麼，只能保持沉默。

在往來行人的後方，緩坡上似乎有一隻長相奇特的狗，伸出舌頭盯著這裡。

○

文化祭當天。

看得出來全校都很興奮。由於接連發生充滿血腥味的意外，大家都卯足全力想抹去那些陰暗的記憶，找回日常生活。

我朝學校附近的車站走去，在剪票口前面等那個人抵達。稍微超過約好的時間，一個見過一面的人走出剪票口。四目相接，我想起他是誰了。是那一天我在夜行堂前遇見的人。我揮揮手，朝他跑過去

「原來是你啊。」

「遠野里香小姐嗎？咦，我們是不是在哪裡見過？」

「對，你不記得了嗎？」

「不好意思，我不大會記人臉。」

說完，他就一直盯著我的臉。那雙眼睛好似要看穿我的內心深處，胸口一陣顫慄。

「喔，這是酬勞。」

「嗯？啊啊，謝謝惠顧。所以，委託內容是什麼？」

我忍不住懷疑自己的耳朵。

「那個人什麼都沒跟你說嗎？」

「嗯，她只說今天要在這個時間過來這裡。還有，順便要我跑跑腿。」

我不禁傻眼。完全沒事先說明情況的夜行堂店主當然很過分，但不知道任何資訊就直接過來的人也大有問題。

「我明白了。我在路上跟你解釋。」

「拜託妳嘍。」

一邊朝學校走去，我一邊盡量詳細說明事情經過。錢都花了，一定要讓他徹底驅邪才划算。講到一半時，他露出極爲嫌惡的表情，但這可是工作，如果他不能管理好情緒，會造成我的困擾。

一走到學校，他就在校門前停下腳步，一臉訝異地抬頭望著教室大樓。

「怎麼了嗎？」

「不，沒什麼特別的。」

「麻煩你了。」

我原本期待會聽到他回答「包在我身上」，但他什麼也沒說。

文化祭上來了許多校外人士，因此我們不是那麼顯眼，但和男性兩個人並肩走在路上，要是被朋友看見了，果然還是有點不好意思。幸好他比較年長，個子高，長得也帥，條件算好。有大學生或社會人士當男朋友，類似一種身價的展現。不過他少了一隻手臂，這點相當扣分。因爲負面印象而引人注目，我可不喜歡。

我問起右臂的事，他只回一句「出意外沒了」，態度很冷淡。看來就算交往也沒什麼意思。

他說要從出現第一名犧牲者的地方看起，我便帶他去體育館。

我一向他說明眞野當時所在的位置，他就穿越人群直直走過去，又像看見了什麼似地突然在那裡蹲下。

我在一旁等著，想說他至少會誦個經吧，豈料他一直動也不動。我等得不耐煩，主動發問：

「請問，怎麼了嗎？」

「嗯，就看一下。根據校內的流言，作祟的是看不見的狗，對吧？」

「對。我也看過那個幾次。」

「看起來是什麼樣子？」

一瞬間，他的右眼像是變成藍色的。我嚇一跳，有種心臟發出喀噔一聲的錯覺。

「平常待在學校，一不注意會忽然在視野邊緣看到。是一隻紅黑色的大型犬。我驚訝地看過去時，那裡又什麼都沒有了。很恐怖。」

「哦，原來如此。是這麼回事啊。」

「呃，你知道什麼了嗎？」

「再看看吧。還有在學校裡看見其他奇妙的東西嗎？或是這一類傳聞也可以。」

「沒有。除了看不見的狗的傳聞以外，沒什麼特別的。」

「這樣啊。那帶我去你們班的教室。如果在賣東西或辦活動，就改天再去。」

因爲不吉利，這次沒有使用我們班的教室，我就直接帶他過去了。

不過，雖說是不得已，要讓別人參觀教室還是莫名有點尷尬。

搬到角落、上頭擺著菊花的那張桌子。

自從吾妻死後，誰都不敢過去整理，結果就是花瓶裡徹底乾枯的花朵殘骸，一直浸泡在散發刺鼻臭味的水中。

至少這個東西應該先處理掉的，我大腦一隅稍感後悔。

「這實在太過分了。」

明明不需要特地說出來。

他慢慢環顧教室，向我提出好幾個問題。

「奇怪，我沒看到鬼魂作祟的痕跡。」

「怎麼可能，請你再仔細看看。」

根本不可能沒看到，都連續發生那麼多事情了。

「是眞的，什麼都沒有。憎惡或怨恨之類的意念會化爲穢氣沾附在場所和人身上，但這裡絲毫沒有殘留那類氣息。」

那男生的目光掃過整間教室，一臉不可思議地側著頭。

「難道是在這裡面？」

沒有啊。他嘟噥著，一次又一次重複伸手進抽屜裡翻找東西的動作。

「你在找什麼嗎？」

「嗯，一個小東西。我問妳，你們學校裡有沒有一個漂亮的盒子。」

「盒子？」

我請他來驅邪，不知爲何他卻突然找起其他東西嗎？莫名其妙。他眞的有心要幫助我們嗎？我以爲他是專家剛剛才乖乖聽話，現在有種「果然上當了」的感覺，眞教人不安。

「對，盒子。大小我不清楚，應該是可以帶著走的尺寸。」

「沒有，我沒看過那種東西。」

「這樣啊。沒辦法，看來只好老老實實地找遍校內了。照理說，應該會在學校的某個地方。」

說完，他匆匆邁出腳步。眞希望他至少跟我說明一下情況。

狗是怎麼回事？盒子又是什麼？如果沒有殘留穢氣之類的東西，這個降臨在我們身上的蠻橫詛咒該如何才能解開？我有很多事想問，但他似乎已徹底忘記我這個人的存在，目光朝下，不停走著。在走廊上如無頭蒼蠅般走來走去一陣子後，他終於開口：

「這下錯不了了。」

「請問，盒子到底是指什麼？」

我一這樣問，他露出厭煩的表情，瞥了我一眼，才開始說明那個叫「外道箱」的盒子的用途。外道箱，又叫魔月盒。換言之，就是詛咒用的道具。盒子裡的神，只會實現詛咒怨恨對象這一類願望。據說，被這東西詛咒的人，會遭看不見的野獸撕得稀巴爛。

「不是完全符合現況嗎？」

冰冷的雙瞳，與我四目交接。

——意思是，她居然有這種東西嗎？

「原來她用這種道具詛咒我們。」

一股怒氣直衝上來。我們爲什麼要被下這種詛咒呢？錯的又不是我們，是她。教室，就是一個世界的縮影。弱肉強食，是理所當然的道理。我們只是遵循這個法則罷了。避免做違逆階級社會的事。避免讓自己被歸爲最底層。面對強者、令人畏懼的人就奉承迎合，面對弱者就盛氣凌人，這很自然。如同大人沒辦法反抗地位高於自己的人，兩者沒什麼差別吧。

她在這場競爭中輸了。就像不工作的工蟻會在害蟲入侵時第一個被犧牲，逃得慢的斑馬會遭獅子捕食一樣，她只不過是成了用來守護學校生活和平的活祭品。所謂的「霸凌」，只不過是一個名詞而已。至少我對她本人沒有任何怨恨，也沒有做出直接危害她的事。要是這樣還被她不講理地怨恨，加害者應該是她才對吧。

「不是的。這所學校裡，沒有殘留她的亡魂或意念之類的東西。」

「怎麼可能！那還有誰會詛咒我們？」

「我哪知道。妳有想到誰嗎？」

「沒有。沒有其他學生遭到霸凌。」

一個人就夠了。至少，這學年有她就足夠了。

「這樣啊。不過，也不能放著不管。要是沒找到外道箱，那女人會囉唆個沒完。」

「那女人……是指那家破舊骨董店的店主？」

「對。那傢伙叫我把外道箱帶回去，說一定找得到。」

她沒向我提過盒子的事，不過這種事無所謂。如果找到那個盒子，我們就能從詛咒中解脫，那現在要做的事只有一件。

「原來是這樣，那我們趕快去找盒子吧。」

「不，盒子不在這裡。沒有任何痕跡。我原本以為自殺的虻川千尋是盒子的主人，現在看來並非如此。從一開始，她就沒有詛咒你們。」

她沒有詛咒我們。這一句話，讓我方才的憤怒與不安瞬間消散。事情突然乾脆地結束了，我有點反應不過來，但既然她沒有詛咒我們，就不需要再害怕了。

「換句話說，死去的那些人根本是被另一個人詛咒才死的，對吧？既然不是虻川在作祟的話。」

「照理來說是的。」

我打從心底鬆了一口氣。膝蓋不停顫抖。我果然沒有錯。真野、長峯、吾妻都是因為過去惹出的麻煩才遭到詛咒或報復，只是恰巧都發生在這段時間吧。

「太好了。」

我頓時癱坐在地。那個時候，出現在我背後的那股氣息，我可以不用再害怕了。一想到這點，我眼淚都要流出來了。

「既然不是她在作祟，酬勞就還妳。」

聽見他出乎意料的提議，我放心許多。

「謝謝。呃，給你添麻煩了。」

他搖搖頭，神情好似在生氣，又像是有點困惑。

「我沒做什麼值得感謝的事。」

「對了。如果你願意的話，待會要不要一起去看戲？我們學校的戲劇社水準非常高喔。」

但他拒絕了我的提議。

「嗯，我就不去了。」

目送他的背影離去，我的文化祭終於開始了。

●

彷彿要一掃平日的不安及鬱悶，今年的文化祭特別嗨。每一班都表現得歡樂又開朗。簡直像從惡夢中醒來一樣，整所學校都歡天喜地的。

突然間，手機響了。

「喂，恭也？」

「姊？電車誤點了，我應該會晚點到。」

「是喔。沒關係、沒關係，你慢慢來。」

「妳聽起來心情很好耶，發生了什麼事？」

「謝天謝地，終於解決了。」

「抱歉，妳在說哪件事？」

「我待會再跟你說，順便請你吃各種好料的。」

「雖然不知道是怎麼了……那就待會見。」

能解決這件事都是弟弟的功勞，這一點錯不了。

我一到體育館，裡面已坐滿大批學生和家長。提供給校外人士的折疊椅座位當然也都坐滿了。舞台前，學生們擠成一團。

「里香，這裡！這裡！」

朝我揮手的那群朋友跑過去，我坐下來。

「呼，趕上了。」

「欸，剛才和妳走在一起的男生是誰？大學生？社會人士？該不會是男朋友吧？」

「不是、不是，我只是委託他辦事而已。」

咦——？大家都不相信我。算了，要是互換立場，我八成也是同樣的反應。沒什麼話題比朋友的戀愛故事更有趣了。

「他很帥耶。」

「嗯，算是狂野的類型，感覺有點放蕩不羈。」

「不過，只有一隻手臂，這點實在是……」

「我懂、我懂。」

「好了。我們不能太大聲，不然老師要罵人了。咦？對了，麻彌呢？」

「她剛剛還在啊。」

我環顧四周，正好看見在入口附近緊盯著手機螢幕的麻彌。

「我去叫她。」

體育館裡人滿為患，要走到麻彌那邊費了我不少工夫。

看見她睜大雙眼，露出凍結般的表情，我立刻萌生不好的預感。

「麻彌，怎麼了？」

似乎是被我的聲音嚇到，麻彌驀地縮了下身子，抬頭看向我。她哭到雙眼紅腫，無力地笑著。

「里香，祥子老師死了。」

「咦？」

「我叫一年級的學妹去接她，結果學妹說，老師在車站前支離破碎地死了。手腳像被扯斷，支離破碎地……」

手機從她的掌中滑落。

「欸，果然還是鬼魂在作祟。我們一定全部都會被殺。」

「不可能，那個人說不是虻川在作祟。學校裡沒有殘留任何她的怨念，他是這樣說的。」

「那種話根本不能信吧！」

「可是……」

就在這時，燈光變暗，開幕鈴響起。喔喔，所有觀眾發出歡呼，隨即又安靜下來。接著，舞台的布幕緩緩拉起。

聚光燈打在舞台上，只見奇裝異服的同班同學橫躺著。緊咬著其脖子的是，一隻紅黑色的大型犬。鮮血如噴泉般從牠的嘴巴飛濺而出，灑落在舞台地板上。凹折、扭曲似地面向我們的那張臉，失去光芒、宛如玻璃彈珠般的雙眼，毫無情感地望著我們。

紅黑色的狗張開嘴巴，啪地一聲，頭顱和脖子掉落地面。那張臉該怎麼形容才好呢？啊啊，對了。人面犬。不是那種平板、滑稽的長相。那副扭曲的面容，令人不由得想，人臉如果變得像野獸大概就會長成這樣吧。

有人發出刺耳的尖叫。接著，尖叫聲宛如決堤般逐漸變得淒厲。啊啊，和眞野死時一樣，每個人都爭先恐後地衝向出口。四處響起怒吼聲、哀號聲，和割碎金屬般的聲音。

「快逃！麻彌！」

拉住麻彌的手的瞬間我忽然聽見「啪滋」一聲，熱燙的液體噴到臉上。原先拉著的麻彌變得很輕，我不自覺跌坐到地上。

「啊……」

麻彌的左手。熱愛打籃球，又粗又長的手指。那雙她引以為傲的手，從手腕以下都不見了。

我愣愣地去摸臉上滾燙的液體，那隻手染上了鮮紅色。剛才還在跟自己講話的朋友，就在眼前變成了支離破碎的肉塊。隨處可見混雜在紅色的肉中的黃色脂肪，從裂開的腹部迸出了油亮亮如水管般的物體。伴隨噴出的鮮血，白濛濛的水蒸氣冉冉上升。

「為什麼？」

——他明明說過，不是她的鬼魂在作祟。

體育館化成了上次遠遠無法比擬、淒厲慘叫聲不絕於耳的無間地獄。到處都是紅黑色的狗，多達幾十隻在穿梭奔跑，哀號聲和飛濺的鮮血在空中交錯。有人在乞求生還的機會，有人在憤怒咆哮，有人在懇求虻川原諒，有人發狂般笑了出來。無論是學生或老師都被紅黑色的狗一塊塊撕裂。

「爲什麼門打不開啊！」

衝到出口前的那些人幾近瘋狂地大喊。

理應看不見的狗，爲什麼現在看得這麼清楚呢？我異常冷靜，大腦一隅思考著。是這樣啊。接下來會被殺的人，就看得見牠的身影。證據就是，到處都可以看到有學生搞不清楚現下正在發生什麼事。

啪鏘、啪鏘，撞擊堅硬金屬般的聲音遍地響起。我似乎在哪裡聽過這種聲音。

我把麻彌的左手扔到地板上，站起身。

啪鏘！頭上響起聲音。

「我想起來了。」

我是在衝擊影像的特輯節目中聽到的。那很像支撐建築物的鋼筋承受不住重量而折斷的聲音。

噗唧！一隻紅黑色的狗踩過眼前的一灘血。那張中年女性般的臉，看起來既像在哭，又像在笑。不過，我總覺得在哪裡見過這張臉。

牠一張口，勾著頭髮和肉屑的牙齒清晰可見。我連叫都叫不出來，雙腿發軟跌坐在地，跨下一股暖流流出。明知自己就要死了，我卻什麼感覺也沒有。

喀哩！這個聲音在腦袋裡、體內響起。僅一瞬間發熱，很快又變涼。身體正面朝上倒了下去，臉轉向旁邊。只剩下一半的視野中，我腦袋的另一半砰地墜落，兩隻眼睛對望著。

轟隆聲及震動聲響徹四下。體育館倒塌了。我殘餘的大腦反射性地想像著。

簡直就像是野獸的血盆大口。

我們如同字面上的意思，就是被咬碎了吧。

啊——啊。

要是那傢伙沒有自殺，我們就不會遇到這種事了。

眞的，太慘了。

洩咒

將回收的物品送去夜行堂後，回家路上口袋裡的手機發出震動。瞥見螢幕上顯示的「店主」二字時，我忍不住哀號。

「……幹麼啦？」

「你這語氣也太差了吧，不是才剛碰過面嗎？」

「妳不會是要叫我回去吧？」

「用電話講就行了。沒事，很簡單的跑腿任務啦。」

她以一種像是請我買晚餐食材般輕鬆愉快的語氣，單方面強塞麻煩的工作給我。她說，去處理一名學生的委託。

「還有，我希望你找到一個盒子。」

「盒子？」

我有種不好的預感。這傢伙叫我找的盒子，肯定不是什麼好東西。

到了約好的日期和時間，和我在車站前碰頭的委託人，是一名穿著制服的高中女生。

「原來是你啊。」

她這樣說時，那張天真無邪的笑臉令人印象深刻。

沒有學生不知道同班同學蛇川千尋被霸凌的事。不，不光是學生，老師們也都知道吧。對蛇川千尋的霸凌，已化爲日常生活的一部分。

從委託人的話聽來，霸凌程度加速升級，日益悽慘，加害者的躊躇消失了，極盡殘忍之能事。光是邊走邊聽她描述，我都十分憂鬱。

神色自若地敘述這些事的她，令人感到很恐怖。

我個人的想法是，在封閉環境中對於個人的侵犯，不應該用「霸凌」這種模稜兩可的詞語蒙混過去。暴力、傷害、毀損器物，再加上妨害名譽，做了這麼多殘虐的行爲，這些傢伙爲何沒被抓到監獄關起來，眞是太不可思議了。無論是委託人的這名女生，那些同班同學，還有所有老師，都是一樣。

長期在日常生活中遭到這種虐待，她走向最糟糕的結局。虻川千尋在精神上和肉體上都病了，瀕臨崩潰，從自家所在的大樓頂樓一躍而下。據說因爲是在早上，許多人目擊她跳下來的瞬間，排路隊上學的一群小學生嚎叫似的哭聲響徹那一帶，現場一片混亂。

校方一心只想逃避責任，不斷重申「現階段尚不能斷定存在霸凌的事實，此刻需要冷靜的判斷」之類敷衍了事的話，但不管怎樣，她就是從那個班上消失了。受害者消失，只剩下加害者的教室，不知所措的他們心中浮現的想法是「大事不妙」。

包含委託人在內，沒有一個人爲她祈求冥福，也沒有一個人被罪惡感壓垮，每個人都優先考慮如何明哲保身。

班上四十幾名同學自然有種默契，於是團結起來，決定統一說詞——「並不存在霸凌的事實」。升學考試近在眼前，霸凌問題要是浮上檯面，對每個人都會產生莫大的負面影響。學生和老師攜手掩蓋事實，最終向家長宣告，虻川千尋自殺和霸凌問題無關。

當初電視媒體大陣仗到學校採訪，一發現無法得到任何能吸引大眾目光的新資訊後，記者們就如海水退潮般紛紛離去。

然而，事情並未就此結束。

不知何時起，學校各處都有人目擊到奇妙的情況。疑似有狗潛伏在陰暗處，察覺狗的氣息被嚇到，正想看清楚時就消失了。據說老師之間也悄悄流傳著，有人撞見看不見的狗的事。

接著，在體育館舉行的全校例行朝會出事了。

毫無預兆地，同班同學眞野唯花突然著火般發出慘叫，是一切的起點。在霸凌蛇川千尋的那些人當中，她是會特意攻擊身體的學生。是因爲過去那些用剪刀或美工刀劃破蛇川衣服，割斷她頭髮，傷害她身體的行爲嗎？在全校學生憐憫的目光中，她被活生生撕扯、咬碎。啪滋、啪滋，肉和骨頭被咬斷的聲音清晰響起，鮮血四處飛濺。學生們全嚇壞了，爭先恐後地衝向出口，體育館內的情景簡直就像是遍地響起淒厲叫聲的地獄圖。

老師們也驚恐地逃離體育館，據說其中有不少甚至是推開學生自己搶著跑出去的，眞是爛透了。

好不容易所有人都逃出體育館，一名老師回神後重返現場，發現三個在推擠中跌倒、被踩踏重傷的學生，還有零星散布在血海中的肉屑和制服殘骸。委託人低聲說：這是偶然嗎？事情發生後我才聽說有其他學生多次目睹受重傷那三人在上下學途中用難聽的話罵蛇川。

「先不講這個了。不過，到底是爲什麼呢？明明當時的情況那麼慘烈，一切卻像是失去了色彩的黑白照片，腦袋裡僅剩斷斷續續的片段。我只記得當時抬頭望見的天空美得驚人。唯有那個藍，我能鮮明地回想起來。」

是的，眼神空洞的她，望著腳邊輕聲這麼說。

警方調查的結果是，從殘骸中蒐集到的基因確實是眞野唯花本人的，只是不曉得出於什麼原因身體幾乎整個消失了。

在那之後，十天內有兩人死亡，一人身負重傷。

死者之一的吾妻浩一郎坐在虻川千尋的鄰座，是個不起眼的學生。他每天都會從虻川的私人物品中偷拿便當盒，丟到廁所。據說他到國中爲止也曾遭受霸凌，由於不希望自己又淪爲被霸凌的一方才會排擠虻川，他的死狀也頗爲悽慘。

那一天，他在離學校最近的車站月台等電車。根據目擊者的描述，他一邊大叫一邊驚慌失措地在月台上四處逃竄，最後在過站不停的特急電車駛進來時忽然跳下月台，被高速行經的電車撞得四分五裂，胸部以上的部分飛到月台旁的自動販賣機上面。當時在月台上的群眾異口同聲地表示，他的手臂就像被什麼東西拉扯般斷裂，掉落地面。

另一名死者長峯百合子，出事時坐在由她媽媽駕駛的車內。

開到都市高速道路下的外環道時，媽媽緊急剎車，車身急速旋轉，撞上對向車道的大卡車。坐在副駕駛座的長峯撞破擋風玻璃飛了出去，臉直接砸在護欄上，宛如現代裝置藝術般死去。媽媽奇蹟似地只受了輕傷，根據她的證詞，當時一隻黑色的狗突然出現在車子前面，方向盤自己轉動了。

委託人說，長峯常把點燃的香菸按在虻川的身上，還很卑鄙地選在肚子和大腿內側之類連父母也不容易注意到的部位，而且是在虻川摸得到的範圍內，這樣即使辯稱是她自殘也說得通。委託人語帶嘆息。

受重傷的是在保健室工作的中川祥子老師。蛇川曾去找她商量遭到霸凌的事，但她似乎認為「會遭到霸凌的人自己也有問題」，相當嫌棄蛇川。當然不至於趕她出去，但保健室自然也不是蛇川能安心待著的地方。

發出的求救訊號全被忽視，一直被當成礙事者的她，在那裡也找不到能喘口氣的空間。

中川祥子在放學後，把手伸進辦公桌的抽屜裡取文件時，右腕以下全被咬碎。不可思議的是，她並沒有感覺到疼痛，只是側頭看著鮮血如泉水般從右腕噴出來，再望向抽屜裡面，黑暗中可見一排沾滿鮮血、參差不齊的利牙。聽到尖叫聲匆匆趕來的另一名保健室男老師表示，保健室裡充斥著令人忍不住掩鼻的野獸臭味。還有，即使找遍保健室，也沒看到祥子老師失去的那隻手。

學生和老師們驚懼到發抖，也不曉得是誰傳出去的，流言不脛而走。

「是蛇川千尋在作祟。」

下一個犧牲者說不定就是自己。這想必是每個同班同學心中都有的恐懼。

結果，直到自己成為受害的一方時，這些傢伙才首次回顧自己都做了些什麼。

她不曉得從哪裡聽到夜行堂的傳聞，好不容易抵達店裡，誠心提出的委託內容十分簡單明快。

「請幫忙平息蛇川千尋的作祟。」

遠野里香這麼說，眼眶含淚。

我個人的意見是，就該讓這幫傢伙乖乖地承受報復。後來我打消了念頭，一方面也是因為我實在欠那位店主很多債。不過，我的真心話是，如果蛇川真的出於憤怒而滯留在這世上，希望虻川能早點從這個她多半不想再涉足的地方解放出來。

「我明白了。只要平息虻川千尋的作祟就行了吧，我接。對了，順便問一件事，妳對虻川同學做過什麼嗎？」

遠野里香抹去可愛臉蛋上的淚珠，以「沒什麼大不了的」這句話起頭，才接下去說：

「我曾把她的體育服丟到廁所。」

她若無其事地這麼說。

那是連一絲罪惡感都感受不到的爽朗回答。

○

委託人帶著我走到的那所學校正在舉辦文化祭，於是我以她表哥的身分進入校園。發生那麼大的事還硬要辦文化祭，校方實在頗有問題。

以一場活動來說，校內氣氛過於陰鬱，給人一種隱約在提心吊膽的印象。那些學生沒什麼活力，一排排的攤販也一樣。

委託人走在我旁邊，詳細說明在學校的哪裡發生過哪種霸凌行為。這就表示，其實她位在霸凌的核心吧，但現在先不管那種事。

「請問，你的右臂怎麼了呢？」

她大概是對空蕩蕩的右邊袖子感到好奇吧，但要解釋很花時間，也沒必要告訴她來龍去脈。

「以前出車禍沒了。」

「一定很辛苦吧。」

我只是簡要道出事實，下一秒就和她那流露同情之色、抬頭看向我的雙眼四目相交。我差點忍不住要質問她，難道不能把這種同情心分一點給虻川千尋嗎？只好別過臉。

「是不方便，但倒不至於辛苦。比起這個，妳可以帶我去體育館嗎？就是出現第一名犧牲者的地方。」

在她的帶領下，我走進體育館，舞台上的那群男生不僅演奏拙劣，音量還超大，聽了就心煩。我環顧四周，發現體育館老化的程度遠比從外面看起來更嚴重。

「體育館相當舊耶。」

「這是學校最古老的建築，不過聽說明年就要重建了。」

「哦……第一名犧牲者是在哪裡過世？」

「就在那附近。有梯子的地方旁邊。」

我說著「借過、借過，抱歉」從許多學生身旁穿過，同時用右手覆蓋眼睛，看到大量血跡以一處爲中心殘留在現場。我伸手去碰地面，指尖觸到了類似頭髮的東西。我集中注意力用手指仔細摸，觸感有點粗糙，明顯是堅硬的毛。

「請問怎麼了嗎？」

「嗯，就看一下。根據學校裡的流言，作祟的是看不見的狗，對吧？」

「對，我也看過那個幾次。」

「看起來是什麼樣子？」

「就平常待在學校時，一不注意會忽然在視野邊緣瞥見。是一隻紅黑色的大型犬。我嚇一跳，看過去時，那裡又什麼都沒有了。很恐怖。」

「哦，原來如此。是這麼一回事啊。」

「呃，你知道什麼了嗎？」

「再看看吧。還有在學校裡看見其他奇妙的東西嗎？或是這一類傳聞也可以。」

「沒有。除了看不見的狗的傳聞以外，沒什麼特別的。」

「這樣啊。那帶我去你們班的教室。如果在賣東西或辦活動，就改天再去。」

「不，因為不吉利，這次沒有使用教室。」

「這倒是剛好。虻川生前用的那張桌子還留著嗎？」

「那個啊……對，還留著。」

她欲言又止的理由，我親眼看到教室裡的那張桌子後就明白了。

在教室最後一排的窗邊。虻川千尋的桌子就放在掃除用具櫃前面，桌上有一只花瓶，枯萎的菊花垂著頭。桌面刻著汙穢辱罵的字眼，令人不禁想別過頭。

「這實在太過分了。」

我忍不住脫口而出。比想像中惡劣。將對於他人的厭惡如此露骨地發洩出來，老實說這種行徑我無法理解。

「欸，為什麼你們要霸凌她，逼得她自殺？」

「我……那跟我沒有直接的關係，我不清楚。」

「但妳不是把她的運動服丟到廁所了嗎？」

「那是……唔，因爲當時就是那種氣氛。」

看氣氛也該有個限度吧。坦白講，這畢竟是工作，我不想搞砸，只能設法收起個人感受。

「反正，妳參與其中的程度，深到會讓妳害怕遭鬼魂報復吧。」

我用幻肢的手掌覆蓋右眼，看到濛濛如霧的東西。只要用這幻肢蓋住眼睛觀看，就能對焦幽靈或鬼怪，變成看得見，但這層霧和那種存在稍有不同。這東西類似人類意念的殘渣，倒是隨處可見。

「奇怪，我沒看到鬼魂作祟的痕跡。」

「怎麼可能，請你再仔細看看。」

「是眞的，什麼都沒有。憎惡或怨恨這類意念會化爲穢氣沾附在場所和人身上，但這裡絲毫沒有殘留那類氣息。」

眞的一點都沒有。如果是作祟的惡靈，我應該會清楚看見。

我忽然想到，如果店主提過的外道箱在這裡，也有可能是那東西作祟，便四處查看，卻遍尋不著。

「難道是在這裡面？」

把手伸進抽屜裡，果然沒有，我只能疑惑地歪頭。

「沒有。」

「你在找什麼東西嗎？」

「嗯，一個小東西。我問妳，學校裡有沒有一個漂亮的盒子。」

「盒子？」

「對，盒子。大小我不清楚，應該是可以帶著走的尺寸。」

她先是露出詫異的神情，接著毫不掩飾地冷淡回答：

「沒有，我沒看過那種東西。」

「這樣啊。沒辦法，看來只好老老實實地找遍校內了。照理說，應該會在學校的某個地方。」

這種時候，我十分慶幸其他人看不見這隻幻肢。畢竟一個摀住單眼在學校裡走來走去的男人，實在很可疑。

離開教室，我透過幻肢環顧四周，不知什麼緣故，走廊的情況比教室淒慘。鮮紅血滴四處飛濺，一道道血痕劃過各處。定睛一瞧，我發現幾個大型犬的足跡。

「這下錯不了了。」

是狗神。棲息在外道箱裡，專為詛咒他者而成形的神祇。

然而，本體不見蹤影。

那個盒子原本是必須保管在特定場所的物品。一個家族中僅少數特定人士有資格進出那個場所，以及使用它。或者是能將當事者深切的意念封進去的地方。聽說有時候也會擺在滿懷恨意之人的家裡。對虻川千尋而言，那個場所毫無疑問就是這裡。狗神回歸的盒子，照理說應該就在這棟校舍的某處才對。但在找到東西前，足跡就消失了，血痕也變得破碎不全，追查不出什麼結果。

「呃，盒子到底是指什麼？」

一旦置之不理，她就會問個不停，我只好先在沒人經過的樓梯旁停下腳步。

「那盒子叫外道箱或魔月盒，每個地域和繼承的家族稱呼的方式都不同，所以我不能斷言。只不過，供奉的神祇就寄宿在盒子裡，這一點是相同的。這位神祇和其他神祇有些不一樣，祂會實現盒子主人的願望，而且只能是在物理層面上除掉對方這一類。希望農作物豐收、希望懷上寶寶之類的願望，祂一概不理。只有作祟殺人的願望，祂會萬無一失地實現。聽說這種詛咒道具在日本各地都有，只要去找就能找到不少。」

「那是……什麼意思？」

「所以說，就是咒具。詛咒他人用的道具。根據我聽到的相關資訊，被這東西詛咒的人，會遭看不見的野獸撕得稀巴爛，不正是完全符合現在的情況嗎？」

「蒼蠅居然有這種東西……」

「蒼蠅？」

她瞬間露出「糟糕」的表情，隨即用高中女生的可愛語調想蒙混過去。

「哎呀，也是有這種綽號嘛。但我還真不知道她有那種東西。原來是這樣。她就是用這種道具詛咒我們。」

她低下頭，那張臉霎時如般若醜陋變形，令人不寒而慄。那根本不該是從霸凌加害者口中說出的話。

「不是的。這所學校裡，完全沒有殘留她的亡魂或意念之類的東西。」

「怎麼可能！那還有誰會詛咒我們？」

「我哪知道。妳有想到誰嗎？」

「沒有。沒有其他學生遭到霸凌。」

「這樣啊。不過，也不能放著不管。要是沒找到外道箱，那女人會囉唆個沒完。」

「那女人……是指那破舊骨董店的店主？」

這個小女生說得簡單，但很遺憾，那家店不是能輕易遇見的。話又說回來，最好還是不要和那種店扯上關係爲妙。

「對。那傢伙叫我把外道箱帶回去，說一定找得到。」

「原來是這樣，那我們趕快去找盒子吧。」

「不，盒子不在這裡。沒有任何痕跡。我原本以爲自殺的蛇川千尋是盒子的主人，現在看來並非如此。從一開始她就沒有詛咒妳們。」

「換句話說，死去的那些人根本是被另一個人詛咒才死的，對吧？既然不是蛇川在作祟的話。」

她高興得雙眼閃閃發光，我再也看不下去了。都逼得同學自殺了，卻連一丁點罪惡感都沒有。

「照理來說，是的。」

「太好了。」

她大概是放心了吧，當場癱坐在地。我把事先收下的那個裝著酬勞的信封遞給她。反正達成委託人的要求了，這項任務可以當作結束了吧。

「既然不是她在作祟，酬勞就還妳。」

「謝謝。呃，給你添麻煩了。」

「我沒做什麼值得感謝的事。」

委託人露出曖昧的笑容，雙手拍一下說「對了」。

「如果你願意的話，待會要不要一起去看戲？我們學校的戲劇社水準非常高喔。」

「嗯，我就不去了。」

我直接拒絕，無視抬頭望著我的委託人愣住的神情，轉身就走。

既然留在這裡的理由消失了，我只想盡早逃離這個空間。

步下樓梯的途中、走過連通校舍的長廊時，我和幾個穿著相同制服的學生擦身而過。每天和這些畸形的人待在一起，他們腦袋裡都在想些什麼呢？

哈、哈、哈。

踏出校園的同時，我聽見野獸般的吐息，與我錯身而過。

回頭一看，校門口站著一隻血膿色的人面犬。觀看牠的臉，我忍不住倒抽一口氣。

「——原來是這麼回事。」

○

足跡，清晰地顯現在右眼的視野中。

從學校一路向前，沿著這道拖著腳步似的血紅足跡，終於走到了源頭。

那是從學校步行約一公里的沿海工業區，隱約透出寂寥氛圍。強烈的海水味，重型機械的運作聲。外牆龜裂的五層公寓，我走進其中一棟，循著血跡一階階往上爬。

「是這裡嗎？」

門上的名牌寫著「虻川千佳、千尋」。看來，她們家是母女相依為命。擺在玄關大門前面的花盆，枯萎的花橫倒在地。

我按下電鈴，卻沒人應門。可是我不能就這樣回去，於是嘗試拉了拉門把，沉重的金屬門發出低沉的哀號，打開了。

「打擾了。」

我先打聲招呼，才穿著鞋子踏入玄關，客廳傳來噗噗噗噗的奇特聲響。霧面玻璃另一側的空間很昏暗，只有一直開著的電視持續閃爍，發出聲音。

一打開門，如我所料，黑壓壓一大群蒼蠅飛出來。同時，一股劇烈惡臭撲鼻而來，我不禁皺起臉。生物逐漸腐爛的氣味，不管過了多久我都無法習慣。

一名中年女子趴在客廳桌上，早已斷氣。混濁的白色瞳眸，嚎叫般張大的嘴巴深處有無數蛆蟲蠢動著。頸椎附近，一把菜刀只剩柄露在外頭。蒼蠅在四周嗡嗡嗡繞圈飛行，劃出8字，飛濺到地毯和牆壁上的血滴痕跡甚至已非紅色，更接近黑色了。是和那隻狗一樣的血膿色。

由於外觀腐爛得很嚴重，我沒辦法斷定，但她應該是虻川千尋的媽媽不會錯。她自殺的時間點，恐怕是在女兒的葬禮結束後吧。

架上擺的那些相框裡，全是媽媽和女兒兩人的合照，朋友或家人之類的人，一個都沒出現。

然後，和我猜想的一樣，她的前面有一個手掌大小的正方形小盒子，蓋子是打開的。表面層層疊疊地貼著無數張老舊和紙，上面到處都是血滴乾涸黏附的舊痕跡。

「這個嗎？」

我想伸手去拿的瞬間，電視忽然換台了。

「即時新聞　高中文化祭發生慘絕人寰的意外！」螢幕上出現字幕跑馬燈，以及電視台直升機拍攝的畫面。漫天沙塵中，看得見下方已倒塌的體育館。我心想好像在哪看過，仔細一瞧，發現剛才我還待在裡面的那所學校出事了。

畫面切換，臉色發青的新聞主播讀著新聞稿：

「目前推測體育館是因太過老舊而倒塌，救援隊正持續竭力搜救，不過已確認有數十名死者，現場情況慘絕人寰。被瓦礫埋住的，應該是聚集在體育館的全校師生及前來觀賞表演的家長們。倒塌當時，體育館內正在進行文化祭的戲劇演出。」

接著與現場主播連上線，螢幕上可看見趕到校門口的人群、救援隊隊員及警察，現場擁擠混亂，悲痛的叫喊聲宛如大合唱般四處響起。

我閉上雙眼，祈禱片刻。

而後，我拿起盒子，蓋上蓋子。

「回收完畢。」

我把咆哮了幾聲的盒子塞進口袋，離開虻川家。

○

夜行堂依舊昏暗，微透著寒意。尤其是灰塵味，和那些來路不明的物品一直要來碰我的幻肢，實在令人煩躁。對於這裡的店主和那些物品來說，我就是個送上門的玩具。

穿著開襟衫的店主在結帳櫃檯，臉上掛著淺笑，出神望著回收的外道箱。

「又多一隻狗了。你看，更有光彩了吧？」

「那種事我不知道。」

這次的酬勞是五十萬圓。價格是很合理，但被迫聽了、看了一樁爛事的來龍去脈，最後還得去回收導致慘烈結局的物品，心裡的鬱悶不是一時半刻就能消除的。

「到頭來，外道箱是妳交給她的吧？」

沒錯，她皮笑肉不笑地回答，用手指不停轉動掌中的外道箱。我看得提心吊膽，萬一蓋子打開了怎麼辦？但既然是她，應該有辦法解決吧。

「不是我設的局喔。千尋能找到這裡是她的緣分。我只不過是牽起了那段緣分。而且這個外道箱是大戰前她外婆遺失的物品，正確來說是物歸原主了。」

「那應該不是遺失，是丟掉吧？」

面對我的疑問，宛如塗滿鮮血般豔紅的雙唇，勾起嘴角回答：

「哎呀。總之，我把外道箱交給了千尋。只要借助它的力量，想怎麼向排擠自己的那些傢伙報仇都可以，但千尋並沒有那樣做。」

「她該報仇的，跟那些傢伙客氣什麼……」

我真的厭煩透了。總是這樣，本性善良、不願意傷害他人的人，淪爲根本不在乎他人死活的那種人手下的犧牲品。

「嗯，如果是你，可能會那樣做吧。」

只是，渴望復仇的不是只有當事者本人。還有懷抱著比本人更強烈的怨恨的人。

「虻川千佳，用了外道箱的是媽媽。因爲是媽媽那邊的血脈，她也具備充分的資格。」

「而且她是自行刺穿喉嚨，寄宿在這個盒子裡的，對吧？這樣一來，她自己也成了狗神。」

「過去那些術師都是這麼做的，她也如法炮製。託她的福，現在總計有八十八位狗神在盒裡棲息。」

「不要把那種東西散布到社會上啦。」

「我只是牽起物品和人之間的緣分而已。說過好幾遍了吧？不是由人來挑選物品，是物品選擇主人。」

「有夠令人困擾的。」

「畢竟你的體質特殊，店裡有很多物品都看上你，想選你當主人。」

乒乒乓、乓，到處傳來物品碰撞的聲音。

「饒了我吧。」

「是這樣嗎？比如說，這個如何？」

她一邊說一邊從結帳櫃檯下抽出的是，一隻茶褐色、如樹枝般乾枯，不知道是什麼東西的右臂。那隻手大得出奇，指甲如刀般鋒利。

「那是什麼鬼東西？」

「你說，是什麼呢？怎麼樣？要試著裝在斷面上看看嗎？幹麼啦，一下下就好了。」

「我才不要。那怎麼看都不是人類的手臂吧？」

她沒有回答，逕自把手臂遞過來。我一凝神觀看，就看見表面的木紋正蠢動著。

「沒有右臂很不方便吧？有了這隻手臂，不僅能應付日常生活，還可以摸到其他各種東西。要駕馭確實有點困難，但習慣後就不太需要擔心。」

還能成爲強大的武器，她說出惡德商人般的推銷詞。

「這是從哪裡拿來的？」

「木山的倉庫。」

「絕對不要，我拒絕。」

出處太糟糕了。儘管是舊識，但光是曾被那個人持有這一點就太不吉利了。絕對不是什麼好東西。

「夠了，我要回去睡覺了。」

「是嘛，眞遺憾。啊啊，對了，那個小姑娘怎麼啦？就是我介紹的那個少女。她似乎和外道箱有不小的緣分。」

「誰知道，八成在瓦礫堆下方吧。」

我站起身，打開毛玻璃門。不知何時下起雨了。

「你覺得她還活著嗎？」

她拋出這個問題，露出殘酷的微笑，我不由得別開臉。

「連遺體都找不到吧……」

我離開時，從校門外眺望那所學校，有相當多的血膿色巨大人面犬昂首闊步走著。那群狗因血腥味發狂大笑的聲音，至今仍在我的耳內縈繞不去。

那些當事者，肯定一個人也沒能生還吧。

翡抄

回過神時，我發現自己站在昏暗醫院的走廊上，緊急照明燈的綠色亮光微微照亮身邊。滿是紅黑色血液的油氈地板上躺著一個人。身上穿著白袍，應該是醫生吧？

那個人像被扯裂過似地斷成一塊塊，只剩下上半身的那一塊還掉出了腸子。

太過慘烈的景象令我愣在原地，我拚命思考著。

但不管我如何回溯記憶，都想不起自己爲什麼會在這裡，也不知道那名像是醫生的男子是誰。

「有人在嗎？沒有人嗎？」

我這樣大喊，卻不成聲，無論我多麼用力，喉嚨都發不出聲音。不光是喉嚨，連手腳都沒辦法自由活動。唯有眼睛，宛如攝影機般眨也不眨，機械性地持續記錄。

唧，木門發出傾軋聲。視線前方，沾滿鮮血的走廊盡頭，標示出逃生門的緊急照明燈下，站著那個東西。

「唔啊！」

連自己膽怯的叫聲都傳不進耳裡。

一個女人。應該是女的。洋裝上布滿血汙。手腳似乎都腐爛了，膚色黯淡，指甲剝落一片也不剩。還有，那個女人沒有眼睛和鼻子。不對，別說眼睛和鼻子了，她連臉都沒有。上顎以上的部分都不見了，一頭過肩長髮像是黏在中空的頭蓋骨上。

快逃。快逃。快逃啊。

但我依舊連一根手指頭都動不了。

女人迅速逼近。她每靠近一步，眼前景象似乎就變暗一分。

那女人觸碰到我僵直、動彈不得的身體。駭人冰涼、濃厚的死亡氣息令我背上爬滿雞皮疙瘩，心跳劇烈到耳朵都能感受到震動。

指甲脫落的修長手指，像是要包覆住般觸碰我的臉頰，彷彿在確認我不會逃跑。

就這樣，拇指緩緩按住眼球。

噗滋！頭蓋骨內側響起聲音。

●

「唔啊！唔哇啊啊啊啊——!!」

我像是背後被揍了一拳般跳起來，不小心掉下床，大吐特吐。嘔嘔嘔，我連續吐了好幾次，不停流淚和抽泣。我摀住顫抖不已的嘴巴，拚命打開房間裡的燈，連人帶頭都縮進棉被裡，緊緊抱住自己的身體。

我受夠了。眞的受夠了。數不清有多少次是這樣醒來的。

我瞥向牆上的日曆。那是前女友留下來的。上面有不知道叫什麼名字的搖滾樂團主唱的照片，是品味低劣的日曆。自從第一次夢見那個女人起，已過六天。我好幾天沒有正常睡覺了。不光是晚上會作惡夢，就連只是打個盹，我都會慘遭那個女人的毒手。

「混帳！搞什麼鬼啊，爲什麼？」

我恐懼到全身顫抖，脫口說出喪氣話。第一天夜裡，我怕到連房間都不敢待了，整晚在街上等天亮。我想藉助酒精來忘卻恐懼，但不管喝得再多都很清醒，簡直像不會醉一樣。

第二天和第三天晚上也差不多，半夜我哭喊著跳起來，抬手護住沒有爆裂的眼睛，幾近發狂地吼叫。隔壁鄰居來抱怨時，我還失控吼了回去，肯定被當成怪人了吧。

不，我說不定瘋了。說不定我早就精神異常，就連此刻在這裡也只是一場夢吧？

我瞥向手機螢幕，公司主管和同事傳了多封訊息來。雖然想說明原委，但被惡夢嚇壞這種事我哪說得出口。

到天亮之前的時間還很漫長，可是我再也睡不著。由於慢性睡眠不足，頭腦沒辦法清晰思考。腦袋深處經常發疼，眼皮沉重。即便如此，還是比在那個惡夢中被按破眼球來得好。我害怕睡著。我害怕回到那個惡夢中，怕得要命。

表皮龜裂、少了指甲的手指刮過眼窩深處，那種痛是言語難以形容的。

我拿毛巾擦拭嘔吐物，再丟進垃圾袋。

凌亂的房間裡，好幾個一直沒能丟棄、發出異臭的袋子散落四處。

「好臭……」

臭味刺激鼻腔，才剛清空的胃袋似乎又要湧出腥臭物，我勉強將那種感覺壓下去。

我在眼眶泛淚的狀態下設法平緩呼吸，把弄髒的衣服丟進洗衣機。

我穿上連帽外套，帶著手機、錢包和家裡的鑰匙，以防萬一還拿了一把小刀，才踏上夜晚的街頭。但我打算盡量避開人多的地方。我現在不想見到任何人。要是不小心失控刺下去，可不是鬧著玩的。

走出公寓，我恍惚地看著手機顯示的地圖，挑選人煙稀少的幽靜地點。

「不如就走去屋敷町那一帶好了。」

反正我無事可做。經過屋敷町，一直走到近衛湖邊說不定也不錯。雖然我可能會輸給內心的恐懼，投湖自盡，但比起慘遭那個女人毒手還是好上數百倍。

夜裡空氣好似扎著皮膚般冰涼，深吸一口氣時甚至會感到疼痛。

我放棄沿著國道走，朝河岸邊的縣道前進。河邊更冷，但總比望著夜深人靜的民宅走路來得愉快。

嘴巴吐出的氣息化爲白霧，消散在夜空中。

大概因爲今晚是滿月吧，即使沒有路燈的亮光，依然可以清楚看見自己的指尖。

走過乙矢橋，一踏進屋敷町，空氣就爲之一變。那種氛圍很不可思議，簡直像置身於巨大鯨魚的肚中，感覺變得稍微遲鈍。

這個地區罕見地保存了武家屋敷所在的街景，明治時代的建築物和歷史遺跡也很多。加上還有多家舊書店及骨董店，白天有不少觀光客，宛如熱鬧的小京都。

不過，大半夜的當然沒人會在外面走動，四周寂靜到耳朵都要痛了。

彎過三条的十字路口，眼前就是近衛湖渠道了。沿著渠道往上一直走，就會走到近衛湖，但徒步不曉得要花多少時間。

驀地，我察覺到一股氣息，轉頭望去。

只見橫跨渠道的小石橋上，一名年輕貌美的女子背倚欄杆站在那裡。

她叼著長長的菸管，怔怔望著浮現在夜空中的月亮。

彷彿要融進夜色的漆黑大衣剪裁合身，下擺在夜風吹拂下鼓脹、飄動。甘甜紫煙縈繞的身影十分神祕，我不由得倒抽一口氣。

不知我愣愣看著對方多久了？她注意到我。我心裡一慌，想要轉身，卻尷尬到連轉身離去都沒辦法。

「哎呀，今晚夜色很美呢。」

中性的聲線。不高，也不低，沉穩的聲音。

「不好意思，我打擾到妳了嗎？」

「沒有。反正我只是在看月亮，一邊吞雲吐霧。」

呼——她呼出細細的煙。那股煙輕撫般環繞上她的身體，又隨即散去。

「你來散步嗎？」

「嗯，差不多。我睡不著。」

我露出曖昧討好的笑容想要敷衍過去，她彷彿看透我般微笑道：

「還是，原因出在附在你身上的東西呢？」

唰——竹林因一陣突然颳起的風劇烈晃動。竹葉相互摩擦的聲音，聽起來簡直像有人在吃吃竊笑，我的後背一陣顫慄。月亮隱身到雲後，看不清她的表情，唯有那雙眼眸浮現於黑暗中。遠處傳來陌生的野獸嚎叫聲。

「我被什麼附身了？」

「鬼怪、妖怪、怪物、詛咒，稱呼多得是，總之就是那一類東西。」

「……我一直作同一個惡夢。」

「上顎以上都沒了的女人嗎？」

「妳看得見嗎？妳是那個……靈能力者嗎？」

她沒有回答我的問題，只是輕聲說「跟我來」，便轉過身。她往前走了幾步，沒有回頭。她走路時沒有腳步聲。別說腳步聲了，她腳邊甚至連影子都沒有。

「還是算了？」

她發問，我搖頭。

「不。」

我追在她的身後，走進屋敷町隱密的小巷子裡。是什麼緣故呢？在月光照不到的黑暗中，卻看得見四周。話說回來，這是哪裡？小巷子應該不可能這麼寬闊吧？

「你有緣遇見我，眞的是運氣很好。附在你身上的東西相當惡劣。若是你去找那些以靈能力者自居的半吊子，可是會被反噬殺害的喔。」

「爲什麼是我？那女人到底是什麼東西？」

「這個嘛，我不曉得。如果是他，應該可以觀看得更深入，但這次對他們而言負擔太重了。在我店裡找個和你有緣分的物品比較合適。」

「我眞的想不出自己做過什麼，眞的一點頭緒都沒有，我沒有半好玩地跑去靈異景點，也不曾對女人動粗。」

我根本沒做壞事。就是個每天認眞上班，工作到很晚，即使因此耗盡女朋友的耐心被甩了，也不敢偷懶不去工作的無聊人種。

「大概是運氣不好吧？」

「運氣？」

「對，運氣。既然你沒有任何頭緒，那就是碰巧了。你偶然接觸到了那東西。」

「怎麼這樣……」

碰巧？沒有任何理由嗎？我什麼都沒做，也會被咒殺嗎？那樣的死亡有什麼意義？

「在靈異現象上尋求意義才奇怪。」

她面露微笑，菸管中的火焰晃動著。

沒多久，陰鬱的黑暗到了盡頭，眼前忽然一片開闊。彷彿小巷子的剩餘部分相互交疊出的空間，靜靜佇立著一家店。

「歡迎來到我的店，夜行堂。」

拉開毛玻璃門，踏進店裡。一瞬間，我雙腿發軟，但仍勉強跟在她身後。

店內擺滿各式各樣的古怪物品，顯得有些狹小。桐木五斗櫃、蒔繪（註一）、獸面、髮簪、電影放映機、腰間掛飾及懷錶。物品種類缺乏統一性，也沒貼類似標價的牌子，只是將五花八門的骨董商品擺在一起。

「當中有東西吸引你的目光嗎？」

「為什麼這麼問？妳說『跟我來』，我才過來的。妳不是要幫助我嗎？」

「我一個字都沒說過要幫助你喔。不過，如果物品和你有緣，說不定就能保護你。會來到我們店裡的，全是這類別有隱情的物品。」

一時之間我沒辦法相信她，但我也沒其他選擇了。

「只要選一個就行了吧？」

「不，不是你來選。不是主人挑選物品，是由物品來選擇主人。」

「萬一還是對抗不了那個女人，我該怎麼辦？」

「到時就由我來幫你處理。」

店主吐出紫煙，露出微笑。她的話有幾分是認眞的，我不知道。

總之，我按照她說的，逐一望向店內那些骨董。硯台、鐵壺、筆、能面、水墨畫、陶瓷器、日式釣竿、風鈴、切子（註二）玻璃、白瓷壺、盆栽、時鐘、日式油紙傘、鋼筆、千代紙（註三）、匣子、扇子、青瓷、萬花筒、相框、硯盒。我一樣樣看過去，卻沒有「就是這個」的感覺。甚至指尖還會自動滑開，像是自己伸出去的手遭到拒絕一樣。有個上面畫著獅子的香爐，還在我要伸手去摸時發出咆哮般的聲音。

「原來如此，別有隱情嗎？」

我將店內所有物品看過一輪，卻一件物品也沒拿。

女店主似乎並不訝異。

「看來，這裡沒有認你爲主人的物品。或許是有其他東西先瞧上你了。」

「怎麼這樣……那我該怎麼辦？」

「既然不在店裡，進貨就好了。」

「進貨？」

她打開結帳櫃檯後方的門，朝我招手。探頭一看，門後是一道通往昏暗地底下的階梯，

註一：日本的傳統工藝技術，在漆器上以金、銀、色粉等材料繪製的紋樣裝飾。
註二：一種玻璃雕刻工藝，在玻璃上一筆一筆切出細膩花樣，讓幾何圖案和光線結合出別緻美感。
註三：花色精美的和紙，用途廣泛。

長得好似沒有盡頭。沒有燈罩的電燈泡發出微弱光芒照亮階梯，從地底下傳來一股冰冷的死亡氣息。和那個惡夢裡的醫院是同樣氣味。

「妳要我一個人下去？」

「我不能一個人走黃泉路，會弄壞那個市集。」

「這是什麼意思？」

她沒有回答，臉上浮現柔和的微笑。

「你戴上這個過去。還沒回來前，絕對不能拿下。」

那是用木頭刻成的貓頭鷹面具。圓滾滾的大眼睛，尖耳朵，連羽毛都一根一根精確地雕刻出來。

「還有，以防萬一，這個你也拿著。」

女店主這麼說完，俐落地拆開菸管，把相當於管身的部分遞過來。那東西看起來像是深綠色石頭製成，手感十分光滑。

「這是翡翠羅宇。對我而言，這是無可取代的東西，你絕不能弄丟。」

「這雕的是什麼啊？有角的怪物？鬼？」

翡翠的表面細膩雕刻著兩根巨大的角，以及瞪大的雙眼，四周則滿滿刻著雷紋。

「那稱爲饕餮紋。饕餮是出現在中國神話中的怪物。牠是什麼都吃的怪物，後來就被描寫成專吃妖魔、能夠除魔的魔物。翡翠是用來製作帝王玉器的至寶。這翡翠羅宇也是從其他玉器改造而成。」

「這麼貴重的東西可以借我嗎？」

「沒辦法，沒有其他可以代替的東西。好了，去吧。千萬記得不要把面具拿下來。」

「拿下來會怎樣？」

「你大概就無法回到這裡吧。」

她答得很輕鬆，彷彿只是在告知微不足道的例行事項。

這面具可說是掌握著我的性命，我顫抖著再次握緊。

「那個……謝謝妳出手相救。」

「你現在道謝還太早。你要自己救自己。」

她淡淡說完，門就在我背後闔上。

我右手拿著羅宇，一步步走下階梯。每前進一步，周遭溫度似乎就逐漸下降。

●

我究竟走了多久？

回頭一看，背後的燈光消失了，連剛剛走過的那一級階梯都消失在黑暗中，再也看不見了。只有走下階梯的腳步聲綿延不絕地響著。

終於，我走下最後一階，眼前出現一條老舊的鐵路。生鏽的鐵軌朝黑暗深處不停向前延伸。反方向沒有路，看來我只能前進了。

我沿著鐵軌在黑暗中走著，前方突然有誰走近。一個戴著獸面的大塊頭男人腳步飛快，胸前抱著用方巾包裹住的東西經過我身旁。而後，我又接連與幾個戴著獸面的人類擦身而過，但誰都沒有看我一眼。他們全都默不作聲，兀自快步離去。

沒多久，鐵軌也消失了。在凝結般的黑暗中，我不斷向前走。不可思議的是，明明一盞燈都沒有，我卻看得見四周景物。

突然間，左右兩側開始冒出攤位。戴著獸面的人聚集在那些攤位上，似乎正在進行各種交易。問題是，那些攤位的老板顯然並非人類。儘管臉上戴著能面，但手腳的數量太多了，其中還有根本不成人形的。

我探頭看了一下攤位上擺的商品，不知爲何，沒有任何東西打動我的心。明明看起來有許多昂貴華美的物品，吸引我的卻一樣也沒有。

有四對手臂的攤位老闆向我招手。

「歡迎光臨，你在找什麼嗎？」

是個混雜著男性和女性特質、裂開般的聲音。

「嗯，我想找可以防禦詛咒的東西。」

「眞可惜，我們家沒賣那種商品。這個怎麼樣？年紀輕輕就過世的歌后嗓音。看是要把壽命減半，或是拿那雙腿換？都可以喔。還是，你要把身體借給我一年也行。」

那些蟲腳般的手臂唧唧唧唧作響。

「不，不用了。」

我快步離開，腦中閃過一個討厭的想法。要是連這裡也沒有，我該怎麼辦？

隨著我愈來愈往黑暗深處前進，攤位逐漸消失不見。明明該回頭了，但我總覺得要是在這裡回頭會遇上更恐怖的事，沒辦法停下腳步。

明明像是一條隧道，不知不覺中腳下那條路變得極爲寬闊。擴展至彼端的黑暗，從腳邊延伸出去的亮光，一直持續到前方。

這裡……究竟是什麼地方？

驀地，沒有任何預兆，視線前方出現了一樣東西。

「這是什麼？」

那是一道「門」。有左右兩扇門板的厚重木門。那道門開著，飄浮在半空中。門向內側開啓，一束光從另一端射進來。

雙腿發軟。不能再往前走了，我毫無理由地這麼想。這個想法十分強烈。前面肯定不是屬於我們的世界。

一轉過身，從旁邊跳出一名戴著猴子面具的小個子男人。猴子面具上的表情半哭半笑，十分詭異。他背著與矮小身材不搭的背包，上頭綁著形形色色的面具。

「拍謝，嚇到你了。眞糗。不不不，俺不是奇怪的傢伙。俺只是看小哥你一直漫無目的地向前走，才想說不阻止一下不行。幸好你及時回頭了。」

他每次搞笑地左右搖晃身體，背後的那些面具就喀鏘喀鏘地發出令人不快的撞擊聲。

「那是什麼門？」

「嗯，你不知道嗎？小哥，你是從哪裡來的？」

「就是平常那條路……」

「什麼啊。俺還以爲你是迷路不小心闖進來的。你是第一次看見那道門嗎？」

「嗯。」

「那是冥府之門，也叫黃泉之門、地獄門，似乎有很多種稱呼？端看來的人怎麼叫。名稱叫什麼都不重要啦。重點是，那是連接那個世界和這個世界的門。以前有個不知從哪來的笨蛋不小心打開了，結果誰也沒辦法關上，只好一直像那樣擱置不理。眞的很困擾。」

「你是……」

「俺？俺就是個賣面具的。小哥，像你這種想要消除世間憂愁的人，我有個好東西挺適合你的。」

賣面具的男人說完，遞來一副面具。是神情憤怒的老者面具，彎曲的牙齒從嘴裡往外翻，彷彿隨時會化成鬼。我正要伸手去接，忽然瞥見賣面具的男人背後。

黑暗的深處，就站著那個女人。上顎以上的部分都沒有的女人。黏在空洞頭蓋骨上的長髮宛如蟲腳般蠢動著，我的後背好似結凍。那被血染得斑駁的洋裝左右飄動。

大概是察覺我的視線，賣面具的男人回頭一看，嘿嘿笑起來。

「什麼呀，小哥，你身上中了那種詛咒。難怪你會不想待在現世。來，小哥，聽我的建議，把這個戴到臉上。不用給我錢，拿那個貓頭鷹的面具換就好。」

「可是，有人吩咐我不能拿下來。」

「替換用的面具這裡有。來，給我！」

賣面具的男人抓住我的手臂。我不假思索地揮開那隻毛髮如針般的手臂。原本緊握在手中的翡翠羅宇不小心掉到腳邊。

不過，賣面具的男人瞥見散發深綠色光澤的翡翠，就發出猴子叫聲，急忙退後躲開。

「叩」地一聲，憤怒老者面具掉到我腳邊的地上。

「哇啊啊啊啊！」

賣面具的男人奮力一躍，彈跳似地逃向黑暗深處，轉眼就不見蹤影。

黑暗深處，那個女人無聲逼近。

但我背後只有那道「門」。

「搞什麼……到頭來，還是只能乖乖等死嘛。」

我精疲力竭，一步都走不動了。一路過來見識了許多奇妙的人事物。那女人到底想怎樣？要是會慘遭咒殺，我不如穿過那道門。她要跟上來就跟上來吧。

我撿起掉到腳邊的羅宇。至少想把這個還給那位店主啊。

「嗯，的確是能夠除魔，對那隻猴子有效。」

我正要伸手觸摸羅宇表面雕刻的饕餮紋時，突然發現異狀。

上頭只剩下雕刻精巧的雷紋，原本位在中央的魔物消失了。

爲什麼？我抬起頭，只見那女人的背後有一龐然大物。看著那巨大無比的身軀，我忍不住倒抽一口氣。

牠置身於凝結般的黑暗中，由密度更濃厚的黑暗形塑出兩隻角，好似羊角，彎出一個弧度。牠的外觀像什麼呢？像狗，也像羊或牛，亦可看成老虎或獅子。

——那是……

那女人停下動作，無法承受眼前巨大無比的存在般脆弱地碎裂。火光燃盡後的灰燼，如花瓣四散空中。

黑暗，睜開眼。

在那對眼中，更多大大小小成千上百的眼睛眨了一下，同時看向這裡。

我的意識逐漸遠去。

躺在冰冷的黑暗底層，意識逐漸模糊之際，那位店主不知何時已低頭望著我。她的眼睛宛如鬼燈花般豔紅。

她撿起那副憤怒老者的面具，而後直盯著那道門。

「由人類起頭的事，果然還是要由人類來終結，這才符合道理吧。」

像是在說自己達成了目的，她悠然一笑。

「你別恨我。我們利害一致，對吧？」

白皙的指尖輕輕在我額頭上點了一下。

然後，我的意識就徹底墜入黑暗。

●

醒來時，我躺在近衛湖渠道旁的長椅上。睜開眼，只見頭上的月亮忽明忽暗。

「唔唔……」

一起身，全身關節都在痛。我爲什麼會睡在這種地方？

我記得自己半夜出門散步，朝近衛湖一直走。

「咦，我爲什麼會出門散步？」

腦袋裡彷彿罩著一層白霧般無法清楚思考，只覺得自己心情非常好。

「有種渾身舒暢的感覺啊。」

我從長椅上站起來，邁步回家。腳步輕盈，心情飛揚。

途中，欄杆旁有個美女叼著菸管正在吞雲吐霧，我只微微點頭打了個招呼。

她也閉上眼，輕輕點頭。

我抬頭仰望夜空，月亮散發著皎潔的光輝。

從遙遠而不知名的地方，似乎傳來猴子的叫聲。

團死

滿心期待迎接新年的我，被迫接下一項公營住宅區（註）的善後工作。

經濟高度成長期間，那裡住著兩千五百戶人家，對本縣財政有莫大貢獻，不過當石炭需求一開始減少，居民便紛紛遷出，住戶數不斷下降，沒多久，礦山關閉，幾乎所有居民都搬離了。

然而，其中有一些人沒地方去，幾十年後的現在，還剩下二十戶左右住在裡面。當然社會上也有主張應該拆除的聲音，但裡面還有住人這一點被視為問題。不過問題更大的是，這麼大規模的拆除工程需要龐大的經費。重新開發的相關規畫一直沒辦法定案，只要沒發生什麼嚴重的事情，恐怕今後也是一樣毫無進展吧。

可說幾乎沒人的美囊縣營住宅區就跟廢墟差不多，馬路龜裂，公園的遊樂器材生鏽破損，早被社會大眾遺忘了。

但從幾年前開始，這裡忽然成為人們耳熟能詳的地點。

「——聽說那個自殺住宅區又有人死了。」

如今已沒人用原本的名稱叫那個地方了。

自殺住宅區。只要這樣說，大家就知道是指美囊的縣營住宅區。

「改建預算撥下來了喔。」

在對面座位上這樣說著，朝我露出好似瞧不起人的笑容的，是把我派到這個部門的罪魁禍首藤村部長。

午休快結束時，藤村部長找我到他常去的一家隱密安靜的咖啡廳。等咖啡上桌時，他就像在閒聊般說了出來。

「不好意思，您在說哪件事？」

「啊啊，抱歉、抱歉。就是那個……美囊地區的縣營住宅又有人自殺了不是嗎？我是在講這件事。改建整個住宅區自然是有困難，但那一戶所在的大樓，要是不採取行動，我們會被指責管理失職。」

我立刻明白藤村部長指的是，這幾年一直有人跳樓自殺的三十七號大樓。換句話說，就是凶宅。

「只是，就算要拆除，恐怕不能用一般的方法吧？萬一工程中有人出意外過世，也會被追究責任。」

我用茶匙攪拌杯中加了牛奶的咖啡，藤村部長那彎成弧線的雙眼看著我。

「換句話說，您是要我找出背後的原因加以解決，確保施工所需的最低限度安全嗎？」

他啜飲一口香氣濃郁的咖啡，若無其事地說：「你一點就通，眞是幫了大忙。」

我內心自然不可能不火大，但既然是工作，我就沒有選擇權。

老實說，在不動產及住宅相關業界，別有隱情的故事相當常見，說是靈異故事的寶庫也不爲過。不知爲何接連有人離奇死亡的房間，房客總是住不久的出租房屋，或者是因住戶引發問題而出名、位於十字路口上的大片土地等，實在多不勝數。儘管經手過幾件這種案子，但我始終難以習慣。

註：原文「公営団地」，指由政府開發的集合住宅區。

問題在於，那是縣營的建築物，還有其受害人數。

包括美囊住宅區的離奇死亡、殺人案等，至今已有超過五十名死者。不管怎麼說，這個數字都太異常了。責任歸屬明確，要是徵收稅金卻沒增進大半縣民的福祉，所有反感的矛頭自然馬上會指向我們。

在那一戶自殺的人，十年來就有七人。其中兩人曾是那裡的住戶，其餘則是聽到傳聞從其他縣跑來的年輕人。

當然，那一戶在住戶跳樓自殺後，負責人員就火速跑完文件流程禁止新住戶搬進去了。縣營住宅區也辦過抽籤，沒人抽中，後來便上鎖，實際上就是封鎖了那一戶。

可是，聽見傳聞的民眾跑去那裡，從理應上鎖沒人進得去的住家陽台跳下來。無論採取什麼對策都不見成效。

「這是爲了讓縣民們安心，拜託你了。」

對於包含他在內的高層來說，這件事已定案了吧。

簡單來說就是，錢我們會準備好，問題你想辦法解決。

○

儘管相當不樂意，但我也有一家常去的店。

一家極爲特殊的店，我盡可能避免前往，不過出於各式各樣的原因，實際上我造訪了許多次。歸根究柢，雖然是透過非常間接的方式，但我會認識他也是這家店牽起的緣分。

那一日是陰天，天空看起來隨時會下雨。我比約好的時間稍稍早到，站在店門前。

那家店並沒有招牌，只在霧面玻璃門上貼了張紙，龍飛鳳舞的毛筆字寫著「夜行堂」。

店內依舊昏暗，照明只有從天花板垂吊下來的一顆電燈泡。極為淒涼的店內，物品雜亂地擺放著。每件物品都十分詭異，看不出用途，而且全都沒標價。

「還是老樣子，完全看不出有在做生意。」

店內深處，坐在結帳櫃檯抽著菸管的女人望向我，瞇起眼睛。

「哎呀，好久不見，又遇上什麼麻煩事了嗎？」

她一臉愉快地說，晃動著披在肩上的開襟衫。

她就是這家店的店主，作風獨特，我不太會應付她。她總是擺出一張盛氣凌人的臉，用那美麗的面容，輕飄飄地將人捲進煙霧之中。

「像你這樣多次造訪本店的人挺罕見的。怎麼樣，要不要挑一個試試？不用錢。對你有興趣的物品多得很。」

這句話聽得我背脊發顫。在我們對話時，背後一直有東西來抓我衣服下襬或頭髮。當然，就算回頭也什麼都沒看見。店內一片寂靜，我卻覺得喧鬧嘈雜，肯定是錯覺吧。

「我想借用他的力量，可以麻煩妳幫我聯繫一下嗎？」

我並非不知道他住在哪裡和手機號碼，但不曉得是什麼緣故，只要沒透過這家店就聯絡不上他，我猜可能是她從中阻攔。這大概代表我尚未獲得她的信賴吧。

她一副看透一切的神情，聳聳肩苦笑道：

「原本我的工作是牽起人和物品之間的緣分，但你運氣好，他正好要過來。他剛完成一項工作，多半有空檔。」

她一說完，玻璃門就開了，他走進來。短髮抓得立起來，身穿軍外套，是失去的右臂殘肢在痛嗎？他皺著眉。

「什麼啊，大野木，你也來啦。」

他瞥了我一眼，神情不悅地交給夜行堂店主一樣物品。我只瞄到是用日式傳統方巾包裹著，像是一個小盒子，但我沒蠢到去問那是什麼。

「你動作眞快，幫了我大忙。怎麼樣呢？」

「暫時不想再看見魚，我差點就溺死了。」

他一副精疲力竭的模樣，嘆了口氣，接著狐疑地望向我。

「所以，今天是什麼事？你有事找我吧？」

這時機不好啊。我在心中暗嘆，但仍簡要說明來龍去脈。隨著我講得愈深入，他的臉色愈凝重，接著又變成呻吟般的表情。

「你去找別人，我不幹。」

「預算很充足，酬勞你說了算。」

「問題不在這裡。怎麼想這次委託都超出我的能力了。說過幾百次了，我不會驅邪。我就像個能力不完全的通靈人，那種事拜託你去找專業的。」

「可是，你的實力無庸置疑。」

「大野木，我是能觀看或觸碰沒錯，也的確可以看得比一般靈能力者更深入，但就只是這樣。我沒辦法除靈。我就是比外行人強上一點點的程度而已。正因如此，一定要明白何時該抽身，等發現逃不掉就太遲了。」

「你說的或許正確，不過……」

「我曾經過那附近幾次。可是，那個眞的不行。」

他低聲繼續說：

「死之坩堝，這樣講會比較好懂嗎？災禍又招來災禍，永無止境地滯留在那裡。那地方就是這樣。畢竟是工作，我不想抱怨，但我個人是盡可能不靠近那裡。」

所以沒辦法。他執意拒絕。

不光是他。我認識的人都極爲抗拒和美囊住宅區扯上關係。沒有靈感應力的我完全無法理解，但他們連接近那住宅區都不願意。

「這不是很好嗎？應該接下來。」

「妳閉嘴。」

夜行堂的女主人一副樂壞了的模樣，不斷將菸管的煙細細吐進虛空中。一股甜香無視個人意願飄進肺裡，我微皺眉頭。

「那就這樣好了。在那一戶裡一定能找到有特殊淵源的物品。只要你能成功回收那件物品，上次欠的債就一筆勾消，怎麼樣？」

他露出哀號般的表情，瞪向女主人。

「喂……該不會那傢伙就是元凶吧？」

「不是，那跟這次的案子沒關係。畢竟，東西還不在那一戶裡。」

「明明不在那裡，妳還說一定能找到是什麼意思？」

「你去了就會知道。」

「賣什麼關子啊。」

「怎麼樣？先還一份債不是比較好嗎？還是，等下次有其他機會再叫你還我？再這麼下去只會愈積愈多喔。」

「別開玩笑了。至少這次距離近還好一點，我接就是了。當然，謝禮我可要多收點。」

他嘖了一聲，神情煩躁地粗魯抓頭。

他站起身，把外套前襟緊緊拉攏，然後催促似地腳尖輕踢我的鞋子。

「好了，我們趕快出發。」

「現在就去嗎？我什麼都還沒準備。」

「你不希望再有人出事吧？而且，我不想晚上去美囊住宅區。」

那太恐怖了。他神情認眞，毫不掩飾地對我說。

「我明白了。我立刻去開車過來。有什麼物品是必備的嗎？」

「都不用。」

「那麼，有什麼我能幫忙的地方嗎？」

他伸手搭上玻璃門，輕嘆口氣。

「只要送我過去就行了。畢竟我和你負責的工作不同。」

他一說完，隨即走出店裡。

○

美囊住宅區荒廢的程度遠超出我想像。

不僅柏油路面多處龜裂，從裂痕中都長出草來了。紅綠燈只剩下紅燈不停閃爍，甚至有些路燈都折斷、腐朽了。彷彿從兩側擠裂道路的高聳住宅大樓，經長年風吹雨打外觀已變色，一副隨時會倒塌的模樣。陽台窗戶的玻璃全破了，實在不是適合人居住的環境。偶爾，我會感到那些宛如黑暗凝結般的漆黑房間深處有視線投來，但我堅決不望向那裡。

朝著那一戶所在的三十七號大樓，我們緩緩驅車向前。

副駕駛座上的他閉著眼睛，一句話都沒說。他一上車就睡著了。想必是累壞了吧，熟睡到簡直像是死了一樣。

我開進三十七號大樓的停車場，停好車才叫醒他。

「到了，起來吧。」

「嗯?啊啊……」

他伸了個懶腰，左右轉動脖子，發出輕微喀喀聲。

「那我過去了。」

他從副駕駛座下車，我跟著打開車門。

「欸，大野木，你不用來。」

「不行，我也去。」

這不是出於責任感，而是一個人留在這種地方更恐怖。實際上，之前我也曾因此差點送命。

「你記得我們的約定吧？」

「只要你一喊『快逃』，就要立刻跑走，對吧？」

聽到這句話，他露出被迫要顧小孩般的無奈神情，微微嘆口氣，才說：

「眞拿你沒辦法，那就走吧。」

「是。」

他什麼也沒帶，單邊衣袖晃來晃去地朝大門走去。我跟在他身後，盡量避免東張西望，全部注意力都集中在正前方。總之，就是牢牢盯著他的後背，一心只想著跟他走。

我們爬上裂開的水泥階梯。雖然有電梯，但這種時候別搭電梯比較明智。

「大野木。」

「是。」

「你有跟上次來幫忙的女靈能力者聯絡嗎？」

「有，她去旅行了。」

「旅行？」

「對，說暫時不會回來。」

「那就是目前聯絡不上人嘍？」

「不會呀，偶爾我會收到她寄來的風景明信片。前陣子還寫著她和身上有龍寄宿的年輕人一塊喝酒。」

「她還眞是隨心所欲。」

「你認識柊小姐？」

「咦，你在問什麼啊？」

他朝空中吐出白色氣息，明顯閃避了這個話題。我有一種自以爲跟野貓混熟了，伸手想摸摸，牠卻撇開臉的感覺。

「總之，她的明信片寫的內容都是這一類。看起來她過得很開心，這比什麼都重要。」

「我也好想去旅行，拋下工作。溫泉也不賴啊。」

「溫泉嗎？不錯耶。」

「你知道什麼好地方嗎？」

「大分縣的別府溫泉很棒喔，還有熊本縣的黑川溫泉。當然，草津溫泉也挺好。」

「你還眞清楚。」

聽起來像是無關緊要的對話，但我很清楚他不是會在工作中講廢話的人。當他開口閒聊，一定就是在這種時候。他想讓我把注意力轉到談話上，避免我去看那些東西。

開始跟柊小姐和他一起工作後，我學到了一些事。

靈或鬼怪的性質就像是一種電磁波。要舉例的話，就是收音機。誰都擁有可以捕捉到電磁波的調頻器，只是每個人能接收到的訊號範圍不同。

他就是接收範圍比一般人寬很多，而來到這類場所，連我這種麻瓜的接收範圍也會變寬。

特地跑去靈異景點，享受著接收範圍變寬後或許能撞見原本看不到的東西的刺激感，那些人知道這個事實嗎？

——我們這邊看得見，等於那邊也看得見我們。

「就是這裡。」

他在走廊上前進，突然停下腳步。

「門有上鎖。你等一下，我現在拿鑰匙。」

我從口袋掏出鑰匙的瞬間，響起東西裂開的聲音，那道厚重金屬門自己打開了。我背脊發顫，很想立刻逃跑。

「好，走吧。」

他低聲說「打擾了」，穿著鞋子就踏進去。我有一瞬間的遲疑，但還是跟在他後面走進去。

穿過玄關，裡面的格局爲左側是廚房，右側盡頭是狹小的浴室，正面則是兩間相鄰的和室，由於沒有家具，空蕩蕩的，看起來遠比想像中寬敞。夕陽從拉門縫隙透入，拉出一道紅線。

壁紙和榻榻米都破爛不堪，拉門的縫隙，靠近天花板的壁櫃陰影，四處都感受得到視線。

他沒有絲毫猶豫，直接打開通往裡面房間的拉門，踏進面向陽台的小起居室。

他突然停下腳步。強烈的海水氣味，不，這是血的氣味。

「大野木，別動喔。」

窗外的陽台上，有誰站在那裡。

那是一頭蓬亂長髮蓋住臉的女人。慘白如骨的乾枯肌膚上血跡斑斑。有無數黑暗蠢動的眼窩，透過頭髮的縫隙看著我。一道血淚滑下臉頰。

我全身寒毛直豎，不禁放聲尖叫。

他回過身，把眨都沒辦法眨一下眼、尖叫不停的我，撞向門口附近的房間。我一屁股跌坐在地，只見那個女人站在起居室，頭髮蠕動著，先伸進榻榻米，又沿牆壁向上爬，最後從天花板垂了下來。

他曾說如果遇上危險就立即逃走，不知爲何此刻他完全沒有要逃跑的跡象，而是朝那個女人伸出看不見的右手。空蕩蕩的衣袖動了，我清楚看見半透明的藍色手臂。

「不是你。」

天花板上的頭髮像要覆蓋他般垂落。我看見頭髮蠕動著吞噬他的瞬間，啪地一聲，拉門迅速闔上。我太過害怕，維持屁股貼地的姿勢逃到房間一角，還聽見自己的牙齒喀喀打顫。

眞是一場惡夢。

從緊緊關上的拉門縫隙，從天花板和壁紙之間，頭髮蠢動著冒了出來。那些髮絲簡直像有意識般扭動著，看起來也像在尋找我。

忽然間，有誰碰到我的右手，傳來像冰的觸感。

感到不妙之前，我就反射性轉過去，視線捕捉到的是，一個以抬頭望向這裡的姿勢坐著，脖子折斷的幼兒。

我失聲慘叫，視野頓時陷入一片黑暗。

這是夢嗎？還是幻覺？

眉毛根部有顆痣的年輕男人。

符合標準形象的施暴者就在眼前，朝我鬼吼鬼叫。

怒吼，加上暴力。

我拚命忍耐，他一把揪住我的頭髮，粗暴地往牆上砸去。

一陣劇痛襲來，映入眼簾的畫面，是鮮紅色的血滴落在榻榻米上，嘴巴大概破了吧？

他扔來的碗砸到牆上裂成碎片。

像著火般淒厲的小孩哭聲傳來。

男人滿臉煩躁地站起身。

他粗魯地一手拎起小孩，打開陽台的門鎖。

我發出幾近瘋狂的悲痛叫聲。

小孩的身影消失在陽台另一側。

我不顧一切地衝過去，伸出手。

上下顛倒了。

往下墜落時，我從頭髮的縫隙間看見那個男人的臉。

他淺淺笑著。像是摻雜了恐懼和愉悅的表情。

肉塊擠扁的聲音在黑暗中響起。

○

「大野木！」

回過神，我發現自己在尖叫。要喊破喉嚨似地持續狂叫。

啪！臉頰被狠狠拍了一下，我才清醒過來。

清醒的瞬間，我當場就吐了。眼淚止不住地掉，我一次又一次把胃裡的東西吐出來。

「大野木，冷靜點，順一下呼吸，不然你會瘋掉喔。可以嗎？你不是那個母親，快想起來。」

對我說這些話時，他臉上是一雙哭腫的眼睛。我環顧四周，察覺自己躺在草地上。我心想不可能吧，抬頭一看，還真的在那個陽台的正下方。

「我、我從那裡摔下來了嗎？」

「跳下來的。一看見那間起居室，你就自己跳下去。要是我不在，你的小命就不保了。」

「我作了一個夢。很恐怖的夢。」

「一個男人殺害小孩和女人的夢吧？我也看到了。心情超惡劣的，對吧？……所以我才討厭這種委託。」

他站起身，將雙膝顫抖的我扶起來。

「回去吧。得先準備一下才行。」

回程的車上，我叼著沒點火的香菸，從自己的角度思考在那一戶裡發生的事。自己看見的那些景象。她所懷抱的情感。

「我從未有過那種經驗。雖然看過幾次那種景象了，但連那麼深入的部分都看見，這還是頭一遭。」

「嗯，大概是對方很想讓你看到。臨死前的情感，那一瞬間的記憶實在太過強烈，導致她至今仍陷在那一刻。是叫地縛靈嗎？因此，去到那個房間的人都被那女人的情感吞噬，從陽台跳下去。」

那不是自殺。是一心想救自己小孩而探出身子，結果失去平衡摔落。

「那是意外。但殺了那孩子的，是那個男人。」

我想起那一瞬間發生的事，不禁咬爛香菸的濾嘴。

「到頭來，是臨死前的情感過於強烈，使那個母親和孩子一起被束縛住了。」

相繼從那個陽台一躍而下的人，都跟我一樣是在無意識的狀態下，從那裡跳下去的嗎？

「大野木，我有一件事要拜託你。」

「我知道。那由我來安排，明天同一時間我再過來接你。」

「……我都不用說你就懂，眞好。只知道名字，沒問題嗎？」

「嗯，完全沒問題。」

我淡淡回答，使勁踩下油門。

○

隔天，夕陽即將西下的黃昏時分，我和他在美囊住宅區的一隅停好車，等待某個人的到來。我很清楚接下來會發生什麼事，但我並不打算阻止。

「我簡單調查過他的背景，是個無惡不作的壞蛋。從那起案子發生後，已過了十年以上，期間他又犯下傷害、詐欺、恐嚇等諸多前科。目前躲在縣境附近的公寓裡悄悄過活，但周遭居民對他的評價也很差。」

「縣政府職員好像偵探喔，連這些事都能知道嗎？」

「我稍微動用了點人脈。這麼認眞找人倒是第一次。」

「只有名字也找得到啊。那你怎麼把他叫過來的？」

「沒什麼特別的。我只是打電話跟他說：『我知道你過去幹的好事。我想跟你做筆交易，到你殺害妻子和孩子的地方來。』就只是這樣。那是個愈查就能翻出愈多前科的男人。」

「那他當然只能來了。不過，大野木，我原本以爲你會把他交給警察，說不能違反人世間的倫理道德之類的。」

「目前有被發現的案子，他都已服滿刑期。現況是沒有任何證據可以證明，被視爲意外身亡的母親和小孩是遭到殺害，警方介入根本沒用。既然如此，我認爲應該把制裁的權力交給母子倆，就是這樣而已。」

是嘛，他愉快地笑著說。聽見遠處傳來的汽車引擎聲，他的笑意更深了。

在我們的視線前方，一輛轎車粗暴地在地面龜裂的停車場停下。從車上下來的是白髮斑駁的中年人，他布滿血絲的雙眼環顧著四周。

「那傢伙懷裡有刀。」

「你還眞清楚。」

還行啦。他說完後，又訝異地低語：「難道……」

我打電話到對方的手機。

「我到了，你給我出來。你這個混帳東西，到底想幹麼？」

我先深呼吸一次，提醒自己要盡力保持語調冷淡。一想到那對母子臨終時的情景，我的內心就冰冷到駭人。身旁的他面無表情地觀看著那男人。

「那些事不好在那種地方聊吧？如果你想談，就到那一戶去。有人想跟你聊一聊。詳情你直接問對方就好。」

我單方面切斷通話，關掉手機電源。

男人破口大罵了一陣子後，東張西望，沒多久就放棄似地朝逃生梯走去。他頭上的逃生出口標示燈不停閃爍著，我看見他抵達了自己住過的樓層。

他沒有一絲內疚嗎？

殺害了自己的孩子和妻子，內心一點想法都沒有嗎？

「那傢伙的面前，只剩下通往地獄的門。」

他像是讀取了我的內心般，輕聲說道。

男人踏上走廊的瞬間，那一戶的門猛然打開，一道宛如呻吟、充滿濃濃怨氣的聲音響徹四周。

我看見男人不知所措地後退一步。

一大束頭髮像從門內的黑暗衝出來般朝男人猛撲過去。一波波湧上的髮絲猶如淹沒走廊的浪潮，轉瞬間就吞沒了男人的身影，連同響遍住宅區內的淒厲慘叫聲一起拖進屋裡。

屋內深處的黑暗蠢動著，門在一陣吱呀聲後關上。慘叫聲像被斬斷似地停了，無邊的寂靜籠罩這一帶。

頭頂上行人專用的號誌燈，紅燈開始閃爍。

我掏出香菸，遞了一根給他。在香菸的底端點火，深深將煙全吸進肺裡。呼出的那口又長又細的紫煙，搖搖晃晃地飄向黃昏的天空。我決定從下次起，車裡至少要準備一根線香。

「看來，這件案子結束了。」

「嗯，再來就換我出場了。」

你要一起來嗎？他問。我回答「當然」，跟在他身後。

那一戶簡直像變成別戶般安靜，什麼都感覺不到了。從陽台外透進的夕陽餘輝照得屋內甚至有些耀眼。當然，也沒看見那個男人的身影。他恐怕已被那對母子帶走了吧。

「有了，應該是這個吧。」

起居室的榻榻米上，掉落著一把原木小刀。

他撿起小刀，靈巧地插在腰帶內側。

「那是那個男人帶來的東西吧？連那種東西都可以賣嗎？」

「天曉得。」

店主在想什麼我哪知道，他嘟噥著轉過身。

我看著他的後背向前走，走到一半，我不經意回頭，望向閃著沉鈍亮光的那道門。

那個男人到底去哪了呢？我試著思忖他的行蹤，隨即放棄。

反正，什麼都找不到的。

殘仇

我醒來時，眼前是陌生的天花板。上面有疑似黑色汙痕的斑點，令人毛骨悚然。頭昏昏沉沉的，除此之外，我什麼都感覺不到。

過了一會，我迷迷糊糊地想，這是哪裡？

喀喀喀，我轉動僵硬的脖子，將臉轉向旁邊。窗外的湛藍天空延伸至遠方，那景色給我一種奇異的突兀感。我移動視線，旁邊有一台箱形機器，似乎正在測量我的脈搏和血壓。點滴跟不知是做什麼的好幾根管子插在我的身上。

啊啊，這裡是醫院。

但我爲什麼會在醫院裡？我努力回溯記憶，走出獨居的公寓時的景象鮮明地在腦海中復甦。

「對了，我原本在回老家的路上。」

原本我預計趁寒假回一趟老家。應該說，我已在回去的路上。我騎機車正要通過山路最高點時，突然有輛車從對向車道橫越中線衝過來……

「難道我出車禍了？」

我只記得「要撞到了」這個念頭閃過腦海，之後的事毫無記憶。不過既然還活著，表示我運氣挺好的吧。在那種山路上居然活得下來。

我再次望向窗外，確定季節已更迭。透進窗內的陽光很溫暖，樹鶯悠哉鳴唱著。寒假八成早就結束，大學開啓新一個學年度了吧。

我想開窗，正要起身，就失去平衡從床上摔了下去。原先插在身上的各種管子不是被扯斷，就是脫落彈飛出去。臉頰重重撞擊地面，幸好我整個人還昏昏沉沉的，不可思議地一點都不痛。但我爲什麼會摔倒呢？

我正想抓著床站起來時，身體有種不協調的感覺。右臂不見了。不對，手臂感覺還在。可是，沒有出現在我的視野裡。

我心驚膽戰地看向自己的手臂。

右臂原本該在的地方空空如也。

○

從結論來說，我發生車禍，衝破護欄，連人帶機車從山崖掉下去。是碰巧經過的當地獵戶幫忙求救。

機車墜落谷底摔得粉碎，我幸運勾住半空中的樹枝才得以獲救。只是，銳利的樹枝貫穿了右臂肱肌，肌肉連同神經都幾乎全斷了，醫生優先搶救人命，便將右臂切除。

光撿回一條命就算賺到了，是這種感覺嗎？

「你運氣眞的很好。那山崖高度超過一百公尺，一般來說是必死無疑的。而且還剛好馬上有人經過發現了你，這也極爲幸運。除了手臂以外，沒有其他明顯的後遺症，你能像現在這樣活著簡直堪稱奇蹟。」

醫生說這些話鼓勵我，但四肢不完整在精神上是相當沉重的打擊，我從未有過這麼強烈的失落感，飽受折磨。原本有的東西，如今卻沒了。就是突然之間，被切掉了，失去了。

手臂的感覺還鮮明地殘留著。只是沒有眼睛能看見的右臂，像是只有感覺被遺留下來。

實際上，簡直就像只是眼睛看不見了，還是能彎彎手肘，勾勾指頭。不過，要是想用虛幻的右臂去抓個東西，當然是無能為力。

趕到醫院的爸媽一看見我的模樣，十分錯愕。媽媽極力維持平靜，其實應該很想哭吧。嘴上說人活著就好，但兩人直到離開前，一次也不曾看向我失去的右臂。

「沒關係，現在有精良的義肢。」

他們不想承認這是現實吧。我內心一隅不帶感情地這麼想。兒子變成殘障人士，或許傷了他們的自尊心。幫我轉院到隔壁的復健機構，辦完各式各樣相關手續後，他們當天就回家了。

在爸媽之後來探病的，不知為何是兩名刑警，其中一人是姓近藤的光頭中年男子，另一人是個子相當高的年輕男子。

我躺在床上看著他們出示的警察手冊，腦海閃過一個愚蠢的念頭，這好像連續劇場景啊。原來警察真的是兩人一組執行工作。

「很遺憾，你這次發生了意外。我能理解你的心情。傷勢復原得怎麼樣呢？」

「……警察找我有什麼事？」

面對我冷淡的回應，那名中年刑警露出溫和的微笑。

「沒什麼大事，你不用那麼擔心。我們就是過來問一些有關意外發生時的事。鑑識人員調查過後，發現這不是單純的意外事故，但我們找不到那名嫌犯。所以想請問你，是否記得什麼線索？不管多小的事情都可以。」

「對向車道上的那輛車，沒有被逮到啊？」

我說著有種奇特的感覺。到底在掛心什麼，我也說不清楚，但總覺得怪怪的。

「唉，說起來眞丟人。肇事逃逸案只要沒有目擊者，通常很難找到人。只是，肇事者的嫌疑，不僅限於你這起案子。」

「嗯，怎麼回事？」

「那一天，在救援你的過程中，當地警察在距離你墜崖現場不遠處，發現了一名年輕女子的遺體，似乎是在遭到施暴及強姦後被殺害的。從穿著打扮來看，她應該是來山裡健行。」

「不是我喔……」

當然。近藤說完，露齒一笑。

「遇害的那名女子陰道中殘留著應當屬於嫌犯的精液，已做過DNA鑑定。當然，並不是你。」

與他極力平淡說明的語氣相反，內容讓人聽得十分不舒服。

「這樣啊。不過，我什麼都沒看見。而且我連意外發生時的事都記不太清楚。我雖然記得當時心裡想著『完了』……」

「先不管駕駛長什麼樣，如果只是車種，你有辦法試著回想嗎？」

「抱歉，我只記得自己想閃避從對向車道衝過來的車，然後就撞上護欄。老實說，我連車子的顏色都不記得。」

不過，當時我肯定有看見駕駛的長相和車子才對。只是，我完全想不起來。

「眞的嗎？至少會記得一些什麼吧？」

用強勢的態度這樣問的，是那名年輕刑警。

「松浦，別這樣。」

「可是……」

「我叫你別這樣。抱歉啊。老實說，我們原本期待能得到一些線索。由於沒有其他目擊者，這樣下去調查很難有所進展。在這種情況下，受害者本人醒了，原本以爲是幸運女神終於眷顧我們了。」

我能理解他們爲何如此焦急，但我畢竟是正在住院的傷患，希望他們等我傷勢復原再來。

「很抱歉，我眞的想不起來。」

「發生意外一定對你造成了很大的衝擊吧。眞抱歉在這種時候來勉強你。如果你想起什麼，麻煩請告訴近藤。不管多麼小的事都沒關係。目前還不能斷定那跟你的案子無關。我們希望消除那種可能性。」

我盯著他們遞來的名片，點點頭。

「我知道了。」

然後，我目送兩名刑警走出病房。

殺人案。要是我當時有看見什麼，我希望自己能想起來。如果我眞的看見了什麼和凶手有關的線索的話……

住院生活充滿壓力。每天都得做檢查，CT啊，MRI啊，被帶著在醫院裡東奔西跑，眞是累斃了。即使想把體重養回來，卻只能嚥下少許清淡的飯菜，移動時也都必須仰賴護理師幫忙推輪椅，否則我哪裡都去不了。

「畢竟你算是死過一次了，當然不可能馬上恢復原狀。首要之務就是吃飯，然後按部就班進行復健，慢慢找回身體機能。」

前往交誼廳的路上，今天的第三次說教開始了。

「坂口先生，你這段話聽起來很像在說教喔。」

坂口先生是負責照顧我的人，年紀大約四十歲。嘴巴意外挺壞的，是會拿鋼筋鐵條敲我的背，要我伸直背脊的那種護理師。

「我的工作是幫助患者恢復健康，不是讓他們喜歡我。」

「白衣天使」這個詞到底是怎麼誕生的？他比我媽還要囉嗦。

「我知道。可是，我眞的一下就飽了啊。我不能活動身體，吃東西又不方便，明明有吊點滴，還有必要吃那麼多嗎？」

「就是有必要我才會生氣。你再這樣下去，會沒辦法出院。」

「……要是我大學留級怎麼辦？還會有獎學金嗎？」

「現在專心治療最重要吧？既然休學了，就不要再東想西想的。」

「我才沒有東想西想的。」

可是，該怎麼說呢？這起案子發生前的日常生活感覺變得十分遙遠，這是爲什麼？

「身體是回不去原樣的。」

「你還眞是毫不留情。」

「這是事實。失去的東西不會回來。擁有右臂的你已不在。的確是很辛苦，很難熬，復健也很累。不過，你還活著。」

還活著，這三個字如此沉重。

「嗯，你這樣說也是啦。」

「對啊。如果你想早點出院，就要多吃多睡，努力復健，沒有其他辦法。而且這些事都必須由你自己去做。」

坂口先生笑著說「掰掰」，就朝復健大樓跑去。

我望向窗外，梅花已開始凋謝。有句話是說「春眠不覺曉」，醒來之後我就一直好想睡。雖然是因爲體力變差了，但睏意強烈到十分異常。

夜裡，原本我在打盹，忽然感覺到有誰碰到自己的右臂，頓時驚得彈了起來。

我震驚到彷彿有冰水灌進心臟一般。

當然，右臂早就沒了，被觸碰只是錯覺。不存在的東西，自然不可能被觸碰。

可是，這次是被牢牢抓住手腕。

「咦？」

我知道有誰握住了我的手臂。但不管我怎麼凝神注視，那裡當然不會有右臂。可是，看不見的右臂又千眞萬確地被誰握住了。對方的手指纖細，從觸感來分辨，應該是女性的手。

我不禁脊背發顫。

「這到底是怎麼回事？妳是誰？」

我低聲說，那名女性的手像在回應我似地鬆開了。我清楚感受到對方的手指一根根鬆開。

露珠凝結的窗戶發出「唧」的聲音，彷彿有人正用手指在上面寫字，慢慢出現一些線條。窗前當然一個人也沒有。畢竟這間病房裡只有我一個人。

「請」

「找」

「出」

「來」

窗上確實寫著「請找出來」。

我感受到一陣惡寒，還起了雞皮疙瘩，雙腿不住發抖。我沒有靈異體質，何況我根本不相信世上有幽靈。

「這到底是怎樣啦！」

我伸出左手想按護理呼叫鈴。但那名女性的手抓住了根本不存在的右臂。她力氣大到我不禁懷疑右臂要被握斷了，劇烈的疼痛令我蜷起身體。

「痛！」

我忍不住哀號，右手頓時重獲自由。

「請」

「找」

「出」

「來」

窗上又被寫下這四個字。水珠一滴滴滑落。

「請找出來……是要找什麼啦？話說回來，妳又是什麼東西？」

幽靈。沒有其他可能了。

「小」

「愛」

小愛。小愛是什麼？人名嗎？但我並不認識叫小愛的人。

那兩名刑警提及的事掠過腦海。深山中女性遭施暴的殺人案。我可能見過的強姦殺人犯。

對了，那位女性受害者死了。

一定是她。

○

「像你這樣似乎還感受得到失去的四肢的感覺，就是所謂的「幻肢」。而幻肢產生疼痛的現象，稱爲幻肢痛。」

清醒後過了幾天，醫生在午後診察時對我這麼說。

「幻肢痛是治不好的嗎？」

「是可以治療的。運用『鏡箱』來進行治療，鏡子映出完好無缺的左臂，讓大腦產生錯覺，以爲右臂還在。據說這樣一來，大腦就會停止發出疼痛的訊號。」

「可是，我的感覺是手臂眞的還在這裡。手指、手掌、手腕、手肘，全部都在。」

「那不是眞的。只是大腦讓你產生那樣的感覺而已，實際上你的手臂已不存在。關鍵在於，你要接受這件事。」

「我還有右手被抓住的感覺。」

「就是幻肢痛的一種吧。那種病例也不少，更何況你還沒從車禍帶來的驚嚇中回神，需要一些時間。」

「……醫生，我可以出院了嗎？」

「目前還不行。你必須進行復健，而且前陣子昏睡時你流失了大量體力，體重掉了很多，要是你勉強出院，馬上就會因爲體力不支無法動彈喔。再加上你現在少了一隻手臂，平衡感會跟以前很不一樣。」

「我想出門一趟，轉換一下心情。」

「只是去中庭散散步沒關係。不過，雖然現下已是初春，讓身體接觸冷空氣太久還是不妥。大廳也有電視，你要耐心療養比較好。」

我看著臉上掛著溫和笑容的醫生，心想再爭辯下去也只是浪費唇舌。要是被診斷爲精神有狀況，就眞的麻煩了。

「我知道了，謝謝。」

「那我先離開了。正式的復健從明天開始，你沒問題的。」

醫生說完就走出病房，確認他離開後，我把手機、錢包和藥放進包包裡，穿上爸爸忘記帶走的外套，踏出病房。錢包裡的錢只有兩萬多圓，但應該相當夠用了吧。

「從明天開始，根本來不及。」

失去右臂後我才發現，正如醫生所言，一隻手臂的分量其實相當重，因此光是走路我都抓不到平衡。加上沒辦法擺動手臂，很容易感到疲倦。

由於體力變差了，連走下階梯都十分費勁。即便如此，我依然一步一步地緩慢移動雙腿，好不容易來到大廳。要是從正門出去，肯定會被護理師發現，於是我小心翼翼地繞到逃生門。萬一被坂口先生他們發現，恐怕我就再也沒機會踏出病房了吧。

必須在被逮到前盡快完成，我現在該做的事。

我成功避開所有人的目光，一踏出醫院大樓，就看到醫院的計程車乘車處。我脫掉外套，讓失去右臂的身體暴露出來，馬上就有一輛計程車駛過來，開了門。確實，現在的我怎麼看都是重大傷患。

「小哥，你沒事吧？」

「嗯，我沒事。那個……我想去神谷町。」

「你要去這麼遠的地方啊。來，上車、上車。」

我一坐進後座，就緊緊繫上安全帶。我確認司機的姓名，牌子上寫著「日比谷」。是個臉長得像猴子，骨瘦如柴的中年男子。

「你看起來不太舒服，還好嗎？」

滑行般發動的車子裡，完全聽不見無線電的聲音。

「畢竟我大病初癒。」

「這樣啊，眞辛苦。」

「不會。日比谷先生……」

「咦，你怎麼知道我姓什麼？」

「喔，這裡有寫。」

「啊啊，沒錯、沒錯。什麼事？」

「這一帶的治安如何？」

「治安？嗯，如你所見，這種鄉下地方根本不會有什麼危險。年輕人都去都市打拚了，只有觀光客會來這裡。」

「觀光客……」

「對，要去爬小乃木連山的登山客。以前說到登山客，全是些中年男子，最近年輕族群變多了，生意還不錯喔。」

「女性也變多了吧？」

「現在是叫山林女孩嗎？有很多年輕女性來爬山。」

「爬山啊。我很想試試看，但看來暫時沒辦法了。」

「你那隻手臂，是最近受傷的嗎？」

「我在山路的最高處出了意外。現在身體抓不到平衡，很傷腦筋。體力也大幅衰退，光是走出病房就讓我精疲力盡了。」

「這種時候你爲什麼還要外出？」

「我必須去一趟警署。」

「警署？怎麼了？是掉了錢包嗎？」

「不是。只是，有件事我無論如何都得先去做。」
「這樣啊。」
「日比谷先生，我要睡一會，抵達後可以請你叫醒我嗎？」
「好啊。」
「麻煩你了。那就晚安了。」
我一說完，就靠著車窗進入夢鄉。看來體力消耗得比我預期的多，我實在睜不開眼睛。
喀噠叩咚，我因車子劇烈搖晃而醒來。望向窗外，車子似乎正奔馳在山路上，而且速度極快，引擎發出呻吟似地聲音。
「日比谷先生，請問這是哪裡？」
司機沒有回答，繼續在山路上蛇行前進。我瞥了眼時鐘，居然睡了一小時。我竟這麼鬆懈，自己都不禁傻眼。
「啊啊，又是在山上。你這個人眞是學不乖。你以爲來到山上就不會被發現嗎？不過，這只是徒勞。那次事跡就敗露了，不是嗎？」
日比谷透過後照鏡狠狠瞪著我。布滿血絲的雙眼，紊亂的呼吸。那副表情，正是殺人凶手會有的表情。
「都要怪你，是你不好。混帳小鬼！只要你沒有衝出護欄、掉到那種地方，根本不會有人發現那個女的。都是你這混帳不乖乖死掉，事情才會變成這樣。」
爲什麼呢？明明和殺人凶手單獨待在形同密室的車內，我卻一點都不害怕，心底反倒有一股怒氣直衝上來。

「別怪到我頭上。我才是被你連累的受害者。不過，你把來爬山的女生載到山裡強姦，也不需要殺了人家吧？有必要殺害人家嗎？」

司機似乎十分震驚，瞬間睜大雙眼，接著豁出去似地哼了一聲，露出扭曲的笑容。

「因爲她看到我的臉，那就只能殺了她吧？」

「我也看見你的臉了。」

「對啊，所以我要殺了你。不可能讓你活著回去。我就是爲此埋伏在醫院前面。你昏睡了這麼久，幹麼不直接死掉就好了？」

原來如此。他沒有潛入病房殺我，想必是不曉得我在哪一棟大樓吧？只要看看坂口先生就會明白，醫院裡的護理師眞的都會仔細留意那些來探病的人。

「爲什麼是那個女生？爲什麼要做那種事？」

嘻嘻，司機笑得詭異。

「那女人很棒喔。胸部大，又一副未經人事的樣子。她一邊哭一邊激烈掙扎，我不禁勒住她的脖子。幹麼啦，這不能怪我吧？是她不該激烈掙扎。」

「原來如此，我只知道你整個人都爛透了。不過，你以爲自己逃得了嗎？」

「逃得了啊。總是有辦法的。而且就算被抓，頂多關十五年就可以出來了。監獄裡有飯吃，又有溫暖的棉被，不是很棒嗎？像你這種混帳小鬼，根本不懂社會有多嚴峻吧？現實世界可是比監獄更殘酷的。」

「嗯，是啊。給你這種人渣重新做人的機會，那個女生卻死了，眞的很殘酷。她跟我同年，要和爸爸去爬山，卻在前往碰面地點的路上，被你這混帳殺了。她爸爸到現在仍非常自責。」

「……什麼啊，你認識那個女生？」

「不，我不認識生前的她。這是她告訴我的。昨天晚上，我們討論了一整夜。爲了消弭她心中的怨恨，到底該怎麼做才好呢？」

「莫名其妙，你到底想說什麼？」

「如果你聽不懂，那就看看這裡。」

日比谷瞥向後照鏡，臉瞬間變得慘白。他發出淒厲的尖叫，突然用力踩下剎車。輪胎發出刺耳的聲音，車子撞上護欄，後輪浮在半空中。碰咚！車身劇烈搖晃。

「啊、啊、啊……」

日比谷約莫是看見坐在我旁邊的那個渾身是血的女生了吧。我看不見。我只知道，她顫抖的手正抓著我的右臂。

「我的右臂死掉了，唯獨感覺像幽靈一樣殘留下來。聽說這叫『幻肢』，還能觸碰到靈體。眞是諷刺，若是不存在的右臂，就能觸碰到不存在的東西。」

我的任務，就是把她帶到這裡。

然後，幫她和這傢伙建立起連結。讓他能夠看得見。讓他的焦點對上。

「哇啊啊啊！哇啊啊啊啊啊啊！」

日比谷從駕駛座上跌跌撞撞下了車。我抓住她的手來到車外。

「殺害一個人，做了那麼過分的事，居然蹲十五年左右的牢就能出來，這不對吧？那女生死了。大叔，你該贖罪。」

神智混亂的日比谷腰部撞到護欄，隨即消失在另一側。

我走近朝山崖下望去，看見日比谷掛在幾公尺下方的岩石上，臉色發白。距離底部少說還有一百公尺吧。

「救命！救、救我……我錯了，是我錯了。」

勉強擠出來的男性聲音，像是從山崖爬上來似地傳進耳裡。

她握住我右手的那隻手，不再顫抖了。

她的手突然鬆開，簡直像是對準那傢伙落下。

那一瞬間，我確實看見了。

她從背後緊緊抱住日比谷的身影。那是一張神清氣爽的笑臉。

至於在那男人眼中映出什麼模樣就先不管。

沒多久，日比谷好似承受不了她的重量，手指從岩石邊緣滑落。

慘叫聲不絕於耳，他摔了下去，身體變形，消失不見。

厚厚的雲層開了一條縫，陽光透過隙縫灑落山谷。

柔煦照耀著逐漸染上紫色的山中，那一片提早綻放的淡紅色花海。

宛如一道通往天堂的階梯。

我不禁暗想，或許此刻她爸爸也凝望著這道光芒。

我祈禱著，希望真是如此。儘管這可能只是我一廂情願。

「——再見。」

呼，我吐出一口氣，整個人倒下般當場蹲下。

體力很重要就是這麼回事吧？我全身上下都使不出一點力氣了。

我很想在這裡倒頭就睡，但不引導警方找到那傢伙的屍體，那件案子就不算結束。至少，對於被遺留在這世上的人來說，絕對是如此。

我掏出手機，艱難地按下人生中第一次撥打的三個數字的號碼。

才響一聲就有人接起電話，我先對警察說明了大略位置，以防萬一我還報了近藤刑警的名字。我也想打電話通知醫院，但似乎不知不覺中就失去了意識。

「坂口先生，一定很生氣吧……」

意識逐漸朦朧之際，我喃喃自語。

○

我醒來一睜眼，就看見天花板上熟悉的汙痕。

聽說後來我被緊急送到醫院，當然，挨了醫生一頓訓斥，甚至吃了坂口先生的一記拳頭。

近藤刑警來問話，我告訴他當時是遭到計程車司機攻擊，在山路上發生意外，結果司機一個人逃走了。日比谷的遺體很快就被吊上來，由於先前那起案子的緣故，也送他去做DNA鑑定了。

「還眞有這麼巧的事。傷害你的那個人，居然又因爲對你下手意外身亡。」

近藤刑警摸著自己的頭，探究什麼似地這麼說。

「不好意思，沒幫上什麼忙。」

至於偷溜出醫院的理由，我堅持意外造成的衝擊害我什麼都想不起來，之後的詳情我也一概不知。

老實說，欺騙周遭這些人我是有罪惡感的，但我絲毫不後悔。

她有權審判日比谷。由死者來殺死加害者，再也沒有比這更公平的審判了吧。法律之類的東西，是人類社會在用的。

我遇上的問題，只有出院後右臂的幻肢依舊沒有消失，偶爾會有看不見的東西想來抓我的手。

如同字面上的意思，我現在也持續助死者一臂之力。

叫禍

偶爾，夜裡一躺進被窩，我就會聽見奇特的聲響。

聽起來像是拖行重物的聲音，在長長的走廊上一步又一步，朝這邊走近。

像從被窩底下傳來、清晰到好似近在眼前的那個聲響，每次一到我們房間前面，就突然消失了。

爸爸和媽媽似乎聽不見，只有我和小我一歲的妹妹飽受那個恐怖聲響折磨。

「——裝成沒聽見就好了，絕對不可以去看喔。」

如此反覆叮囑的，是住在同一屋簷下、年事已高的奶奶。

奶奶很不喜歡聽我們提起這件事。

爸媽從早上到深夜兼了好幾份工作，平時都是奶奶在照顧我們。她彷彿中了必須保持鞠躬姿勢的魔法，腰總是彎成「く」的形狀，但她不僅會陪我們玩，還會煮晚餐、幫我們洗澡，勤快做著各項家務，是個溫柔的奶奶。

這樣的奶奶只有在談到家裡那個怪聲音的時候，會露出凝重僵硬的表情。「就裝成沒聽見。」她帶著氣音低聲這麼說。

不合季節的強風敲擊般吹得窗戶不住晃動，爸媽要很晚才會回家，家中理應只有我們三個人。

簡直就像她知道，不能被發現的第四個人，就在隔著薄薄一扇拉門的另一側一樣。

我們都很怕這個家，怕得要命。

妹妹上小學的隔年，奶奶過世，白天只剩下我們姊妹倆在家，內心的恐懼立刻翻倍。

不管是莫名令人感到昏暗的走廊，如威脅般突兀響起的房屋聲響，或是半夜伴隨著地板聲響聽見的那個聲音。

我感覺到某種看不見的東西似乎想把我們趕出這個家，害怕得不得了。

即使如此，我們並沒有哭著跟爸媽說想搬家，一方面當然是因爲爸媽聽不見，任憑我們說破嘴他們多半也無法理解，但最主要的原因是，儘管我們當時還小，也察覺到家裡的經濟狀況應該沒有餘裕能讓我們逃離這裡。

後來，高中畢業我就搬出家裡。妹妹跟隨我的腳步，考上其他縣的學校，畢業後直接留在外地工作。每年只在盂蘭盆節和新年假期回老家，而且會找各種理由當天來回。我們想看看爸媽，但要留在那個家過夜，實在令人畏懼。

出社會後，生活變得十分忙碌，我很少再想起老家的事。業務繁重，我不分晝夜地工作，過著一週有大半時間都帶睡袋在公司熬夜的生活。別說是戀人了，連朋友也逐漸疏遠，在這樣的日子中，一回神才發現這四年來我一次都沒回過老家。

那是我想著「終於能回家睡覺了」，走在回家路上時發生的事。

妹妹罕見地打電話來，我嚇了一跳。還是在這種大半夜打來，真的很稀奇。之前碰巧到她家附近工作，相隔好幾年跑去找她，那次是在半年前了吧。

「喂……」

我接起電話，對方卻沒出聲。

「喂，是茜嗎？」

怎麼了？我正要這樣問時，聽見妹妹的哽咽聲。

「姊……」

她平常都叫我「小舞」，上次叫我「姊」應該是小學時的事了。

「有聲音。」

「咦？」

「那個聲音……在我家裡。」

一瞬間，我聽不懂她在說什麼。

「我睡覺時聽見了。那個聲音一直在靠近。」

我想起老家的事，臉色頓時變得蒼白。

「大約一週前開始聽見的。起初我告訴自己是心理作用，但沒用。我沒辦法像以前那樣忽視那個聲音。太可怕了，我很在意，真的沒辦法了。」

「妳在哪裡？」

「我好怕……」

「我去陪妳。我馬上過去。我搭計程車，妳等我一下。」

「姊，我得去一趟。我得去確認才行。那東西是從哪裡來的，又該回到哪裡？那到底是什麼東西？」

妹妹茫然無措的話語聽得我背脊發涼。完全不同於平常的妹妹。和那個開朗活潑的她判若兩人。

「茜，在我去接妳之前不要亂跑！快告訴我，妳在哪裡！」

「姊姊，這個家……這個家有問題。」

空洞的話語，妹妹疲憊至極。

「明明有問題，爲什麼沒人發現？」

手機。只有這個東西，宛如一條細線，連繫著我和妹妹。

「不行，不可以。拜託，不要……」

嘟一聲，通話斷了。噗滋、噗滋，破裂般的聲音響起。

「藏到哪裡去了？」

低沉扁平的聲音在耳邊低語，手機不自覺地從我手中滑落。

我感到一陣惡寒，心臟彷彿在顫抖。裂開的手機液晶螢幕上，亮光消失了。

我有種不好的預感。我打電話回老家，但不知是什麼緣故，無論我打幾次，連嘟嘟聲都沒響起。腦中不斷浮現各種糟糕的想像。

我想馬上衝回老家，但已錯過最後一班新幹線列車，搭計程車跨越好幾個縣的距離回去也不太實際。至於高速客運或去租車，現在都這個時間了也沒辦法。

我懷著姑且一試的心情前往妹妹居住的公寓，按了門鈴毫無回應，屋裡也沒有燈光。

最後，除了返回自己的住處也沒別的選項，我只能設法保持清醒，撐到早上第一班新幹線列車的發車時間。身體疲倦不堪，精神卻極爲亢奮。一閉上眼睛，我就感覺到那個聲音逐漸爬近。

「至少要沖個澡……」

熱水淋遍全身，頭腦終於稍微冷靜下來，我一直對自己說：沒事的、沒事的。聽說疲倦時夢見的大多是從前的事，妹妹肯定也是這樣。疲憊不堪，加上想家，她才會夢見不願記起的過往。

既然是只有行動力特別強的妹妹，她肯定是跳上了最後一班新幹線列車，趁著情緒高漲時打給我。到了早上，一定會接到大嗓門的爸爸打來的電話吧。

「嚇我一大跳，茜突然半夜跑回來！」

腦海中播放正是爸爸的聲音，我不自覺地微笑。

我沒有躺上床的心情，於是斜倚著床邊，只有頭靠在床上，盯著手機螢幕。最後，我還是沒能按下打回老家的通話鍵。

黎明時分，像要拍打趴在桌上假寐的我的後背叫醒我，手機鈴聲響起。

打電話來的是爸爸。

「茜在佛堂過世了。」

在爸爸茫然的聲音背後，正在大聲哭喊的是媽媽吧。

爸爸不斷說著什麼，但透過電話傳來的聲音，就是沒辦法化為言語傳進腦袋。

我也吐出一串串應付般的話語，其實我已不知道是誰在說話了。

等我回過神，才發現通話已結束，我的雙腿似乎沒了力氣，狠狠撞到膝蓋的疼痛陣陣傳來。

我望向窗外，大樓之間的狹小天空，微微開始變白了。

○

妹妹的喪禮來憑弔的客人很多。熟人朋友排成一列，爲英年早逝的她哀悼。

二十五歲的妹妹過世了。

明明遺體就在眼前，我卻完全沒有眞實感。

「眞搞不懂……」

那天早上我回老家，爸爸一看到我，就一臉慘白地輕聲這麼說。

那一天，在天亮前爸媽聽見佛堂有動靜，怕是小偷闖進來，前去查看才發現茜倒在地上。他們急忙叫救護車，但茜已沒有呼吸，只好改爲報警。爸爸敘述時的話聲微弱，幾乎聽不清。

他說自己就寢前確實檢查過門窗皆已鎖好，也上了門鍊，按理玄關大門只能內側打開。警方趕來後他不停強調這一點，最後警方仍以多半是家人忘記上鎖作結，他不禁嘆氣。

我原本想告訴他們，妹妹半夜打電話給我的事，但一聽說通話紀錄上沒有我的名字，便放棄了。就算說出來，恐怕也不會改變任何事吧。

躺在棺材中的妹妹臉上蓋著白布，看不見她的表情。不是可以給人看的模樣。對於那即使在驗屍後也沒有恢復，簡直像變成另一個人的遺體，媽媽茫然無措，喪禮由爸爸和我強撐著擔任喪家代表。

親戚們的態度都帶著幾分尷尬，彷彿在說他們不曉得該問到什麼程度才合適，四處只聽見空虛的互相寒暄聲。

「妳的工作不要緊嗎？」

喪禮結束後，在前往火葬場的靈車中，爸爸突然想到似地問我。

「我請了有薪休假，沒事。我打算在這裡待一週。」

「這樣啊。」

相隔好幾年才見到爸媽，再加上妹妹的死，他們看起來蒼老許多。頭上白髮斑駁，背都彎了。憔悴的程度實在看不出來才剛滿六十歲。

「死因據說是心臟麻痺。」

「心臟麻痺？但我從來沒聽說過茜的心臟有問題。」

「是啊，沒有任何問題。她還會跑馬拉松。明明她之前還那麼有精神。」

爸爸顫抖著，咬緊牙關，鮮血從嘴邊滲出來。他是拚命按捺著無處發洩的憤怒吧。我痛切地理解爸爸的心情。

「茜爲什麼一聲不吭地跑回家裡呢？我實在想不通。居然大半夜一個人回來，之前從來沒發生過這種事。」

「嗯。」

「如果……如果當時我馬上察覺異狀，說不定就能救回她了。我眞沒用。」

爸爸握緊拳頭，整個人不停顫抖，我輕撫他的肩膀。

爸爸寬闊的後背，因悲傷縮得好小。

儘管如此，遺體火化時，爸爸一直陪在媽媽的身旁，表現出喪家該有的沉穩。那副身影顯得如此可靠，也如此悲傷。

我沒辦法和那些親戚待在一起，於是在大廳找了個旁人看不見的角落坐下，等待時間過去。

火葬場內的色調白到不自然，大廳裡全是統一的白色。從一整面落地窗望出去，景色十分遼闊。晴朗的淡藍天空，翠綠的草地，映襯著怒放的嬌美桃色花朵，柔和的風一吹拂，花瓣紛紛飄落。外頭是如夢似幻般美麗、色彩繽紛的世界。

被厚重玻璃隔開的這一側，卻像所有色彩都被吸光了一樣。

○

「去收東西？」

火化結束，向排隊致意的客人一一打完招呼，回家後，我們在擺著祖父母遺照的小佛壇放上一個遠比外觀看起來沉重，用白色絲綢包裹的盒子。

照片中的妹妹身穿美麗的和服，臉上是略帶靦腆的笑容。

我們圍著餐桌吃醃蘿蔔配茶泡飯，簡簡單單的一頓晚餐。爸爸繼續說：

「對。茜住的是公司宿舍，得去把她的東西拿回來，辦退住手續，對方問我們要不要過去一趟。」

爸爸和媽媽都低垂著頭，機械性地用筷子把食物一口又一口地送進嘴裡。除了餐具碰撞的聲響外，安靜又灰暗的餐桌。偶爾，咀嚼醃蘿蔔的咯哩咯哩聲極爲呆板地傳進耳裡。

「所以我在想，明天我和妳媽過去一趟。不好意思，舞，可以拜託妳看家一晚嗎？」

「咦，你們要過夜嗎？那太辛苦了吧，我去就好了。一大早出發就可以當天來回，而且我知道在哪裡。」

「謝謝……但我和媽媽想一起去。」

爸爸說完抬起頭，眼角的皺紋又更深了。

「今天，她老闆不是有來上香嗎？當時我們聊到這件事。他說，你們來看看她的辦公桌，看看茜在公司有多努力。他告訴我，茜的桌子還維持原樣。」

這很值得感激吧？爸爸略帶自豪地笑了，眼角隱約泛起淚光。

「我想了想，我們老是忙著工作，一次都沒去過茜或妳的住處。我跟爸爸討論過了，要好好去看一下茜曾經努力過活的公司和住處，好好稱讚她一番。」

媽媽接下去這麼說，我甚至有種好久沒聽見她聲音的感覺。

我有很多話想說。在忙得團團轉之後，有必要特地在喪禮隔天出遠門嗎？我想勸他們好好休息。可是，面對哭到嗓子都啞了，卻盡力用平常的語氣說話的兩人，除了點頭同意，我沒有其他辦法。

「茜一定會很高興。家裡就交給我。你們自己要多小心。」

當天晚上，我作夢了。

在被窩中熟睡的，年幼的我和妹妹。

明明閉著眼睛，我卻能將房間裡的景象、身旁妹妹的睡臉都看得一清二楚，這很像夢中會出現的情況。

我聽見那個聲音從走廊的另一頭響起。

拖著裝滿重物的袋子似的聲音。從小時候就一直折磨我們兩姊妹的聲音，正慢慢逼近，不斷往這個方向過來。

我才想著到房間前面了，那聲音果然就在那裡停止，彷彿是從拉門另一側窺探這邊的情況，沒有任何動作。

突然間，拉門悄然無聲地打開。從稍稍打開的另一側黑暗中，一根像長樹枝的東西伸了進來。

我之所以會發現那枯枝般的東西原來是一根長得詭異的手指，是因爲它像昆蟲腳一樣蠢動著。

我嚇到差點跳起來時，注意到那東西從脖子以下都像岩石般僵直，一動也不動。

我害怕到無法移開目光，眼睛眨也不眨，牢牢盯著那東西，袋子翻倒在地上。滿是補丁的膚色皮革袋子，從袋口露出過世的妹妹的臉。嘴巴張大到下巴都快掉下來的程度，布滿血絲的眼睛，凹陷的眼窩。妹妹嚴重變形的面容看得我差點驚叫出聲，不得不拚命按捺這股衝動。

我慌忙望向旁邊，發現原本應該睡在那裡的妹妹不見了。

爲什麼？爲什麼？我內心充滿焦急和恐懼。

我瞥向拉門，那東西從另一側探出一點頭來，正竊笑著。

該怎麼形容才好？

那張像是被擠壓變形的臉，沉默地盯著我。

伸出彎彎曲曲的長手指朝我指來。

一顆牙齒也沒有的嘴巴歪斜，輕蔑地笑。

不用說我也明白。

下一次，就輪到我了。

我驀地驚醒。

黏稠的汗水流到脖子，很不舒服。我想發出聲音，才發現喉嚨乾渴。我不停咳嗽，咳到眼眶泛淚。

才不是什麼心臟痲痺。妹妹是在這個家裡，被那個怪物殺害的。

比起恐懼，我感到龐大無比的憤怒如熾烈火焰在內心悶燒。

我下定決心，絕對不逃走。

早上，我按著陣陣刺痛的頭朝餐廳走去，發現爸媽已準備好要出門。

「早安。你們起得眞早。」

「早安。我睡不太著。我幫妳準備了簡單的早餐和午餐，要記得吃喔。」

桌上有擺成一盤的早餐和一個便當盒，橘色盒蓋上的插圖都剝落了。是以前一大早就得出門工作的媽媽會幫我準備的，我很熟悉的，我們家的日常風景。

「謝謝，眞令人懷念。這個妳還在用喔？」

「反正還可以用啊，平常我拿來放醃漬菜。」

呵呵，媽媽那雙笑得像惡作劇被逮到的小朋友般的雙眼依舊紅腫。我裝成沒注意到這一點，像被她感染地回以笑容。

目送爸媽出門去車站，我打理好自己，穿上和喪服不同的黑色洋裝。

「我出門了。」

我打開門，回過頭。朝著沒人送行的家裡，像在叫喚照片中的妹妹似地出聲說道。

總之，我只能先從想得到的地方打聽起。

我前往來喪禮幫忙的僧人所在的寺院，順便也想去打聲招呼。即使我突然來訪，年逾八十的住持依然溫暖相迎，我感覺自己被拯救了。

他一邊「嗯嗯」溫柔應和，一邊極有耐心地聆聽我說話，但一提及驅邪的事，他就微微垂下眉毛，像在曉以大義似地對我說：

「佛教的觀點認爲，幽靈這種東西是不存在的。人死後會進入六道輪迴。」我第一次知道原來天堂也只是六道之一。他又說，「不過在那之中並沒有幽靈存在的空間。靈異故事裡似乎常出現由寺院僧人出面驅邪這種情節，但實際上，雖然會藉焚火等方式來供養靈體，不過除靈驅邪並非我們的專業。」

「這樣啊……眞不好意思，向您提出這種請求。」

儘管我知道事情不會太順利，實際聽見拒絕的話語，打擊果然還是相當大。

「光是想著妳妹妹，說說話，就是一種供養了。歡迎妳隨時再過來。」

我抬不起頭，住持輕輕用雙手覆蓋住我的手，像在祈禱般握緊。

既然如此，我就前往應該是專業的地方。沒想到連神社人員也表示他們沒辦法驅邪，拒絕了我。原本他們一口就答應了，但我一說出自家地址，他們的態度驟變。

「非常抱歉，我們這邊沒辦法幫忙。」

神情中帶著歉意，向我低頭鞠躬的是身上紫袴沒有一絲皺褶，看起來年紀和我差不多的年輕神主。

「怎麼這樣……爲什麼？剛才你們還說願意過來的。」

「這是規定。」

「規定？什麼意思？」

「我沒辦法回答妳。眞的很抱歉，請回吧。」

我不肯就此罷休，但對方不願再透露任何資訊。這一區很小，應該沒人不曉得妹妹過世的事。棺材中遺體的臉都不能讓人看，會有人起疑也不奇怪。

「拜託，請你幫幫忙。」

他露出爲難的神色，確認附近沒有其他人在後，才湊近我耳邊低語：

「請妳去縣政府找人商量。」

他在說什麼？我不禁懷疑自己的耳朵。

「縣政府？」

「對。」

「縣政府是政府機關吧？你是叫我去找公務員幫忙驅邪嗎？」

他站起身，匆匆地說「總之，請妳過去看看」，就深深一鞠躬，轉眼間就走回拜殿的深處。

儘管他的話十分匪夷所思，但現在也沒其他條路可走了。俗話說「飢不擇食，慌不擇路」，但我一時之間仍難以置信。

縣政府並不遠，只是平常沒什麼機會過去。

上次踏進縣政府應該是十幾年前了。改建後內部華美的近代風格裝潢，令我益發不安。來政府機關請求幫忙驅除棲息在家中的惡靈，這實在太荒謬了。

這些念頭不斷閃過腦海，我不知所措地四處徘徊。首先，我根本不知道該找哪個部門商量才好。

好不容易拿定主意，我衝去附近的服務窗口。

「您好，請問需要什麼服務呢？」

「啊，我有事想請教。那個……我老家發生了靈異現象。我去找過附近的神社，結果他們叫我來縣政府。」

「什麼？」

「呃，請問有這類部門嗎？」

窗口的女職員訝異地蹙眉苦笑，我眞想找個地洞鑽下去。

「很遺憾，我們這邊……」

這時，一名穿著西裝的男子從裡面慢慢走出來。他嘴角掛著滿意的微笑，給人一種傻呼呼的印象，但眼睛深處彷彿能看透一切般盯著這邊。

「來了、來了，請問有什麼事？」

「啊，藤村部長。這位小姐說她家發生了奇怪的事。」

「那可不得了了。沒問題，我們有專門處理的部門，我帶妳過去。因爲位置不太顯眼，樓層平面圖上也沒有畫，一般人基本上是找不到的。」

他說著「這邊、這邊」，半強迫地帶我來到一個不容易注意到、十分偏僻的位置。辦公室門上用神經質的字體寫著「特別對策室」，下方掛著手工製作的牌子，上面寫著「有人在」。

「那我就告辭了。」

「嗯，謝謝你。」

「不用客氣。」

男人說完便離開了。

我順了順呼吸，伸手敲門。裡面馬上傳來不帶感情的聲音說「請進」。

我打開略重的門走進去，狹小但清掃得一塵不染的辦公室中有接待櫃檯，還擺著辦公桌，隔板另一頭可以看見待客用的沙發，設計優美的空氣清淨機及掃地機器人，環境整潔到實在不像在政府機關內，反倒有種大都會感，像是海外連續劇裡的執行長辦公室。

「妳好。」

高個子男人身上穿的西裝看起來十分昂貴，年紀大概落在二十五歲到三十歲之間吧。手腳很長，向上推眼鏡的手指好似鋼琴家。皮鞋擦到發亮，彷彿能映出我的臉。

「初次見面。」

我點頭致意，他嫻熟有禮地遞來名片。

「我是特別對策室的室長，姓大野木。請多指教。」

「啊，是。請多指教。」

「那麼，方便請妳先敘述一下正在煩惱的事嗎？請在那張沙發坐下。」

「嗯，我可以問奇怪的問題嗎？」

「可以，請儘管問。」

「這裡可以商量跟幽靈有關的事嗎？」

面對我愚蠢的問題，大野木先生絲毫不爲所動，神情一直很認眞，簡短回應「是」。

「這裡是政府機關吧？明明是政府機關，卻能幫忙驅除幽靈嗎？」

「妳這話有兩件事需要訂正。第一，正因爲這裡是政府機關。第二，不一定是驅除，要看實際情況，所以現階段還無法定論。」

即使親耳聽見他理所當然地這麼說，我還是難以接受。

「我從來沒聽說過『特別對策室』。」

「由於性質特殊，我們不太會出現在檯面上。」

這倒是有道理。要是政府有專門負責驅除妖怪的單位，社會輿論肯定會大肆批判，預算也就撥不下來了吧？

「請問，其他職員呢？」

「只有我。」

「咦，你就是室長嗎？」

「對。只是，對策室並沒有其他成員。」

聽見他極為認真地這麼說，我差點就要笑出來。

「那是什麼？」

「我想請妳留個資料，可以麻煩妳先填寫這張表格嗎？只要寫知道的部分就好。」

接過他遞來的那張紙，我依序寫下姓名、年齡、地址，在不同項目中填上自身經歷，具有哪些靈異相關的知識等。其中還有一題是問「看得見．看不見靈體」，我的心情十分複雜。

「每個人都要寫嗎？」

「對，我會請每個人都寫。有什麼問題嗎？」

「沒有，不好意思……」

眞的沒問題嗎？他並不像這方面的專業人士。個性嚴謹這一點挺不錯，但如果不能幫我解決問題，就沒有意義。

想到這裡，我決定換個心態。至今連一個願意認眞幫我的人都沒有。就連神社人員，光聽到我家地址就拒絕了。

我把塡寫完畢的表格遞過去，他專心看著內容，有時會把臉轉開，或是伸手摀住嘴巴，說不定他比我想像中更有人情味。

全部看完後，他微微點頭，開口說「我能理解妳的心情」。

接著，我開始進行第三次的說明，並回答相關的簡單提問。

「有一件事得確認，妳老家的戶長是妳父親，這次妳過來求助的事，他知道嗎？」

「啊……」

在塡表格時我就有點在意。要提交給政府機關的文件是不容許任何謊言的，所以我按照眞實情況寫了，但我們家的戶長是爸爸。就算我想委託對方處理，沒有取得爸爸的同意，很可能會遭到回絕。

「……如果我說他不知道，會怎麼樣呢？」

我苦惱地反問。

「在委託處理這件事上不會有問題。送來這裡的案件性質特殊，由我全權處理。只是，如果委託人以外的相關人士得知我們去住家進行現場勘查後提出申訴就麻煩了，所以要請家人在這張切結書上也簽個名。」

「太好了，簽名就可以的話，簽多少都沒問題。」

「謝謝。」

他熟練地從手邊的資料夾中抽出一張紙遞來。在政府機關作風的一大串艱澀文字後有塡姓名的地方，正下方看起來是縣知事的親簽，連印章都蓋好了。

我有些難以置信，但仍簽好名，遞還給他。

接下來，我又在其他幾份文件上蓋了印章，收好由我保管的部分，終於把所有必要流程都走完。

「辛苦了，這樣所有手續就都辦完了。我們立刻著手解決案子吧。」

「謝謝。請問，你會幫忙驅邪嗎？」

「不，很遺憾，我完全沒有那種力量。我都是委託專業人士幫忙解決案子。當然，我也會陪同到場。」

「這樣啊。」

「請妳稍等一下，我打通電話就回來。」

「麻煩你了。」

大野木先生到隔板的另一側打電話，似乎一直沒有人接。

「眞抱歉，他好像在處理其他案子。」

「拜託你，別叫我過幾天再來。」

「請放心，考量到妳的情況，沒有時間慢慢來。」

他一說完，就動手收拾東西。

「我們先過去現場。我必須去妳老家拍幾張照片，請問妳父母在家嗎？」

「不在。他們去把我妹的東西搬回來，明天才會回家。」

「……這樣啊，那我們盡可能動作快一點。」

「麻煩了。」

當自己曾在裡面生活的家被稱爲「現場」時，我再次體認到一件事。

現下我們家就是正在發生靈異現象的地點。

妹妹死後的那張臉掠過腦海，我渾身一震。

我不想死。

妹妹肯定也是這麼想吧。

○

一到家，大野木先生就先去佛壇前合掌致意，接著才表示想從玄關開始依序拍照，在屋內四處看看。他一邊做準備，一邊朝我拋來簡單的問題。

「妳們是跟父親那邊的祖母一起住，對吧？代代都住在這裡嗎？」

「不是。這裡原本有房東，聽說當初爸爸調職過來時是用租的。爺爺在我們出生不久前過世，奶奶沒辦法繼續住在原先的租屋處，才搬過來一起住，於是向房東買下這房子。」

「原來如此。」

大野木先生取出相機，像在轉換心情般大大深呼吸。

「那麼，我要從右側開始繞一圈，沒問題吧？」

「我知道了。請問，聯繫上靈能力者了嗎？」

「沒有，也還沒接到回電。」

「這樣啊……」

像這樣一看，就會發現這屋子的窗戶少得可憐。以前我只當是屋子歷史悠久，其實外頭光線幾乎照不進來。家中很昏暗，要是沒開燈，走廊根本是一片漆黑。

大野木先生一邊確認方位，一邊在紙上畫下屋內格局。窗戶的位置就不用說了，哪裡擺了什麼東西，他也都迅速畫下來。

從玄關走進去，眼前是一直延伸到裡面的長廊，右手邊就是廁所，廁所旁邊是浴室和洗手台，再過去是佛堂和用拉門隔開的起居室，最裡面則是廚房。從那裡折返回來，第一個房間是現在已完全變成倉庫的奶奶房間。那個房間並沒有發生什麼特別奇怪的現象，但大野木先生絲毫不敢大意，徹底觀察家中每個角落。

「辛苦了。照片都拍完了，我們走吧。」

我才想著，他確認過照片了嗎？大野木先生便俐落地把照相機收進包包裡，朝我這麼說。

「咦？你說『走吧』，是要去哪裡？」

「最上神社。因爲妳在表格上寫著，是他們介紹妳來對策室的。」

「要去神社嗎？但我之前被拒絕了。」

「就是因爲這樣才要去。最上神社是名門正派，所以超出自身能力範圍的案子，他們一開始就會拒絕，這一點很有名。妳見到的那位年紀很大了嗎？」

「不，是年輕男子。」

「應該是擔任禰宜（註一）的通孝先生吧。他經常將這類案件轉介給我。我不是要爲他辯解，但最上神社的方針是由宮司（註二）決定，他並沒有決定權。不過，看來這次有必要去詢問一下。」

「難道現在就要過去嗎？」

「當然。」

他這麼回答，又說了句「我再去打聲招呼」，走到佛壇前合掌閉上雙眼。然後，他起身快步走向玄關。

「要是他在的話就簡單多了。」

沒辦法。大野木先生發著牢騷，趕往最上神社。

○

抵達最上神社的停車場時已近黃昏。神社內一名參拜客都沒有，石燈籠中的電燈百無聊賴地照亮四周。

神社境內，通往社務所的參道外，淨手池旁長滿了白三葉草，上面還扔著一個花冠。

大野木先生去拜殿旁的社務所櫃檯說明來意後，對方馬上同意我們進去。我一在待客室的沙發坐下，白天見過的那個人就走了進來。

「大野木先生，你突然跑過來，我們很爲難。」

他似乎在擔憂著什麼，頻頻回頭望向走廊。

「看來宮司不在。」

「不知道什麼時候會回來。算我拜託你，請回去吧。」

「只要你回答我的問題，我立刻就走。」

註一：神職的名稱之一，職責是輔佐宮司。

註二：相當於神社的負責人，掌管神職人員及巫女。

他露出苦瓜臉，投降般嘆口氣，在沙發坐下。

「我明白了，就告訴你們吧。但這是很久以前的紀錄了，正確與否我不能保證。」

「沒關係。請告訴我。那屋子以前發生過什麼事？」

「不是屋子。」

騙人！我不禁脫口而出。

「但我妹妹說過，那屋子有什麼東西在。」

「……有問題的是土地。」

「土地？」

不可能，土地我在學生時代就調查過了。

我感到奇怪，決定要找出原因，還去圖書館查了舊地圖，甚至設法取得閉鎖謄本（註一）。但那屋子過去乾乾淨淨的，完全沒有曾是刑場或大型戰場之類的紀錄。

從很久很久以前開始，那塊土地上代代蓋的都是住家。

「聽說是在慶應的末期。那裡住了一個專殺小孩的凶手，在地板下藏著無數具遺體。」

「凶手……嗎？」

聽見出乎意料的用詞我當場愣住，他不受影響，靜靜往下說：

「大家多半認爲殘留怨念的土地，是那些因命案或意外死了很多人的地方，不過那種情況很多只要透過淨化、供養，即能慰靈。漆黑、深入滲透般牢牢黏附在土地上的怨念，往往是和加害者有淵源的地點。」

「加害者……」

這樣說來，我聽過一件事。

公寓大廈裡就是沒人要搬進去住的那一戶，住過的人身心崩壞的那一戶，不曾發生案件，房租也就是一般行情。不過仔細調查後，才發現往昔曾有殺人犯長年居住在那裡。

「自某個時期起，這一區接連發生小孩不見的案子。失蹤的全是兒童，江戶時代的警察地毯式搜索可疑人物，然而這種情況卻持續了好幾年。有一天，一個小孩好不容易活著逃了回來，根據他的證詞才終於抓到凶手。根據記載，從凶手家中找出好幾個裝滿『東西』的紅色袋子。」

我腦海裡響起，拖著那個沉重袋子的聲音。

「你是指……裡面是那些遇害的孩童嗎？」

大野木先生臉色發白地提問。

「對。據說奉行所（衙門）派人來搜查，拆掉地板後發現的。多具遺體就那樣裝在袋子裡。有幾個孩子還能辨認出是誰，但大部分都腐爛得太嚴重，只好安葬在無緣墓地（註二）。」

「為什麼凶手要做這種事？」

「我不曉得。根據記載，當時無論如何嚴刑逼問，凶手都只是不斷發出野獸般的叫

註一：一筆土地或一棟建築物的登記紀錄遭到閉鎖時，保存已閉鎖紀錄的謄本。而一筆土地或一棟建築物的登記紀錄會遭到閉鎖，可能是土地被合併、建築物消失等多種原因。

註二：無人祭拜、供養的墓。

聲。」

「……那個凶手嗎？」

我聽見自己的聲音在顫抖。

「在社會大眾的嚴厲指責下，凶手最後死在獄中。」

一陣惡寒從後背直竄上來。

「這起案子眞相大白後，那幢長屋當然遭到拆除，蓋了一座小小的供養塔。後來可能是在明治維新時期，一片混亂之際被破壞，塔不知何時就沒了。當地居民不斷更迭，最後就變成住宅用地使用至今。」

「爲什麼？」

我激動地問。面對我的質問，他像在回答「我不曉得」似地靜靜搖頭，才又開口：

「我推測可能是供養塔所在的寺院遭到燒毀，後來土地持有者也換人了。在他們的眼中，那只是一塊普通的空地。聽說幾代之前的宮司曾多次說明，可惜他們聽不進去。」

「……意思是，你們一直都知道那裡存在危險性，對吧？」

「對。我們用盡了各種方式，仍無力回天。」

「即使居住的人換了又換，屋子也經過改建，情況似乎依舊沒有改變。相繼有幼童突然暴斃身亡，也有住戶精神異常一直說這個家有問題，撐不了幾年，大家就都搬出去了。每次接到委託，我們都會進行祓除，但效果只能持續一小段時間，而且事後就像是效力反彈回來一般，宮司和禰宜也會深受其害。」

他一臉慘白，歉疚地看著我們，而後尷尬地垂下頭。

「歷經這般漫長的歲月，還出現許多犧牲者的詛咒我們無力處理。」

「你是在勸我們死心嗎？」

他無力地回答「眞的很抱歉」，這樣反倒令人火大。

「你們可能只要不介入就沒事了，但我們要怎麼辦呢？花錢買下的房子以前出過這種大事，妹妹慘遭殺害，凶手還是幾百年前就死掉的殺人犯……你們神社到底在幹麼啊！」

「是我們能力不足，眞的很抱歉。不過，我想如果是他，說不定有辦法解決，所以才介紹妳去對策室。」

那個人擁有能觀看得比誰都深入的力量，那是我等所不能及的程度。神主像在忍耐著什麼似地說。

聽見那句話，大野木先生微微頷首，低下頭。

「謝謝你告訴我們寶貴的資訊。」

「不足掛齒。眞的很抱歉，沒能幫上忙。」

我還有話想說，但大野木先生沉默地搖頭，轉眼就錯過了時機。畢竟，要是他們的祓除有效，茜就不會被殺了。結果他們連一點責任都不負，就這樣逃避嗎？

最後，我還是什麼都沒說就離開了社務所。前往停車場的路上，我們兩人一語不發地走著。

「妳還好嗎？」

我坐上車，正在繫安全帶時，一聽見大野木先生這樣問，情緒當場崩潰。

「不好，一點都不好。」

我很不甘心，淚水泉湧而出。

憤怒和悲傷如浪潮般一波又一波湧上來，我完全無法控制。

在這種地方、在今天才認識的人面前，哭得像個孩子一樣，我感到難爲情又丟臉。可是，大顆大顆的淚珠不斷滑落腿上，在裙子上灑下一顆顆圓點。

大概是體貼地想給我一點空間，安靜遞來一條熨燙平整的手帕後，他說「我去打一通電話」就下車了。

我到底哭了多久呢？一回神，手帕已濕透，眼淚像全被吸光般止住了。可能是哭得太激動而冒汗的身體，因戶外氣溫一口氣冷卻。

「請用，可以暖暖身子。」

一臉歉意地說著「讓妳久等了」、回到車裡的大野木先生，遞來一罐咖啡歐蕾。

「不會，我才不好意思。謝謝你。」

我說「我現在就喝」，將咖啡歐蕾含在口中，一股暖意包裹住發涼的身體般慢慢擴散開來。

微甜的牛奶香氣飄盪在車裡。

「慢慢來沒關係。等妳喝完，我們再出發吧。」

「出發？要去哪裡？」

我不安地問，他看著我安撫一句「別擔心」，接著說：

「來這一趟是有收穫的。至少確認了這種情況不是我們應付得來的，所以要去找幫手。從這裡過去不會太遠。」

「幫手嗎？請問，那是指誰？」

「一家骨董店的店主。」

他語氣肯定地這麼說，又露出微笑，但握著方向盤的手似乎微微發抖。是我看錯了嗎？

○

屋敷町是縣內知名的觀光地區，古老的武家屋敷林立，具有小京都般的風情。尤其是宵闇二手書市集和夜間骨董市集十分出名，許多外縣市的觀光客會特地遠道而來。

我跟著大野木先生離開滿是觀光客的熱鬧大路，轉進昏暗小巷子時，全身瞬間繃緊起來，但事情發展到這個地步才開始害怕已太遲，我心一橫，不顧一切地跟上去。

巷子裡也到處都是店家的招牌和門，簡直像是迷惑人心的叢林。忽然間，出現一道通往地下的階梯，不知會延伸到哪裡的螺旋階梯擋在路中央。牆壁上掛著大漁旗（註），陳列著從上顎以上空無一物的日本娃娃，我有種在作惡夢的感覺。

該怎麼形容才好？就像是胸腔內側不斷被搔抓的感覺。

「這條路是怎麼回事？」

「奇怪，今天跟平常不太一樣……」

大野木先生也露出疑惑的神情，想來平時可能會正常一點吧？

註：日本出海捕魚的漁船在豐收回港時升起的旗幟。

「我之前來過屋敷町觀光幾次，但從來沒看過這麼大條的小巷子。照理來說，應該早就走到對面的路上了吧。」

「抱歉。看來她今天可能心情不好。或者是……」

「或者是？」

「心情超乎尋常地好。」

這是什麼意思？儘管不解，我卻無意出聲詢問答案。

不知在這條奇異的小巷子中走了多久，我們突然走進一個開闊的空間。那裡有一家店，門口掛著燈籠，可以看見毛玻璃的另一側有許多人影正愉快跳舞。玻璃門上貼著一張紙，上頭龍飛鳳舞地寫著「夜行堂」。

「你說的店，就是這家嗎？」

我回過頭，只見大野木先生臉上冷汗直冒，神色顯得十分困惑。

「大野木先生？」

「咦？啊，對，不好意思。」

我們走吧——他說著就搭上玻璃門。店內一大群人的歡聲笑語依然清晰可聞。

可是，當他喀啦啦地拉開玻璃門，店內卻是一片靜悄悄。

「……咦？」

嘰嘰，只有從天花板垂吊下來的電燈泡搖晃著發出聲音，店裡一個人也沒有。方才的喧鬧聲究竟消失到哪裡去了？

「你沒事吧!?」

大野木先生朝店內深處跑去。仔細一看，結帳櫃檯的另一側，一個年輕男人面朝下倒在地上。

「大野木……？怎麼了？」

「這應該是我的台詞吧。我不停打電話給你都沒人接。發生什麼事了？你怎麼倒在這種地方？」

「這種地方……你這講法太沒禮貌了吧。」

一道聲音這麼說。聲音的主人從店內深處走出來，是一名身材纖瘦的女子，身上穿著開襟衫，手裡握著一瓶酒。她的雙頰微微泛紅，神情愉悅地微笑著，美得令人不禁倒抽一口氣。

大野木先生皺起眉頭，伸手搭著倒在地上那男人的肩膀，扶他站起來。他好像沒有右臂，衣袖扁扁的。

「你振作點。」

「唔……抱歉，肩膀借我靠一下。」

他嘟噥著「我頭好暈」，大野木先生支撐癱軟坐著的他，轉向那名女子。是在瞪她？還是在怕她？又或者是目光中蘊含著其他情感？僅靠著電燈泡微弱的亮光，從我這裡沒辦法看清楚他的表情。

「哎呀，抱歉。剛才拿到委託他回收的東西，我迫不急待地開栓，結果他就突然……」

倒下去了。她像是要這麼說似地舉起纖細、幾近透明的白皙手臂，手腕以上的部分驀地往前一倒。

「那是會氣化的東西嗎？對他的身體有什麼影響嗎？」

「你不要用那麼恐怖的眼神看我。不用擔心，這是花精靈釀造的清酒，只有好處沒有害處。只是，對他來說，光是香氣就過於刺激了。」

——明明這麼美味。她一邊說，一邊用晶瑩雙眸著迷地望著瓶身，「呼」地輕輕吐息，甘醇香氣甚至都飄到我這裡來了。

呵呵，愉悅笑起來的她和我四目相接。

「你還帶了一位客人過來。」

「妳好，初次見面，請多指教。」

「妳好，歡迎光臨夜行堂。我是這家店的店主。請隨意逛逛，一定會有物品選擇妳的。」

她說話的方式好奇特。

「選擇我？誰來選？」

「這家店裡的物品。」

「說反了吧？」

沒有喔，她微笑回應，傾斜酒瓶又喝了一大口。

「不是人來選擇物品，是由物品來選擇適合自己的主人。不管是人還是物品，沒有緣分就不會相遇。」

「是這樣嗎？」

「是這樣喔。」

我再次環顧店內。

擺滿了大量的骨董。

狐狸面具、古老的尺八（註一）、幽靈化的掛軸、雛人偶（註二）、矮桌、水晶球。

其中也有一些看不出用途的物品。

驀地，我的視線移向架上一張裝在小相框裡的黑白相片。相片中一名老邁男子坐在椅子上，拐杖杵在地上。

我伸手取下相片，翻過來一看，背後什麼都沒寫。爲什麼會被這種老照片吸引呢？我自己也感到十分不可思議。

「就是那個。」

我回過頭，剛才那名男子抓著大野木先生的肩膀站著。那一瞬間，他的右眼看起來像是一團燃燒的淺藍色火焰。那雙眼睛彷彿能看穿我的身體，令我背脊一震。

「這個？但這個有什麼用？」

「就是對於咒殺妳妹妹的那傢伙有用。」

大野木先生應該還沒向他說明事情經過。剛才並沒有那種空檔。

「趕快去妳家吧，必須在今晚把事情處理掉。」

對著震驚的我，大野木先生聳了聳肩。

註一：日本的一種木管樂器。

註二：日本女兒節使用的人偶。

前往老家的車上，坐在副駕駛座、只有一隻手臂的他開口了。

「那張相片選擇了妳，表示我們沒辦法使用。不好意思，可能要麻煩妳陪我們到結束，沒問題嗎？」

就算他問我「沒問題嗎？」，我對目前的情況根本是一頭霧水，一張老照片可以做什麼呢？

「你的意思是，要幫那個家除祟，需要這張照片和我在場嗎？」

「沒錯。」

他回答的語氣很冷淡。

「那請你告訴我，出現在我家的那個惡靈到底是什麼東西？」

我不知道他是何方神聖，但在這個時間點，他恐怕比我或大野木先生都了解現況吧？我很確定。資訊愈多愈好，畢竟那不是可以在光聽見聲音就膽怯、一無所知的狀態下迎戰的對手。

「大野木先生，你去過最上神社了吧？你知道多少內情？」

手握方向盤的大野木先生聽見這個問題後，透過後照鏡瞄了我一眼。

「我沒問題。」

我看著鏡子這麼回應，大野木先生鬆了口氣似地點頭，把方才聽見的那些事告訴副駕駛座上的他。

「啊啊，原來如此。嗯，畢竟這類案件很容易留在大家的記憶裡。」

「對，但我不懂凶手爲什麼要殘害孩童，又把遺體藏在地板下？還有，她在電話裡聽見的那句話是什麼意思？」

藏到哪裡去了？

和妹妹的最後一通電話。在結束通話時聽見的，黏附耳朵般的扁平聲音。

那個既不像男人也不像女人的聲音，爲什麼要對我說那種話呢？

誘拐殺害別人家的小孩，又把遺體藏起來的明明是你。

「就是字面上的意思。那傢伙也一直在找某天突然被拐走，下落不明，自己唯一的小孩。」

和方才冷漠的聲線不同，沒有右臂的他以稍微低沉的語調輕聲說。

「她一直找一直找，傷心欲絕，恨透了拐走自己孩子的歹徒，最後內心生病了。這下換她開始對別人家的孩子做同樣的事。她想著『找到我的孩子了』，把小朋友拐走後才發現人不對，於是殺掉藏在那個地方。爲了讓其他人嘗到和自己一樣的痛苦滋味。」

他說話的口吻彷彿親眼目睹一切，我不禁感到疑惑。

「那算什麼啊？根本只是遷怒到無辜的人身上。」

我忍不住罵道。是喔，他輕聲回應，目光轉向窗外，又說「不過……」。

「她本人多半深信自己是爲了找到孩子才做這些事的吧。」

車窗外的景色，電線杆上整齊排列的燈光，照亮他映在窗上的臉。

太陽已完全下山，夜色中的屋敷町。對面車道來車的車頭燈在交錯而過時，斷斷續續照亮底下的柏油路。紅紅黃黃的繽紛亮光排成一列前進時，唯獨理應有人乘坐的車內，好似塗滿黑色般安靜。

「但她和妹妹都已長大成人，沒理由遭受攻擊吧？」

像是要打破沉默，大野木先生朝他拋出疑問。

「因爲是她們小時候接觸過的怨靈。說是詛咒或許更容易理解。雖是專對小孩下手的惡靈，但只要沾附過一次，就算長大成人也不會有變化。跟衣服上沾到的醬油漬，不管時間過了多久也不會消失是一樣的道理。」

「可是，住在那個家時，我們都平安無事。」

「因爲妳們一直無視怨靈的存在吧？不管聽見什麼、看見什麼，都當成沒那回事般繼續生活。」

我想起奶奶反覆告誡我們不要有反應的事。

「所謂的鬼怪，如果不能先讓人認知到自己的存在，就什麼都做不了。當有人意識到自己之後，才算是眞的存在。所以它們會一直製造聲音，引發靈異現象來吸引注意力。使人害怕，使人心生戒備，進而專注凝視著黑暗，然後就連接上了。」

「連接上了……」

拉門另一側那枯瘦如樹枝的手指浮現在腦海裡。

「妳妹妹運氣不好，被原本一直無視的那東西注意到了。她可能是發出聲音，也可能是看見了，這部分我不清楚，但應該是漸漸對上焦點，然後就被發現了。」

就是那一天，我心想。

她哭著叫喚我的名字、打電話來的那一天。妹妹簡直像被詛咒控制般回到那個地方。最後那次通話斷線時，她心裡到底在想什麼呢？

「可是，不管是妹妹還是我，都搬出那個家好多年了。爲什麼那東西要在此時……」

他側頭接著說：

「我不知道，或許是她聽見了類似的聲音，又或許是因爲什麼事勾起了內心深處的回憶吧？」

「……就因爲這樣？」

「很沒道理吧？不管是下手的契機，或是這一切。明明是毫無關係、無辜的人。」

「要是沒有那東西，妹妹可能就不會死了嗎？」

我忍不住這麼問，他轉過頭來，和我四目相對。短短一瞬間，他的右眼看起來變成了淺藍色。

「知道這件事以後，妳想怎麼樣呢？」

他的目光彷彿要貫穿我，幾乎要被那股氣勢壓倒，我仍開口回答。

「我不曉得。可是，我想知道。到底該怎麼做，她才可以不用死呢？當時她一定是在求救，我卻沒發現這一點，眼睜睜看著她被殺。」

其實，我一直在想。

要是當時我沒有悠哉地想著等早上再說，妹妹或許就能獲救。即使要花上好幾十萬圓，當時也可以搭計程車飛奔過去。爸媽沒有接電話，我也可以打電話到警署啊。沒積極採取行動，是我想得太天眞。

我沒有警覺到事態的嚴重性。我以爲只要太陽升起，一切又會回到不變的日常。對此深信不疑的我做出愚蠢的行動，才導致最糟糕的結果。

明知那個聲音有多恐怖，能夠理解妹妹的人就只有我一個而已。

「這樣啊。」

獨臂的他只是輕聲簡短回應，又將目光轉回前面。他像在思索般安靜了片刻，才自言自語般繼續說：

「不好意思，關於這一點，我沒辦法告訴妳什麼。我能看見的只有已發生的過去，所以，如果要實現妳期望的未來，當時最好的選擇究竟是哪一個，我是看不見的。」

不過，他又接下去說：

「殺害妳妹妹的並不是妳。唯有這一點我可以向妳保證。雖然我沒辦法跟妳說『復仇的事就交給我們了』這種大話，不過最起碼我們一定會救妳。所以，接下來請妳爲自己展開行動，不是在贖罪，也不是在復仇。」

過去已無從改變。現在，這一瞬間，能改變的唯有自己。他想說的，就是這個意思吧。

我想起以前在佛教講座上聽過類似的話。那到底是誰說過的話呢？

不是在安慰我，也不是在鼓勵我，卻比任何話都更能給我信心。

「我明白了，謝謝你。」

我道謝後，他輕輕應了聲「嗯」，又回過頭。這次他整個人的狀態和方才不同，是一張與年齡相符的年輕人的臉。

「那麼，抵達目的地之前，妳就閉眼休息一下吧。妳眼睛很紅喔。我也要睡一下，大野木，再麻煩你開車啦。」

他一說完，不等大野木先生回覆，就放下座椅，迅速熟睡。

我想起方才提到他剛結束委託回來，肯定相當疲憊吧。

眞是個不可思議的人。難以判斷他到底是體貼，還是神經大條。

我輕嘆口氣，主動詢問坐在駕駛座上的大野木先生。

「這個人……到底是怎樣的人啊？」

我不由得語帶苦笑，問道。

「可以說是後天的靈能力者吧。他的人生經歷有點特殊，不過實力是貨眞價實的。我掛保證。」

大野木先生略帶自豪地說完，又告訴我「妳放心」。

「既然他說會救妳，那就沒問題了。等一切順利結束，再去向妳妹妹報告，以慰她在天之靈吧。」

面對大野木先生溫柔的話語，我微微點頭說「好」，在後座緊緊閉上眼。妹妹的臉龐，從心底深處如泡泡般浮上來，又靜靜地消失。

遠方道路傳來的喇叭聲，細細長長地持續響著。

○

「快到了嗎？」

快要到家時，他醒了。照理來說，他應該不知道我家在哪裡。

我家隔壁第二戶前面那根電線杆上的燈光，感覺非常遙遠，明明是早已看慣的景色，此刻看起來卻異常昏暗。

「不用開進停車場沒關係，停在前面馬路上。」

「不要熄火，對吧？」

「對。還有，一旦進到屋裡，妳絕對不能開口。」

解開安全帶，獨臂的他靈活移動到後座來給我忠告。

「你是叫我不要講話嗎？」

他一副「還會有什麼其他意思嗎？」的表情看著我，然後拿起原本放在車裡的帽子，粗魯地戴在我的頭上。

「聽懂了嗎？就算有什麼東西對妳說話，都不可以有反應。要無視。」

爲什麼？我正要問時忽然懂了。恐懼漸漸滲透身體，全身爬滿雞皮疙瘩。

「萬、萬一回答了呢？會發生什麼事？」

「會連接上。」

聽見他莫名有畫面感的話語，我感受到嘴巴裡愈來愈乾。

「就算看見，只要裝成沒看見就好了。千萬不要有反應，不要尖叫。如果恐懼畏縮，會被趁虛而入喔。聽懂了嗎？」

我突然害怕起來，把帽子壓低，僵硬地點頭。

下車後，冷冽刺骨的空氣令我瑟瑟發抖。抬頭仰望，我家散發出至今從未感受到的壓迫感。我不想靠近，我好想立刻轉身逃跑。

「沒事的。妳慢慢來，沒關係。」

我深呼吸一次、兩次，手放在胸前，試圖平復急促的心跳。

「待會進到屋裡，他走最前面。我們跟著他。」

大野木先生的聲音變得高亢。雖然沒像我抖個不停，但他的臉色很差。

「沒問題的。」

就連應該經歷過不少這種場面的大野木先生都會害怕啊。不過他仍努力擠出僵硬的笑容鼓勵我，看見他這樣，一股勇氣油然而生。

「好了嗎？」

我點點頭，拉開玄關大門。

那一瞬間，眼前一片漆黑，什麼都看不見。我差點要尖叫時，有人輕拍我的肩膀。

「沒事的，保持安靜。大野木，你可以開手電筒嗎？」

「可以。」

大野木先生從我背後走過來，打開手電筒。一道白光像要撕裂黑暗般直射前方。

「這是……」

大野木先生顫聲低喃。

這不是我家。

和在時代劇裡看過的長屋十分相似的裝潢。有沒鋪地板的地方，脫鞋處的對面是一個鋪了地板的小房間，中央擺了幾張榻榻米。

我回頭看向背後，那裡只有一面塗滿灰泥的牆壁，並沒有出入口。

「來了。」

窣——那個聲音從牆壁另一側傳來。沉甸甸的那個聲音，好似正在到處找人。

不久後，那東西就像從牆壁另一頭滲透過來般現身。

蓬亂的長髮，駝著背，一副惡鬼般的表情，嘴裡念念有詞。一個身穿發黑的和服的女人，彷彿看不見我們，逕自橫越我們的眼前。她的手中，緊緊抓著一個紅斑點點的袋子。

女人神態隨意地把榻榻米挪開，一塊塊拆掉地板。從袋口的縫隙，可以看見一隻軟趴趴的白皙小手臂。一眼就能看出那是孩童的手，我不由得別開眼。

唔唔、唔唔唔，女子用擠壓出來般的聲音呻吟著。

聽見那聲音，我以爲她在哭，後來才發現她其實是在笑，因爲青筋如枯枝般暴起的手指縫隙間露出的嘴唇，正揚起歪斜的嘴角。

磅唰唰，數量眾多的孩童遺體被倒進洞裡的聲音響起。

忽地，眼前景色一變。我們站在熟悉的走廊上。

我嚇一跳，差點要驚呼出聲。他像是要提醒我，左手靈巧地把我的帽子往下一壓。

「我們現在是回來了嗎？」

「只有時間扭曲了，地點一直都沒變喔。」

他指向前方，那是妹妹過世時所在的佛堂。一股不祥的預感使我的胃幾乎要翻騰。如果剛才看見的那些畫面是過去，接下來我該不會看見妹妹被殺害的瞬間吧？

「沒事，不在那裡。」

獨臂的他拉開拉門，毫不猶豫地踏進去。佛堂沒有任何變化。擺在佛壇上的妹妹遺照，正對著我們靜靜微笑。

「大野木，你可以幫我拆掉榻榻米，然後破壞地板嗎？」

「我知道了。」

大野木先生從上衣口袋掏出摺疊刀，把榻榻米搬開，再把小刀插進地板間的縫隙，一塊塊拆下來。每拆除一塊老舊地板，就響起彷彿龜裂延伸至整個家中的聲音。

「這個聲音是……？」

「不用管它，總之動作快。」

最後一塊地板也在巨大聲響中裂開了。

那時，後方牆壁上兩人的影子蠢動著逐漸擴張，變化成披頭散髮的那個女人。

我太過驚嚇差點要尖叫，卻連聲音都發不出來。

眼睛眨也不眨地注視著，那個像從影子中脫離出來、攤開雙手的身影，我不禁倒抽一口氣。

他們兩個彎著身子專注地窺探洞裡，我以類似橄欖球中擒抱的姿勢從旁邊撲上去，三人當場倒地。

「哇啊啊啊啊！」

大野木先生發出一種稱不上慘叫也並非吶喊的聲音。我回過頭，只見頭髮在空中翻飛的那個女人，面目全非地站在那裡。那悽慘模樣，簡直像受過嚴刑拷問一樣。

藏到哪裡去了？

開。

嘶啞的聲音響徹腦海。

大野木先生站到我們身前，張開雙臂像要保護我們，獨臂的他鑽過去般把大野木先生推

「沒有人藏起來。從一開始，就沒有人拐走妳的孩子。」

他直視那個女人，平靜地說。

給我。他像在這麼說似地朝我伸出手，我立刻明白他的意思。

取出相框裡的小張照片的瞬間，照片突然在我手上燒起來。

我差點把照片丟到一旁，拚命按捺這股衝動，雙眼眨也不眨地看著眼前的情景。彷彿感受不到熱氣，炫目的藍色火焰像要燃盡天花板般向四周擴散開來，又如水滴似地掉落腳邊，接著，發出「轟」一聲，絲毫不見頹勢，洶湧翻騰著，頃刻之間就化爲一個老人的身影。徹徹底底變成了照片裡的那個人。

「這是……」

大野木先生一回頭就看見這一幕，他的側臉染上了藍色。

火焰靜靜燃燒出的老人身影，緩緩朝那個女人走去。

女人原本一直蠢動著的頭髮全都垂落下來，好似失去力氣般變得極爲衰弱。

那時，火焰突然碎裂般縮小了，化成一個小男孩的身影，朝女人跑過去，一把抱住她的腰。那一連串動作極爲自然。就像在夕陽染紅的天空下跑回家的孩童一樣。

蔓延的火焰逐漸包圍女人。

我一直愣愣地望著眼前的光景。

女人彷彿覆蓋住小男孩般緊緊回抱的剎那，一陣劈裂萬物般的強風從已拆除的地板下方颳上來。

宛如塗了墨汁的無數隻黑手伸出來，像要纏住女人般，爭先恐後地牢牢抓住她的手、腳、肩膀及腰，把她的身體拖成後仰的姿勢。

她拚命抵抗，但身體仍被一隻隻黑手猛烈拖進地板下方。

幾乎要衝破牆壁的淒厲叫聲，在她被吸進地獄般深幽大洞的瞬間，就像被斬斷一樣停了。

室內恢復寂靜，只有被撬開的地板凌亂散落著。

我下意識就要問「剛才那是……？」時，又慌忙摀住嘴巴，他轉過頭靜靜地對我說「結束嘍」。

「站得起來嗎？」

大野木先生朝我伸出手，我抓住他的手正要站起來時，才發現自己雙腿發軟，膝蓋抖個不停，根本站不了。

「不好意思，我的腿沒力氣，動不了。」

「沒關係，我才要謝謝妳。剛才如果不是妳救了我們，現在情況不曉得變成怎樣了。」

在大野木先生的攙扶下，我總算站了起來，探頭去看地板上的那個洞，裡面空無一物。只有黑色泥土，其他什麼都沒看到。

「嗯。最後，那個女人一瞬間……真的只有一瞬間就是了，看起來像一個緊抱自己孩子的母親。那張照片裡的老人，莫非是……」

「對。內心有遺憾這一點，那個老爺爺也一樣吧。」

「……這樣說來，他就是被拐走的那個小孩啊。」

語畢，我忽然想起，他之前說的那句話，到底是什麼意思？

他好似看透了我內心的疑惑，開口出聲：

「妳不需要知道全部的事。只是，如果妳沒有造訪那家店，這個緣分就一直牽不上，那傢伙會一直深陷在同樣的輪迴裡。讓一切結束的人，舞小姐，是妳喔。」

辛苦了。他這麼說，把戴在我頭上的帽子輕輕摘下，面露微笑。

無數眼睛看不見的線層層牽引著，才把我引導到那個地方嗎？

恐怕是歷經一百幾十年的歲月才終於邁向終點，細而綿長的因果緣分。

「……那個女人升天了嗎？」

「怎麼可能。這次應該眞的下地獄了吧。兩人沒辦法去到同一個地方。」

隱約透露著寂寥的說法。他的眼中，究竟看見了什麼？

「那個女人不會再出現在這裡了。可是，怨念不會立刻消失。最好拆掉這屋子搬家。暫時讓這裡回復成一塊空地，之後看是要再蓋房子或轉賣都可以。」

這屋子原就老舊，有多處破損。這或許是一個好機會。茜一定也會贊成這麼做的吧。

——可是……

我搖搖頭，回答：

「對我爸媽來說，這裡就是他們的家。」

他們多半不願意離開吧。在爸媽的眼中，這裡是充滿了與可愛孩子的共同回憶的場所。

他們失去了一個女兒，我沒辦法連那些回憶都剝奪。

「將來，從爸媽那裡繼承這個家後，我會捐給最上神社。總之，最近是一定要先請他們來驅邪的。」

我微笑著這麼說，兩人異口同聲地回以同樣的話，笑了出來。

○

後來，我回到住處，生活也回到正軌。我不再害怕那個女人帶來的陰影，每年盂蘭盆節和彼岸（註一），我都一定會回老家露個臉。

爸媽說，一周忌（註二）前一天晚上，茜站在他們的枕旁。她沒有特別說些什麼，臉上笑咪咪的。兩人說完，放下心中大石般哭了。

我寫信告訴大野木先生這件事，順便感謝他的鼎力相助後，收到一封喜悅之情溢乎言表的禮貌回信，信末，他以爲妹妹祈求冥福的話語作結。

後來有機會時我們也通過幾封信，但那件事過了幾年後，忽然就聯絡不上他了。寄去的信被標註「查無此人」退了回來，即使詢問縣政府也沒得到任何答案。雖然不清楚他是辭掉工作，還是自立門戶了，但肯定仍和那位冷淡又體貼的搭檔並肩繼續幫助他人。

註一：春分、秋分的前後三天，合計七天的這段期間，稱爲「彼岸」。

註二：又名一回忌，死後滿一年的忌日。

每到花瓣片片飄落的這個季節，我偶爾會默默思考照片上那個老人的事。

雖然他當時並沒有告訴我詳情，但他想必什麼都看見了吧？

我自己的猜測是，那個老人約莫是遭遇嚴重的意外事故，失去了幼時的記憶。在我的想像中，可能是從山崖摔下來，或者被河水沖走。之後，他在其他人的照顧下幸福地長大成人了吧。只是，由於某個契機，碰巧得知母親犯下的罪行。

或許就是因爲那份罪惡感及留戀，讓他即使在死後依然用那種形式留在這個世上。

一開始明明沒有任何人做錯事，怨恨之線卻錯縱複雜地纏繞上了，終究走到沒人獲得幸福的結局。

即使到現在，只要一想起那些無辜受到牽連的人，還有妹妹，我仍會不小心就幾乎要陷入深深的鬱悶中。

即便如此，無論是什麼事，總有一天都會落幕。

爲此，這個世上有一些人正拚命幫助大家。

未來某一天，當爸媽過世後，在沒人居住的那塊土地上，會有各式花草繽紛綻放吧。

然後，陌生的家長牽著小朋友經過，說著「眞漂亮」的那一天，也會到來吧。

掬魂

縣政府的年輕職員們偷偷幫藤村部長取了個綽號，叫「晝行燈」（註）。他總是在縣政府大樓裡閒晃，這件事在職員中無人不知無人不曉。他神出鬼沒到不可思議的程度，教人不禁好奇他平常都在做些什麼，幾乎沒看過他坐在辦公桌前認眞看文件的模樣。偶爾在吸菸區遇上，他也都是嘿嘿傻笑，淨講些垃圾話，給人的印象就是個隨處可見的中年大叔。

但我體認到那些評價根本大錯特錯。

事情的開端，是臨近暮春、颳著強風的那一天。

當時我正在撰寫申請文件，藤村部長罕見地主動向我搭話。

「大野木，一起吃午飯吧？」

我和他平時並沒有什麼交情，因此心裡有點疑惑，但上司主動邀約共進午餐，也不可能不給上司面子。雖然不知道他有什麼意圖，拒絕總是不太好。

「我想聽聽年輕職員的意見。一起吃午飯吧，走啦。」

「是，我很樂意。」

「去我常去的店好了，我有很多話想跟你聊。」

從縣政府出發，走了約五分鐘，在一個令我驚訝「這種地方居然有一家店」的地點，佇立著一家寂寥的咖啡廳。店內空間比從外頭看起來大得多，昏暗而沉穩的裝潢令人感到莫名舒適。不對，說起來，外頭好像連塊招牌也沒看到。

「先喝杯咖啡好了。老闆，兩杯綜合。」

吧檯裡一名寡言的老人點點頭，將咖啡豆倒入磨豆機。

「大野木，你聽過『特別對策室』嗎？」

這個詞我沒有印象。該怎麼說呢？感覺警視廳或那類組織常會如此命名。

「沒有。不好意思，我沒聽過。」

「其實跟你隸屬於同一課喔，對策室。只是，幾乎沒什麼人知道，也沒有明確寫出來，這也是沒辦法的事吧。」

「喔……」

「比方說，接到住宅相關的奇特投訴時，那些案子最後都會跑到那裡去。原本有不到十名的成員，但發生了不少事，現在沒人了。是慢性的人員不足。你不認爲這種情況很令人傷腦筋嗎？」

我怎麼感覺話題走向不太對勁。

「部長，我進來任職才七年。」

「說什麼傻話，這跟任職幾年沒關係吧。而且大家都對你評價很高，直誇你是優秀的職員。雖然個性太過正經，但責任感正是這份工作的必要條件。」

腦中警鈴大作。糟糕，我得趕緊換個話題。

「對了，大野木，你相信世上有幽靈或鬼怪之類的嗎？」

部長突兀地扭轉話題方向，我頓時不知該回答什麼。我看不透他的意圖，他到底在盤算著什麼呢？

註：比喻形同虛設、無用之人。

「不，我不相信靈異之類的東西。」

「哦，爲什麼？」

「因爲不科學。最關鍵的是，我出生至今，一次也不曾看見那類東西。」

「意思是，你只相信親眼所見的事物嗎？眞是個現實主義者耶。」

「如果說靈異愛好者是浪漫主義者，那我確實是現實主義者。」

害怕根本不存在的東西，簡直荒謬。萬事萬物都有其道理。我認爲把無法解釋的現象全用「靈異」一詞來合理化，這種想法太愚蠢了。

「哦，那麼，我告訴你一件有趣的事吧。」

「有趣的事……嗎？」

他對端咖啡上桌的老闆微微一笑，繼續說：

「五十七，你知道這個數字代表什麼嗎？」

我思考片刻，但想不出答案。

「不，我不知道。」

「這是去年這一區失蹤的市民人數。」

「恕我冒昧，如果考慮到離家出走或半夜落跑的人，應該不會是這麼奇妙的數字吧。」

「你眞是不知變通，是沒錯啦。好比說，有這樣一件事。一名女子下班回家，走進自己住的縣營住宅電梯。裡面除了她沒有其他人，電梯朝五樓逐漸升高。這整個過程都被監視器清楚拍了下來。可是，就在電梯到四樓的瞬間，她突然消失，沉下去了。簡直就像地板變成水了一樣。從頭到尾都被監視器如實記錄下來。」

「…………」

「至今都還沒找到她。這件事該如何解釋呢？」

啪嚓，我打開隨咖啡上桌的奶精蓋子，部長睏倦似地半瞇著眼看向我。

「別有隱情的屋子、別有隱情的意外事故是存在的。雖然絕對不算多，但也不會消失，老是讓我們傷透腦筋，畢竟不是能公開的事情。要是被社會大眾知道政府撥預算在處理這種事上，我們肯定會變成眾矢之的，被罵得很慘吧。」

我用白色液體在杯中的深褐色表面畫圓，再插進茶匙攪拌，看著白色液體逐漸沉入、融合。

「負責處理這類投訴或問題的，就是特別對策室。算是沒辦法中的辦法。」

他露出微笑，匡啷一聲，把茶匙放進杯裡，毫無遲疑地用那意外硬梆梆又厚實的手指，包覆般緊緊握住我的雙手。

「一切就交給你了。」

「請讓我稍微想一下……」

「調職令只要兩小時就會下來。你待會把私人物品收進紙箱，先搬到對策室去。」

「……請給我一點時間，拜託。」

「預算很充足。不管是申情或核發，你都自己來就可以了。只不過，表面上你還是隸屬於生活課，太大筆的採購項目希望你先來商量一下。要是受害情況擴大，將該地區的土地當成公共財買下來也可以。」

看來我沒有拒絕的權利啊。然後，恐怕就在這個瞬間，我出人頭地的道路也就斷了。

「當然，如果能做滿一定期間，會獲得極高的評價。」

他那彷彿看透我內心的話語和笑容，實在令人煩躁。

「請告訴我一件事。」

「你儘管問。」

「前一任負責人是屆齡退休嗎？」

部長像在說笑話般聳了聳肩，回答：

「他就是第五十七個失蹤人口。」

當然，我完全笑不出來。

調到特別對策室不是書面通知，居然是由縣知事口頭宣告。

在知事室裡，廣瀨知事宣讀調職令，眼中滿是憐憫之色，連拍了我的肩膀好幾下。出社會後我第一次差點要哭出來，但我像個社會人士一樣忍住了。

特別對策室的確隸屬於生活安全課，但實際上辦公室在另一棟大樓。話說回來，在樓層平面圖上根本找不到「對策室」這幾個字。門上也沒掛牌子，位在角落的小房間就是我的新辦公室。

裡面有辦公桌和椅子，桌上整齊擺著不知何時備妥的，印上新部門和我的姓名的一盒名片。

其餘只有接待客人用的沙發、空空如也的文件櫃，環境簡樸，十分單調。而且這個地方偏僻到聽不見廣播，連喇叭之類的東西都沒看見。我想找出前任負責人留下的資料，卻遍尋不著，終於忍不住吐出喪氣話，決定向藤村部長求助。

我直接打他的手機，他馬上就接了。簡直像是早就預料到我會打過去，我心裡有點不舒服。

「哎呀呀，新辦公室怎麼樣啊？」

「都是灰塵。還有，怎會什麼東西都沒有？連電話都沒有是怎麼回事？」

「因爲原本人就少，一般職員不會打電話過來，一般市民當然也不會打來問問題。後來發現電話根本是多餘的。」

「可以的話，我想申請一台。」

「隨你高興，那是你的辦公室。還有其他問題嗎？」

「沒有前任負責人的業務資料嗎？至今處理過哪些案件？當時又是怎麼處裡的？我想要這種資料。」

「很遺憾，沒有那種東西。有關前任負責人的文件全都報廢了。畢竟全是些別有隱情的案子。光是提起就有可能被幽靈纏上，光是聽也可能遭到作祟。當然，書寫、閱讀也都有風險，自然不可能保存下來。」

很傷腦筋，對吧？他事不關己地笑著說。不，實際上也確實不關他的事。

「……部長，我不是靈能力者。話說回來，我甚至不相信有靈魂的存在。你到底要我怎麼做？」

「你的工作是解決縣民遇上的問題。爲了達成這個目標，我們賦予你最大程度的權限。」

「那麼，可以介紹靈能力者給我嗎？」

「以前有個隸屬這部門的女性是靈能力者，但她搬到別地方了。她沒有手機之類的通訊器材，聯絡不上人。啊，稍等，有一個最近才委託過的學生。」

「學生……嗎？」

「是前任負責人原本打算招攬的一個大學生。我是沒見過，但聽說他擁有看見靈體的能力。他的聯絡方式應該找得到。怎麼樣？你可以去把他挖過來。」

「這種情況，該以何種形式僱用呢？若要確認酬勞相關資訊，我要幫他去向哪個單位申請才好？」

部長在電話另一頭開懷大笑。

「大野木，你這男人還眞是一板一眼耶。全都隨你高興，你愛怎麼做就怎麼做。用外包的形式也可以，只要費用不要太誇張就不會有問題。」

這可不行。既然要動用縣民寶貴的稅金付帳，絕不容許絲毫浪費。不過，靈能力者的行情到底是多少呢？

「我把他家地址用電子郵件寄給你。既然都要聯絡，你就直接去見他一面吧。」

「不，事情用電話談完就好。」

「大野木，這可是在挑選員工，請你親自跑一趟。有些事不面對面談是不會知道的，對彼此來說都是如此。」

喀嚓一聲，部長拋下這句話就掛斷了。我彷彿可以看見他在電話前露出滿意的微笑。

那個身爲靈能力者的大學生，住在屋敷町的獨棟房子。一個學生可以住在獨棟房子裡，代表他老家可能資產相當雄厚。

後來，我忙著製作預算的申請文件，不知不覺就到傍晚了。最近白天愈來愈長，但太晚過去拜訪還是會打擾到人家。我先去西式甜點店買了些小點心，在附近的投幣式停車場停好車後，小跑步前往目的地。

屋敷町在縣內算是保留了特別多古老街道的地區，超過百年歷史的武家屋敷零星散布。二手書店和骨董店很多，自然也是那方面收藏家經常造訪的知名地區。聽說觀光課曾多次討論，有沒有辦法利用宛如小京都般的街景促進觀光呢？可惜大部分居民都性格保守，每次的企畫都遭遇挫折。

他家果然也是充滿日式風情的古民宅。木牆環繞四周，牆內此刻似乎相當熱鬧。是邀了朋友回家開派對嗎？我甚至聽見笑聲。我走到屋子前面，不知爲何吊著一個杉玉（註一），還掛著好幾層經常在神社看到的御幣（註二），不知道這是咒術還是什麼？

我按下門鈴，過了一會，從毛玻璃拉門後出現一名稚氣未脫的青年。他穿著軍綠色連帽衫搭配黑色長褲，五官端正。那對有著雙眼皮的眼睛，宛如從黑暗中現身的貓眼，目光銳利地盯著我，簡直像要看穿我的心底。

「請問你是哪位？」

註一：用柳杉樹的葉子紮成的球狀物，用來表示新酒的熟度。

註二：日本神道用於祭祀的一種幣帛（貢品），通常是將兩條紙垂夾在木製或竹製的竿子上。

我慌忙一鞠躬，正要遞出名片時，才注意到他沒有右臂。
他微微點頭致意，用左手接過名片，像是才剛剛想起來似地「啊」了一聲。
「難道你是接替尼崎先生的人？」
尼崎。儘管沒人跟我提過這個名字，但我立刻明白他是在指前任負責人。
「抱歉，我不認識前任負責人。」
「這樣啊。不曉得尼崎先生現在過得好不好？」
他問尼崎先生過得好不好，我也不曉得，頓時不知該怎麼回答。既然失蹤了，估計是過得不好吧。
「啊，要是他過得很好，也不會是你過來了。只是因爲他一直沒來找我，我有點擔心。」
「我叫大野木。關於那件事，請務必和我談談。」
「可以，請進來吧。」
我先低頭致意，正要進門的瞬間，忽然注意到一件怪事。那裡只擺著一雙鞋。
「請問，沒有其他人在嗎？剛才我好像聽見這屋子傳出許多人交談的聲音。」
他臉上閃過一絲驚訝，隨即浮現不懷好意的笑容。
「哎呀，住在這裡的只有我。你看見什麼了嗎？」
「沒有，什麼都沒看見。」
「尼崎先生在這方面很遲鈍，沒想到你倒挺敏銳的。不過，被迫接下這種工作還老老實實地做，肯定是個好好先生。要說適不適合的話，你八成是適合的吧。」

這房子是呈橫向的方形，一穿過玄關，就是還算寬敞的大廳。往左邊走，一條長廊一直延伸到裡面，左側緊鄰庭院，右側是好幾間有雪見障子（註）的和室相連著。室內明亮，沒聽見音樂或電視聲，但不可思議地就有種喧鬧感。要形容的話，就像是在派對進行中來到走廊上的那種感覺。

「在這邊。」

他帶我到中央那間和室，榻榻米上鋪著花樣奇特的紅色地毯，兩張皮革沙發座椅隔著小桌子相對。

「再自我介紹一次，我是縣政府生活安全課特別對策室的大野木。」

他也報上姓名，我決定直接切入正題。

「這樣說可能有點失禮，但我不相信有靈魂或靈異現象之類的。還有，我也沒有所謂的靈感應力。因此，我必須請你這種看得見靈體的人，助我一臂之力。」

「你還眞老實，明明應該是來招攬我的吧。」

「事實上，我就是看不見靈魂之類的。自己感知不到的東西，我沒辦法相信。」

就算別人說眞的存在，只要我感知不到，等同不存在。

「我懂。我到前年爲止也是如此，那類東西一概不信。」

「你是後來突然看得見嗎？也有這種情況嗎？」

「我被捲進一起案子，失去了右臂。只是，那時不知爲何，僅有右臂的感覺殘留了下

註：「障子」是木格紙門的意思，將木格紙門下半部嵌上玻璃，方便賞雪的設計，稱爲雪見障子。

來。聽說這叫『幻肢』。透過右臂的感覺，我變得可以感知到靈體的存在。只要用右臂蓋住眼睛，就能看見靈體及其過往背景。如果蓋住鼻子，就能聞到氣味。如果用心傾聽，就能聽見聲音。說起來，就像是調頻器一樣吧。」

「原來如此，你就是用那種力量除靈。」

他搖搖頭，應道：

「我以前也對尼崎先生說過，我並不是靈能力者。我看得見，摸得到，聽得見聲音，可是，我並不具備用神聖力量驅邪之類的能力。能同時做到這種事的人才可稱爲靈能力者，像我這種頂多就是從旁輔助。」

「尼崎先生怎麼說？」

「他說，沒魚蝦也好。我們約好要再碰面，我卻被放了鴿子，一直沒消沒息的。就算我想主動問清楚情況，但我只知道他的手機號碼，也不曉得該去問縣政府的哪個單位。」

「尼崎先生失蹤了，你心裡有底嗎？」

「算是有，畢竟他找我商量過。如果只是失蹤，並未死亡，那就是在四山的地下道了。」

這地方我聽過。縣內有幾個靈異景點，這個四山住宅區也是其中之一。

「印象中他是說，獨自走地下道時，出口會突然消失，人就被關在裡面了。」

是經常聽見的那種怪談故事。說眞的，如果人被關在裡面，那又是誰傳出這個消息？

「對了、對了，尼崎先生說委託人是一名高中生。那名高中生表示，住在同一住宅區的朋友，有一天突然消失了。」

「他的意思是，朋友在地下道裡消失嗎？」

「應該是吧。聽說最後一次看到對方時，人是在那裡。委託人從住宅區去打工的路上，和朋友在那附近擦身而過時，站著聊了幾句，一切如常地道別。然後，一直到隔天，那個朋友都沒有回家。」

四山住宅區前有條狹窄的國道經過，爲了避開剛好和那條路交叉鋪成的鐵軌，在昭和初期蓋了一條地下道。爲了讓小學生能安全地上下學，還指定爲學校區域，一直到幾年前都還在使用。不過，那裡也是從以前就意外不斷，加上長年使用，建築老化實在堪憂，於是在蓋好新的天橋後就封閉了。

「但那裡已封閉，不讓人進去了。」

「對，我知道入口用大塊水泥擋住了。可是不知道什麼緣故，聽說那些水泥塊偶爾會消失，而且連裡面的電燈都會亮著。」

「尼崎先生是在那裡失蹤的？」

「大概是吧。當時我們約好近期要找一天過去，最後就沒下文了。以防萬一，我也去過那裡幾次，但沒辦法，全堵住了，我根本進不去。」

語畢，他彷彿陷入沉思，安靜了一會，然後又說「好」。他站起身，伸手去取架上的鑰匙，開始收拾東西。

「呃，你要去哪裡？」

「既然想起來了，就沒辦法丟著不管，我要再去一次。不好意思，可以麻煩你送我到那附近嗎？最好是能在車子裡等我。」

聽見他突如其來的提議，我實在難掩困惑。畢竟今天除了帶當伴手禮的點心，我身上只有一個公事包。要在這種狀態下，去前任負責人失蹤的地方，實在讓人心慌。不過冷靜想想，我連靈體也看不見，到底能帶什麼東西過去？

「……我明白了。我們走吧。到了現場，我也一起進去。」

「咦？不，你在附近等我就好了。」

「不行，身爲現任負責人，這是我的工作。先問一句，你有什麼對策嗎？」

現在只能硬著頭皮做到底了。不管相不相信，我都必須親眼去見識一下，今後必須面對的究竟是怎樣的工作。

「去了才知道。反正這個世界的常識是不管用的，只能臨機應變。」

「需要什麼東西嗎？大部分的東西都可以用公費買。」

「有手電筒會比較方便。」

「那我們先去便利商店買好再出發吧。」

稍稍拉鬆領帶時，一個念頭掠過腦海——說起來，這還是我第一次在工作時間做這個動作。

既然沒辦法回頭了，就順其自然吧。

老實說，從學生時代起，我就沒來由地厭惡靈異現象或鬼怪之類的事物。雖然不至於瞧不起相信這類事情的人，但我會刻意保持距離。現在都是這種時代了，怎麼會去相信那些不科學的東西呢？

如今我被調到這個職務，感覺上就像一種懲罰。如果眞有神明存在，這大概就是讓我爲自己的不敬瀆罪吧。

前往那座地下道的路上，我們在附近停好車，徒步走過去。

沿著狹窄的國道走時，獨臂的他走在稍前方，也沒回頭就突然問：

「你知道爲什麼像現在這種時刻，會被稱爲『黃昏時分』嗎？」

「白天和夜晚的交界。聽說是因爲在昏暗朦朧的景色中，看不清楚擦肩而過的人是誰，因此大家紛紛互相問『那是誰啊』（註一）來確認眼前人的身分，才出現了這種叫法。」

我這樣回答後，他轉向我，露出心滿意足的笑，回一句「答對了」。

「聽說，實際上黃昏時分也是最多人消失的時間帶。然後，還有一件事。」

他停下腳步。

升降桿下降的聲音。警示燈將四周染成紅色。老舊水泥塊高高堆起，擋住地下道的入口。遭到封閉的地下道就在眼前，理所當然地等待著。

「逢魔時刻（註二）。如同字面上的意思，就是與魔相逢的時刻。」

我感受到後背有冷汗滑下，肚子一陣劇烈絞痛。

註一：「那是誰」在日本古語中是「誰そ彼（たそかれ）」，由於這句話以前常被用於傍晚看不清人臉時，就和傍晚時分產生了聯繫。而「黃昏（こうこん）」這組漢字詞語從中國傳進日本，就和日本古語中意思相同的「誰そ彼」結合，使得「黃昏」有了另一個日本讀音「たそがれ」。

註二：即黃昏時分，此時天色漸暗，晝夜交錯，在日本文化中被認爲是容易遭逢災禍、遇見魔物的時刻。

「開了……」

理應早就被封閉起來的地下道內，電燈一路亮到地下深處，逃生出口的燈號也閃爍著。

正如方才那些我聽得半信半疑的話。

「運氣不錯。看來，時間剛好傾斜了。」

「什麼？」

「就是時間扭曲了。」

「時間是不可逆的。」

「科學上怎麼樣我不曉得，該怎麼說呢？時空？時間和空間傾斜了。」

這很常見。他一說完，就走下階梯。

他不怕嗎？我可是怕得要命。「我沒辦法相信」和「這是現實」兩個想法在腦中相互衝撞，化爲漩渦轉個不停。

地下道裡很暗，霉味極重。處處飄出尿騷味，水泥地面嚴重凹凸不平，遍地都是積水。唯一令人感到安慰的是，這裡暗歸暗，每隔幾公尺就設有照明燈光，倒是並未暗到沒了手電筒就什麼都看不見的程度。

「我們可以平安離開這裡，不會遇到什麼事吧？」

我忍不住這樣問，一直走在前頭的他停下腳步，回頭看我。

「我知道你害怕，但要是眞的沒遇到什麼事，尼崎先生就只能一直失蹤下去了喔。如果你想回去我不會阻止，你要不要自己先回去？」

被他這樣一說，我爲自己的話感到羞愧。我這才意識到，明明自己剛下定決心要用這雙眼好好看清楚，結果一下子就被恐懼吞沒了。

「我說錯話了，當我沒說……我們走吧。」

接下來，不知走了多久，我終於察覺不對勁。

地下道是爲了避開鐵軌所挖出來的通道，因此長度頂多二十公尺左右。照理來說，只要走一分鐘就會回到地面上才對。可是，我們走十五分鐘以上了吧？

我慌忙回頭望向來時路，頓時啞口無言。地下道筆直地延伸到遙遠的視線盡頭。同時，前方的道路也一樣無止境地延長。這光景太不合理了。

「這、這到底是……？」

「搞什麼，你現在才發現啊？誰教你都看著下面走路，你也看一下時間吧。」

我聽他的話瞥向手錶，秒針連動也不動。然而，我盯著看了一會，針開始亂轉，像是要發出刺耳的磨擦聲。

「太荒謬了。」

「覺得自己像在作夢，對吧？只是，如果是夢，醒過來就沒事了，但在這裡可沒那麼容易。」

他回頭看我的右眼是藍色的，簡直像是繪本中畫的鬼火一樣。

「你的眼睛……」

「我的右手蓋在上面。你現在看起來應該變成藍色的了吧？先不管這個，這裡有孩童出過意外嗎？」

「詳情我不清楚，但印象中有很多孩童在封鎖前受傷。」

「除了失蹤的那些人，其中有人過世嗎？」

「不，沒有。說起來，有人失蹤這種事，我之前並沒有聽過的印象。」

「哦，這樣啊。原來是這麼回事。」

說完，他忽然轉回去看後面。

昏暗的地下道前方，長及腳趾甲的頭髮濕搭搭地黏在身體上，一個女孩站在那裡。她大概是低著頭，看不見臉。只是，從遠處我也能看見她頭髮上有血跡乾涸的斑駁痕跡，頓時毛骨悚然。

那不是一個活人。只有這一點我很確定。

背後的照明從遠處逐一熄滅，每次光源消失，那少女的身影就會更靠近這邊一些。

愈來愈深濃的黑暗籠罩四周，手中的手電筒亮光微微閃了一下。

「喂，這邊啦！快跑！」

「哇！唔哇啊啊啊啊啊啊。」

不用他說，我早就一邊尖叫一邊用盡全力，跟他朝同一個方向奔跑了。我嚇壞了。這輩子我活到現在，從來沒有這麼害怕過。全身的血液都集中到兩條腿，一心一意前後擺動。想必連眼淚都流出來了吧。

跑了一會，前面沒路了。突然出現的牆壁擋住了去路。

我眼淚狂流，用公事包胡亂砸牆壁，大叫他的名字。

不過，他倒是大氣都不喘一下，反而神情平靜地望著逐漸靠近的那名少女。

我想起他沒有除靈能力這件事，打從心底後悔和他一起進來。

「妳就是想帶我們來這裡嗎？妳在哪裡？」
他就像在向她搭話，靜靜這麼說。
身上沾滿血和泥的少女個子嬌小，手腳都變成紫色，已腐爛了。我連把目光從她身上移開都辦不到，渾身不停顫抖，光是站著就非常勉強了。
少女沒有動，也沒有說話。
他也一語不發，只是觀看著少女。
不曉得他們這樣過了多久？或許只是很短暫的時間吧。
突然間，他轉過頭。
「欸，幫個忙。快點，離開那個位置。」
我拚命挪動不停顫抖的雙腿，慢了好幾拍才注意到自己剛剛站在人孔蓋的正上方。
「我要打開這個蓋子，你拿著那邊。」
「你、你打開蓋子要做什麼？從這裡可以逃出去嗎？」
「逃出去要幹麼啦，你不是沒辦法見死不救嗎？我們是爲了什麼才來這裡的？你振作點。」
在搞不清楚情況的狀態下，我抓著人孔蓋的把手，用力往上拉，但可能是卡住了，根本紋絲不動。
「再來一次。要拉嘍！」
一、二、三！我們齊聲喊，使出吃奶的力氣往上拉，人孔蓋往旁邊一偏。
「推到旁邊！一、二、三！」

把蓋子移到旁邊後，地上露出一個直徑五十公分左右、黑漆漆的洞。暗到什麼都看不見的那片幽黑中，他探身進去到幾乎要摔下去的程度，大聲叫喊：

「抓住我的手！過來！」

他這樣說完，拉起一個東西的瞬間，我看見了他宛如藍色火焰般的右臂。還有，他的手拖上來的是一個身材嬌小、年幼可愛的女孩。

他到底是從哪裡拉出這樣一個孩子的？

我還沒辦法理解這個情況，女孩的身體已在眼前的藍色火焰中燃燒。

「唔，哇啊！」

我震驚不已，轉眼間她就在我面前被燒得一乾二淨，什麼都不剩。

然後，不知何時，不光是那個渾身是血的少女身影消失了，連擋住地下道的牆壁也不見了，背後又出現能夠回到地面上的階梯。我抬起頭，在國道上奔馳的嘈雜車聲傳進耳裡。

或許是緊張消除了吧，我膝蓋一軟，跌坐到地上。

「結束了……嗎？」

「不，還差一點。你抓住我的腰，別讓我掉下去。」

他的話語中透出一絲寂寞，又將手伸進那個洞裡。然後，他用左手抓起一塊小小的骨頭。

「這就是剛才那孩子喔。」

「呃，這到底是怎麼一回事？我完全搞不懂。」

「也就是說，這孩子是這裡的靈異現象的始作俑者。」

「為、為什麼她會在人孔蓋下面?」

「是意外。一旦河川水位上升，水不是就會流進地下道嗎?這樣一來，有時候人孔蓋會被水流抬高漂到旁邊去。這孩子運氣不好，掉進那個洞裡過世了。可是，沒有任何人發現。多半是沒想到會有小朋友被沖進來吧。後來，這裡遭到封閉，開始有人被關在裡面。大概是因為她很寂寞，或許也很憤怒吧。」

「原來不是惡靈嗎!」

「嗯。從這個角度來看，不是喔。不過，她最希望的肯定是有人來帶自己回去。」

他的這句話讓我內心一震。我和他看見的世界，實在太不一樣了。

「那個孩子升天了嗎?」

「很難說吧。總之，還有遺骨在洞裡，得先全部挖出來供養才行。」

「為什麼你連意外事故怎麼發生的都……你可以看見那麼深入的東西嗎?」

「我說過了吧?我就是只會看。」

他說完露出微笑時，背後響起了腳步聲。像是拖著變沉重的鞋子般那種腳步聲。

我回過頭時，那個人影氣力耗盡似地摔倒。

我們慌忙跑過去，那是一名極為衰弱的白髮中年男子，外表看起來像是在地下道徘徊好多天了。

「啊啊，太好了，你還活著。喏，他就是上一任負責人。」

「這位就是尼崎先生嗎!?」

「你陪了那孩子好久呢，尼崎先生。」

「你還有閒工夫講話！快點，得馬上叫救護車！」

我們抬起尼崎先生，一走到地面上，立刻打電話叫救護車。一看時間，已是半夜，日期都快要換一天了。

過了一會，尼崎先生順利上了救護車，醫護人員說他因為脫水症狀和體溫過低而十分衰弱，但性命沒有大礙。

我愣愣站在原地，啪！後背被拍了一下。

「你很好運耶，我們兩個都能進去真的是運氣好。如果只有我一個人，實在是搬不動那個蓋子。」

幫了我大忙。他這樣說，抬頭用顏色稍淡的瞳眸看向我。

「饒了我吧，我到現在還抖個不停。」

「你會習慣的。」

「我沒那種信心。比起這個，能找到那名高中生嗎？」

「沒什麼找不找到的，人家早就回家去了。你剛才不也說了？沒聽說有人在那個地方失蹤。」

他若無其事說出的這句話，我無法了解其中真正的含意，思索了片刻。

理應遭到封鎖的入口，如果偶爾才會開啓，那出口恐怕也是一樣。

既然如此，或許跟地下道有關的怪談，不管是傳言或內容，都沒有錯誤。

「……你的意思是，那名高中生因為尼崎先生來了，得以逃脫那個地方嗎？」

「八成是的。但他記得多少，我也不知道。」

聽他這樣說，我一邊驚魂未定地回話，一邊有種腦袋還沒完全清醒的感覺。就像是作了一個極爲眞實夢境的早晨，一時之間還分不清楚夢與現實的界線。

「對了，那塊骨頭要怎麼辦？」

「我會聯繫認識的刑警，請他們交給家屬。遺骨應該還在那裡，必須請他們去搜索一下，要是你有帶手機，可以幫我打一下電話嗎？」

「也是，我馬上打。她的家人一定也……」

一直在等。我正想這樣說時，忽然說不下去了。自家孩子原本只是失蹤，一直在等她回家的家人，該如何接受她的死亡呢？

「你不用擔心，她已不受這裡束縛，現在好不容易回到家了。應該會趁家人作夢時，站在他們的枕頭旁邊吧？」

「……是這樣嗎？」

「好像是這樣。」

接著他又說「辛苦了」，那符合年齡的少年臉龐，無力地笑了。

「嗯，要是再有工作進來，我會幫你的。只是，我之前欠了一個危險的傢伙一屁股債，暫時還得幫她跑腿一陣子。」

「危險的傢伙？」

「嗯，是骨董店的女主人。眞面目不明，應該說，我看不清楚。」

「骨董店嗎？」

「對，專門蒐集別有隱情的物品。之後會介紹給你。既然做這種工作，遲早會被那家店吸引。說起來，一開始介紹我給尼崎先生的，也是那家骨董店的店主。是從那家店開始的緣分喔。」

「那聽起來……好像有必要鼓起勇氣去一趟呢。叫什麼名字？」

「啊啊，名字是——」

就這樣，我的第一起案子落幕了。

沒有任何一件事是我完成的，我連一丁點忙都沒幫上。

可是，生還的尼崎先生後來順利恢復健康，雖然比正常情況晚了一個月，最後仍順利退休，我眞是無比欣慰。

以結果來說，五十七個失蹤人口，減少成五十六個了。

忌檻

「我想委託你清掃一家骨董店。」

接到這件匿名委託，是在油蟬叫聲震耳欲聾的八月初。

預先付款入賬的是一筆打破行情的龐大金額。收了比我的報價高二十倍的金額，實在無法拒絕。在這個業界，名聲就是命脈。

委託內容是清掃。換句話說，就是除靈，只是從對方付的金額來看，想必是一件相當難纏的案子吧。事前準備最好要更仔細周到。

「屋敷町嗎？沒聽過的地方耶。」

我用手機上網搜尋，發現地點滿遠的。原來如此，這筆錢還包含了交通費和住宿費。

一想到只要在三天內搞定就能大賺一筆，我的嘴角就忍不住上揚。

我查了一下車站沿線，發現有個以前在工作上認識的同業住得比較近，決定聯繫他。雖然相較於我，對方只能算業餘的，但他說不定聽聞過一些消息。

「你死心吧，不可能的。」

我才要說明情況，他劈頭就是這麼一句。

「我只說了店名吧？」

「光知道店名就夠了。最好別跟那家店扯上關係。」

我完全沒預料到他會是這種反應，比起生氣，我更是感到疑惑。

「原來你這麼膽小嗎？」

「跟你相比，我確實不是特別厲害，還是個會從事類似詐欺行爲的三流靈能力者。可是，就連我也曉得，那絕對是應付不來的。」

身爲同業我給你一個忠告，死了這條心吧——有如宣告既定事項的那句話，聽得我心裡頗不是滋味。開什麼玩笑，怎麼可以輕易讓這種報酬豐厚的案子白白溜走。

「我會自己決定，你先別管那麼多，告訴我地點在哪裡。當時，我幫過你一把吧？」

「那件事我很感謝你。可是，我應該回過謝禮了。」

「這樣講下去也不會有結果。非得我直接過去一趟不可嗎？」

我語帶暗示地這樣問，電話另一頭傳來嘆氣聲，放棄似地回應。

「我明白了。我會把知道的資訊都告訴你，你不要過來這裡。只是很遺憾，我也不知道那家店的確切位置，不過大家都在傳，如果去隱密小巷子裡找，偶爾可能會受到邀請。」

「受到邀請？」

「就是這麼神出鬼沒。不過，這主要是那些女生在傳的說法。在這一帶，算是很久以前就有的傳聞。」

那種像在介紹有一陣子相當熱門的隱密咖啡廳的話語，聽得我心裡很厭煩。

「以防萬一，我確定一下，這個店名沒錯吧？」

哈哈，他回以乾啞的笑聲，淡淡往下說：

「沒錯，夜行堂對吧？百鬼夜行的夜行，講堂的堂，夜行堂。店裡全是別有隱情的物品，有時候也會成爲解決這類案子的線索。」

「就一次，我也曾找到那家店。雖然我沒你厲害，只是個無名小卒，但我好歹也是靈能力者。光是待在附近，就能清楚感受到那有多強大，根本危險到讓我一心只想加速逃走。」

「是在虛張聲勢嗎？」

話雖如此，這傢伙在觀看上倒是挺有兩把刷子的。也就是說，他是眞的感到非常危險，才會連想都沒想到或許有賺錢的機會。

「需要協助的話，我會幫你，有什麼事再聯繫我。」

「如果是打雜，要我僱用你也可以。」

那先這樣了，我說完就掛上電話。

結果沒得到什麼有用的資訊。鬼怪成爲傳聞的主角不是什麼新鮮事，甚至可說，既然是因爲他人的恐懼它們才擁有形體，沒人害怕才奇怪。可是，他剛才說的話總感覺不「像」那樣。鬼怪的傳聞，換句話說就是怪談故事，也得夠恐怖才行。如果不是恐怖到令人瑟瑟發抖的程度，誰有興趣拿出來講啊。一家別有隱情的骨董店成爲傳聞，一定有什麼意義。

「算了，按部就班除靈就行了。」

由於這次的目的只是店內的「清掃」，不能用連同整家店直接燒掉的省事方法。要先破壞那些骨董品，焚燒淨化，再趕走那名店主，最後讓委託人藉由頂讓的形式接收那家店，至於該怎麼進行我得想想。如果對方是一般人，這些會被當成反社會的行爲，但既然對方是鬼怪之流，正義總是站在我們這一方。

我和八成是個老爺爺的店主沒有任何私人恩怨，不過委託內容是收拾掉他或趕走他，除了照辦我別無他法。既然是靠販售別有隱情的商品維生，弄倒那家店，也算是對社會的一種貢獻。

啊啊，不過那些骨董什麼的，與其全部銷毀，不如留下一些散布到各處，還可以發展成未來的工作機會。我喃喃自語，畢竟悲劇的種子愈多愈好。

「接下來會發出多少芽來呢？」

這是我個人的興趣，從別有隱情的場所收集來的物品通常都會成爲鬼怪的幼苗。一個女人被相伴多年的戀人拋棄，在怒火驅使下含恨而死後，光是把她房裡留下的立鏡偷偷送進二手商店，經過幾個月到幾十年後，就會開出巨大到令人驚異的不祥花朵。當然不是每次都會那麼順利，但也正因如此，收穫成果時格外開心。連自己都忘得一乾二淨，以前不知何時撒下的種子化成委託，召喚我前去除靈時是最愉快的。開出的那朵花愈是釀成悲劇，化爲淒厲的鬼怪擋在我面前，漂亮打倒它，讓濃霧消散時，我內心愈會湧現無與倫比的歡喜。那是只有具備這種能力的人才懂的，至高無上的喜悅。

○

我擁有與生俱來的特殊才能。是其他人沒有，專屬於我的特殊才能。

五斗櫃的陰影，屋簷下的陰暗處，橋的欄杆，那些東西潛藏於各處，只要一逮到機會就捉弄人類。這樣一來，人會遭受不良影響而生病。事實上，小時候我每次去醫院，看到形形色色的東西附在很多人身上，就會一個接一個把它們除掉。

我的特殊才能，就是能觸碰到那些傢伙。我光靠觸碰就能讓其消失，還能把它們打傷。如果是些小傢伙，自然傷不了我，我可以單方面地恣意痛扁那些壞東西。

不管是我爸媽，還是身旁那群小鬼，全是平庸的凡人。他們沒有我的這種力量，無法理解我默默幫助了多少人。臉上掛著僵硬的和善笑容，嘴上隨意敷衍，和我保持距離。連我的親生父母也一樣，老是因爲我和一般人不同這件事吵架。

有一天，我在附近的住家前遇上一個就算揍它也趕不走的鬼怪。那怪物就像個頭很大的小嬰兒，不管我揍多少下，它會都固執地爬起來，纏上大門旁的柱子，實在礙眼。原來也有我除不掉的鬼怪，這項新認知令我非常火大。那種惡劣的心情我到現在都還記得一清二楚。

沒辦法，我只好在那傢伙待的地方點火，在那傢伙尖銳又淒厲的哭聲中，連同屋子一起燒得一乾二淨。

當我看見電視上的新聞報導著，一名因意外失去年幼孩子的母親太過痛苦，在自家點火自殺時，心裡也有些瞧不起這個社會，頓時理解：原來如此，大眾會像這樣主動幫忙找原因合理化一切啊。同時，我也有些佩服。

高中我只讀了一半就離開學校。要我像其他凡人一樣浪費時間，我才不幹。而且我未來要做什麼也都決定好了，我很清楚待在那裡沒有任何意義。爸媽對我輟學的事非常生氣，罵了我一頓，正好，我順勢和他們斷絕關係。我從他們那裡拿了一大筆錢作爲補償，爲了學習修驗道去日本全國行腳。但每個指導者的才能都不如我，淨教些徒具形式的東西。我始終沒遇見堪稱爲「老師」的人。

就算不向他人求教，我也能從其他修驗者的動作和姿態來學習術式。反正有句話是「技藝要用偷的」，我這樣做又有什麼不對？有些傢伙會嚷嚷著什麼家族祕傳，但與其讓凡人用，還不如讓天才來用更有效，這是理所當然的事吧。

下山後，我開始以靈能力者的身分接工作。即便現代知道靈體存在的人很少，但它們確實是存在的。至少，對於見識過它們能耐的人來說，那是不容否認的現實。有多少悲劇，就會催生多少怨念，人世間愈是崇尚光明，落在腳邊的陰影也就愈濃重。而且是形形色色，幽深到令人毛骨悚然。

只是，這份工作需要主動推銷自己，這一點實在有夠難。累積案件數量做出成績很重要。

首要之務是得找到悲慘的案子。不管看報紙或看新聞，我都能一眼看出哪些案件有靈異力量參與其中，接著我會去調查受害者的周遭，再去拜訪有可能開口提出委託的人，聽他們訴說。人類這種生物爲了逃開恐懼，就算要花上一大筆錢，也願意借錢來付。說起來也是理所當然吧。畢竟關乎自己的性命，爲了保命哪裡還顧得上其他事。

此外，在哪個時間點伸出援手，也會大大影響報酬的金額。辨別時機也是必要的能力。委託時先收取一半酬勞，打死鬼怪、靈異現象消失後，才收剩下的一半金額。我立下規矩，不接酬勞沒到七位數的工作。

業界裡有些傢伙叫我「守財奴」，但要我來說，僞善也要有個限度。等同免費工作，這種事實在太蠢了。

最後，爲那家店進行的事先準備幾乎沒什麼用處。

我透過同業和一些關係去調查，除了那個傳聞，沒找到任何和那家店本身有關的資訊。不過，我打聽到一些最近關於鬼怪的消息。據說縣內的失蹤人數正在持續下降，還有，明明發生多起疑似肇因於鬼怪的案件，卻都在消息傳開前及早解決了。隨著調查愈來愈深入，箇中原因也就顯露出來了。

特別對策室，隸屬於縣政府的靈異專門諮詢窗口。儘管全國各都道府縣也都有這個部門，但這個縣每年的案件數量特別多。對策室的存在似乎占了很大的因素。靈能力者是委託外部人士，聽說是個相當有能力的傢伙。

缺了右臂的見鬼（註）。換句話說，就是獨臂的靈能力者。據說這傢伙在慘事發展成全國規模前就都解決掉了，真令人不爽。這種傢伙就是生意上的敵人，搶走原本應該會來找我的工作。是個礙眼的腫瘤。這種東西就該盡早切除才好。我決定在處理掉什麼夜行堂之後，就來收拾這傢伙。

我從最靠近屋敷町的車站，往中心地帶走去。這地區我是第一次來，瀰漫著一股難以言喻的詭異氣氛。有一種簡直像有誰正從頭頂上，遙遠的空中，盯著自己看似地壓迫感。

這裡好像是挺出名的觀光區，明明是平日也到處都能看見觀光客的身影。保存了大量古老武家屋敷的街道看來很受歡迎，但我實在不懂那些傢伙的邏輯，怎麼會喜歡這種髒髒舊舊的破房子？

我就靠著「位在隱密小巷子」這條線索，一條接一條巷子走進去看，卻都沒看到有可能是夜行堂的店家。很奇怪，有種討厭的感覺。明明發現我在這裡，對方注意力卻不放在我身上。換句話說，我被瞧不起了。

「真讓人不爽。」

等我找到，就先來個下馬威。

結果，第一天一無所獲。

第二天一早就濕答答地下起雨。我單手撐傘，在這一區走來走去，卻沒看見任何有可能是夜行堂的店。如同業所說，確實感受得到氣息，但就是找不到店在哪裡。一靠近就會變遠，一遠離又會突然出現在附近。

不過，我運氣好。

從小巷子裡走出一名高個子年輕男人，年紀只有十幾歲或二十出頭。右側肩膀下明明空蕩蕩的，居然還大大方方地穿著背心。他的右眼顏色很淡，宛如藍色火焰燃燒般發光。我詫異地盯著他，隔著馬路和對面的他四目相接。那一瞬間，我看見他露出嫌惡的表情，下一秒，他突然跑了起來。

「喂，站住！」

我丟掉手中的傘追上去。好多年沒這樣全力奔跑了，但這次要是讓他逃掉就麻煩了。沒想到那男的只有左臂，逃跑起來倒是挺敏捷的，我伸手抓住他的後頸，好不容易逮住人。

「欸，你幹麼？」

「你爲什麼要逃？」

「因爲你會來追我啊。」

「在我追你之前，你就先逃走了吧。」

嘖！他像是故意做給我看似地砸嘴，懶洋洋地開口：

註：可以感知到靈體存在、看見靈體的能力，或指具備此種能力的人。

「不管怎樣，你可以先放開我的手臂嗎？」

他那打從心底感到厭煩的態度，令我火冒三丈。

「不行。你爲什麼要逃？你看到什麼了？你剛才觀看我了吧？」

「和一個在這種悶熱的日子，還穿著皮夾克的傢伙對上眼，誰都會害怕逃跑吧？」

我朝他上腹就是一拳。他僅有的一隻手臂被我抓著，腹部完全沒有防備，我愛打幾拳就打幾拳。總之，我先揍了上腹三拳。原來如此，還算是有在鍛鍊。

「臭小子，你說話小心點！」

他痛到都快不能呼吸了卻完全沒吐，看來也經歷過不少大場面。

「回答我的問題，你知道一家叫夜行堂的店嗎？」

「知道。」

「……你倒是坦率。」

「反正要是我不說，你也會揍到我說爲止吧？我帶你過去，放手。我會吐喔。」

我一聽就氣，膝蓋用力頂向他的肚子，把他頂飛出去。再繼續在路上毆打他，感覺事情會變得麻煩。

「就是你吧。傳聞中接受縣政府的案子，老幹些蠢事的小鬼。」

「我可不想被一個會抓住毫不抵抗的人的手臂，一臉喜孜孜地揍人的傢伙說蠢。」

他每句話都會惹火我。但我最受不了的是這傢伙的右眼，讓我有種既像要被吸進去，又像會被推出來的奇異感受。

「你那個眼睛是怎麼回事？」

「眼睛？」

「手臂是因爲意外沒的吧？比起那個，更重要的是那隻眼睛。你是怎麼得到的？那不是天生就有的吧？是什麼機制？」

「什麼啊，你在問這個喔？也是意外嘍。發生意外失去右臂後沒多久，我就變得只用右眼也看得見了。」

我曾聽說有人是後天才萌生靈感應力的。只是這種人幾乎都因爲原本熟悉的現實遭到顚覆而飽受折磨，通常最後找不到平衡點就發瘋了。

「你去夜行堂有什麼事？」

「除靈。」

哈哈，那小鬼無力地笑。

「那是不可能的。」

「不要把我和你們這些傢伙混爲一談。我們處理過的案件數天差地遠。我可是在修驗道磨鍊過——」

「不，我不是這個意思。我不會除靈，所以那方面的事我不太清楚。即使如此，我也很清楚那傢伙絕非我們人類動得了的對象。」

「你少講得好像自己很懂一樣。『那傢伙』是在指誰啊？」

那小鬼驚訝得瞪大雙眼，嘴角歪曲的表情分不清是同情還是憐憫，不屑地說：

「你連是誰都不曉得就接了？那傢伙肯定不是好東西喔。至少要認眞挑一下委託人吧。」

「我有認眞挑啊。我只和不會錯估我的價値的傢伙做生意。」

價値，就是力量。如果對方不能支付與這個能力相符的金額，我就不願出這份力。至少過去我一直是這樣做的。這種小鬼懂什麼。

「你打得贏颱風嗎？」

「蛤!?這是什麼意思？」

「就是字面上的意思。要說是颱風、火山爆發，海嘯或打雷都行。你認爲自己贏得過那些自然現象嗎？」

我猜不透他這樣問的用意，兩者到底有什麼關係？

「妖怪這個詞，就是物之氣（註）的意思吧？也就是說，滯留、蓄積在那個地點的氣轉化成了妖怪。那傢伙是由更不得了、規模要大得多的東西轉化而成。」

雖然我看不太清楚——他一說完，那隻鬼火般的藍眸就像要看透我似地盯著這邊。我發現背脊竄起陣陣惡寒後，下意識別開了眼。

「……回答我的問題，那傢伙到底是誰？」

「就是店主嘍。你看了就知道。」

就是委託人口中那唯一的店員嗎？我還以爲肯定是個沒用的老爺爺，說不定比想像中更強。也可能是有在使喚什麼東西，那東西應該就是最大的腫瘤吧。

「你一定也有感覺到。有種近距離看著那個的感覺。」

他指向背後的天空。我回頭望去，天上的雷雲比普通烏雲包覆著更濃重的黑暗，面積大到彷彿要呑沒整個屋敷町。

「要是你什麼都沒感覺到，還是趕緊逃走比較好。那不是除靈之類能夠應付的東西。」

可是，這傢伙爽朗地笑著說：

「倘若你無論如何還是想見識一下，我就帶你過去。你可以盡情看個夠。」

他那冷淡的語調，讓我第一次打從心底感到毛骨悚然。

在獨臂男的帶領下，我走進小巷子。那條巷子第一天我也查探過，但不知是什麼緣故，現在看起來根本不是同一條路了。就連巷子裡的店家都不一樣，到底是怎麼回事？

突然間，身旁的景色似乎逐漸失去色彩。

向前走了一會，忽然踏進一個開闊的空間。那裡有一家陳舊的店，店前掛的小燈籠透著光，搖晃著。毛玻璃拉門上貼的紙，寫著「夜行堂」。

我可以肯定地說，這種地方不存在。我早就把屋敷町的地圖烙印在腦袋裡，尤其這一帶我記得特別用心，根本沒有空隙能夠塞進這麼大的空間。

一旦扯上鬼怪，時間或空間就有可能產生扭曲。像是時間流逝異常快速，或者移動到出乎意料的地點。但這大部分只會發生在一個很小的範圍內。如果把日常生活比喻成一張繃緊的紙，鬼怪就像是放到紙上的一顆小石頭，小石頭的重量會讓四周的紙面產生傾斜。重量愈重，紙就變形得愈厲害，傾斜範圍也會更廣。出名的例子有打不開的房間，多了原本沒有的一級階梯等，可是，發生在隱密小巷子一帶這麼大的範圍裡，真的有可能嗎？

註：妖怪的日文是「物の怪（もののけ）」，亦可寫成「物の気（もののけ）」。

「那傢伙沉重到令人難以置信，所以四周都扭曲了。」

他完全說中我心裡的疑惑，令人不禁懷疑，他是讀了我的心嗎？這傢伙的眼睛究竟能看見多少東西？

「還來得及。只要你發誓今後會把自己的能力用在正途，只要你現在說要收手，我就送你去車站。」

「沒有我不能除靈的東西。」

「……這樣啊，那你就自己來確認吧。」

男人用左手打開拉門。昏暗的店內，只有沒外罩的電燈泡照亮未鋪地板的地面。一堆亂七八糟、來歷不明的破銅爛鐵。不分新舊、只是一股腦全擺出來的那些物品，連寫著商品名稱的牌子都沒看到。

喀噠！背後的門關上了。我回過頭，那個男的不見了。看來是未經我同意就擅自回去了。

「店裡似乎來了位不速之客。」

一道不悅的聲音傳來。一個女人從店內深處冰冷的黑暗中現身，嘴裡叼著菸管，投來的目光像在打量我，真教人不爽。在我看來，她就是個普通的人類。

「我有事找這家店的主人，他在哪裡？」

「我就是這家店的店主。」

「妳？」

情況跟原本說的不一樣。這是怎麼回事？她不是鬼怪，是有血有肉的人類。

「眞不巧，我沒有邀請你這種人進來。你是成功硬逼人家帶你過來了沒錯，但使用暴力這一點我實在難以苟同。別看他那樣，對我來說，他也是個重要的人。」

「你們是戀人嗎？」

「……你的思考回路也太少女，跟外表不符耶。你怎麼想我沒興趣，但老實說，我不喜歡別人放肆地對我的東西出手。」

霎時，我彷彿窺見了什麼不能觸碰的禁忌。我渾身一震，胸口漾開強烈的不安。我揉揉眼睛，仔細凝視對方，試圖讓自己冷靜下來。沒事，就是個普通女人。臉蛋漂亮到嚇人，但看也曉得就只有這樣而已。都是因爲那個男的講了奇怪的話恐嚇我，我才會方寸大亂。

「妳是什麼東西？」

聽見我的問題，女人笑了。

「你果然看不見我。人們在看別人時，總是只看自己想看見的。希望對方是這樣，認爲對方應該那樣。即使距離眞實根本都十分遙遠。不過，那並不是壞事。要是擁有他那種眼睛，大部分的人應該都會發瘋。」

「眞不湊巧，我可不是來閒聊的。我接受委託，要來幫這家店除靈。妳是人類，我可以放過妳，但這家店不行。魑魅魍魎多得都要滿出來了，必須好好淨化一番。」

「除靈？找你過來的雇主是這樣說的嗎？」

她噗哧一笑，眼睛彎成弓形，開口問：你們這些人到底是怎麼回事？

「哪裡奇怪？依我看來，也沒什麼特別厲害的鬼怪，對方就是委託我把你和這裡的商品全部清除掉。」

「那可不行。」

女人露出瞧不起人的笑容，我猛地朝她肩膀撞去。

「我有種上當的感覺，什麼颱風啊。那個混帳，亂吹噓。」

光是想起來我都要氣炸了，我伸手揮落架上的物品。

「好了，快滾出去！如果妳不想跟這些破銅爛鐵落得同樣下場的話！」

我打落掛在牆上的卷軸，翻倒架子，踏碎掉落地上的腰間掛飾。

「還是，要先從妳玩起呢？妳是女人吧？好好讓我享受一番。」

「——你根本沒有任何價值。這些物品都有它們應該結緣的對象。」

閉嘴，我正要大吼時，忽然察覺不對勁。

那女人背後的影子大得異常。不對，架子和那些商品跟剛才相比也都大得不像話。天花板好高、好遠。搖晃不已的電燈泡亮光，在腳邊投下濃濃的黑影。

「我在縮小？」

不會痛。我一點感覺都沒有，這太不自然了。我甚至想像不出自己變成什麼樣了。我不知道是自己正在縮小，還是周遭景物變大了？

「把你這種貨色送進去，我是有點鬱悶，可惜我還不能放棄這裡。」

女人伸手取下架上的白瓷壺，拿到我面前。

「正好，既然你自己說想要除靈，就好好玩個夠。畢竟這些孩子似乎也很生氣。」

打開用符咒封住的蓋子，巨大的女人用手指把我的身體捏起來。我一邊尖叫一邊揮動手腳，但只是徒勞的掙扎。

我簡直像隻螻蟻。

「蠱毒的壺，待起來應該很愉快吧？」

腳下忽然懸空，我被壺中的黑暗吞沒。

在壺底，我看見無數個圓形亮點。幾百、幾千雙眼睛正在等我。恐懼到麻痹的大腦曉悟，那些亮點是一隻隻鬼怪。唧唧唧的叫聲層層交疊，簡直像是咬牙切齒、充滿敵意。

頭上的蓋子闔上，接著，地獄開始了。

●

醒來後，我躺在醫院病床上抖個不停。頭髮都褪成白色了，左眼是混濁的白色，全身布滿撕裂傷，包含腳趾在內的指頭，沒有一根是完好無缺的。

聽說，我一副遭受過嚴刑拷打的慘狀倒在小巷子裡。

我完全想不起來，自己爲什麼會跑到屋敷町這個從沒來過的地方。我想得起自己叫什麼名字、故鄉在哪裡，就是只有屋敷町那段記憶像被蟲蛀了很多洞，東缺一塊，西缺一塊的，恐怖到令人難以承受。有什麼東西棲息在我的腦中，啃食了我的記憶。

我怕黑怕得要命。

床下、櫃子裡、抽屜深處，那些暗處都有東西在。我知道，所以我沒辦法關燈。那些東西潛藏在黑暗裡、陰影裡，來找苟延殘喘的我了。

驀地，病房門口傳來敲門聲，我雙肩一震。

「打擾了。」

不等我回應，一個西裝打扮、帶有知識分子氣質的高個子男人走進來。那傢伙遞來的名片上寫的文字我似乎有印象，但不管我看幾遍都看不懂。文字沒辦法進入腦海。

「敝姓大野木，隸屬於縣政府特別對策室。我來報告這次的善後處理事宜。」

戴著眼鏡、禮數周全的這個男人，站在床邊直盯著我。他用公事公辦的淡然語氣說話，目光卻透著冷意，充滿嫌惡。

「……我們在哪裡見過嗎？」

「沒有，這是初次見面。老實說，我並不想來見你，但我更不想讓他再跟你碰面。沒辦法，這也是工作。」

他，指的是誰？

「你不用想起來沒關係。接下來，有一些業務上的通知。聽說委託工作給你的那個人已過世。因此，他對你的委託也失效了。還有……」

「被殺的嗎？」

我對自己立刻這麼問感到驚訝。明明我連自己先前從事什麼工作，還有委託內容都想不起來，卻意氣用事地想著「我得問清楚才行」。我盯著那個男人，他露出似是憐憫卻又冰冷的表情回答。

「我只是單方面聽她敘述，並不清楚詳情。」

「殺了呀……」

男人沒有移開目光，輕輕嘆了口氣。「以防萬一，我話先說在前頭。」他低聲往下講：

「你的委託人並不是需要警方介入的身分，更準確的說法應該是介入不了吧。我不曉得他是被商業利益還是龍穴本身沖昏了頭，但主動挑起爭端是要付出代價的，依照那個世界的規則他被處理掉了，只是這樣而已。」

「龍穴……？」

「那家店就位在那種特殊的位置。把店面設在象徵財富的地點，這種事好像不管在那個世界或這個世界都是一樣的。你什麼都沒聽說就被牽連進來，或許有點可憐，但不要再繼續追究下去，才是明哲保身之道。」

我愈聽愈糊塗，只是在心裡事不關己地下了個結論——自己被來歷不明的傢伙當成棋子犧牲掉了啊。

「不管怎樣，對你的委託已失效，先前付的款項也不用你歸還，請拿來貼補你的住院費用。」

男人這麼說，毫無感情地低頭看向我。

「據我所知，有人想把這家店據爲己有而主動挑事，這種情況至今發生過四次。你是唯一的倖存者，但或許死去的那些人比較幸福。該說是她的慈悲嗎？」

接下來……他先起了頭，拿掉眼鏡。

「我有幾句話想說。我知道問了也是浪費時間，不過，你還記得自己曾對我的工作搭檔使用暴力嗎？痛扁只有一隻手臂的他，一定是輕而易舉吧？」

很爽嗎？他的話聲透出怒氣。整個人身上散發的氣息，和剛才用公事公辦的態度講話時截然不同，是練格鬥技的人特有的氣勢。

工作搭檔，就是男人剛才提過的那個「他」吧？我完全不記得，但我現在都這副德性了，也不可能反抗。

「你如果想報仇，請便。」

「說什麼報仇，你想多了。我怎麼可能對受重傷的人使用暴力。」

不可能，他冰冷地說。

「我是善良又具備常識的人，跟你這種因爲懶惰又軟弱就步上歧途的人不同。」

「那你想怎樣？」

「我調查了你的事。不管什麼情況，你都會毆打靈體來除靈？聽說你還到處吹噓自己只要透過碰觸就能祛除惡靈，是不是？好像還有不分青紅皀白就使用暴力的壞習慣。」

「……你工作做完了吧？回去。」

「那是由我說了算。」

不是你。他壓低聲音冷冷道。

「再來，雖然剛才我說你是被牽連進來的，但給你回頭這個選項的他，在你眼中看起來是什麼樣呢？」

男人的這句話飽含怒意，他起身拉開窗簾。由於他背對陽光，看不清楚表情。

「你好像注意力都放在他的眼睛上，你沒有看見他的右臂嗎？」

「右臂？」

男人冰涼的目光掃過我，繼續往下說：

「你以爲自己什麼都看得見，卻完全看不清眞實。實際上，曾爲你提供資訊的戶村先生，依我聽到的內容，應該只有觀看的能力。算了，反正以後不會再跟你扯上關係了吧。」

戶村，這又是誰？我想不起來，一點都想不起來。可是，伴隨身體上的疼痛，我似乎也聽見頭腦一隅不斷響起「死心吧」的聲音。

「我並沒有像他和你的這種能力。如同一個不會游泳的人，沒辦法拯救在海中溺水的人一樣。他隻身一人跳進夜晚漆黑的海中，為了拯救他人而採取行動，除了從旁守護他，我什麼都做不了。」

這很令人心煩，男人低聲說。他緊握的拳頭微微晃動著。

「不過，正因如此，我一看到你這種人就滿肚子火。自己一直待在淺水區玩水，對於那些來求助的人，不光是等到人家都快溺死了才要伸出援手，甚至還設下陷阱要害別人溺水。」

眞是無藥可救——他不屑又充滿敵意地這麼說。

「當他提到自己的力量時，總會說在除靈這件事上自己有很多能力不足的地方。他可以觀看靈體看得很深，深到你完全沒辦法比的程度，卻老是在感嘆自己只會看眞的很沒用。儘管如此，不管是人或鬼怪，爲了拯救有需要的對象，他一直獨自潛入深不可測的地方。至於你遇見的那個女人，就像是棲息在深海最深處，無法用言語形容的怪物，對吧？」

從他的聲音再也感受不到任何情緒，就像是一台淡淡陳述事實的機器。

「如果你只會扯他後腿的話……」

男人一邊說，一邊從腳邊拿起一個用方巾包裹起來的物品。

「最好不要再靠近海邊了。」

他拆開方巾，露出白瓷壺。嘩，黏膩的汗水從全身滲出，喉嚨深處逐漸感到乾渴。我憑直覺就曉得，先前啃食我的東西就在這裡面。

「哈、啊，嘎、啊。」

我喘不過氣來。眼睛連眨都沒辦法眨，全身止不住顫抖。接在身體上的醫療機器偵測到脈搏異常，發出警示音。我想起肚臍眼上插著銳利爪子，內臟被翻攪般的痛苦，蜈蚣爬進左眼眼窩的觸感，生鏽利剪截斷手指時的絕望。那些記憶和疼痛一起閃過腦海。

「她叫我把這個拿給你，說是它們好像看上你了。」

我感受到喉嚨深處有一股酸澀液體直湧上來，轉向一旁吐了。我邊咳邊吐，當時的疼痛刮過身體的內側。

「住、住手！算我求你，把那東西帶回去。」

「你願意發誓嗎？絕對不會再出現在我們面前。會從這個業界金盆洗手，絕對不會再回到屋敷町。」

「我發誓！我真的發誓！不要將那傢伙的眼睛對著我！」

啪、啪，剛拆線的傷口滲出血來。鮮血像淚水一樣，從他的腳，手指，還有左眼慢慢滴落。

「她說，下不為例。還有一件事。」

男人先把方巾蓋上白壺，重新戴好眼鏡。

「她還說，弄壞我們家商品的代價，等你死後再還。」

看他拿著用方巾包好的東西朝門口走去，我一放下心來，雙腿就不停顫抖。

然後，男人跟來時一樣，十分有禮地一鞠躬，才走出病房。

在熄燈的信號下，病房裡的燈光悄悄暗去。

只有枕邊微弱的燈光百無聊賴地佇立著。

隨處可見的陰影中，響起似竊笑又似低語般的聲音。

它們肯定一直守在旁邊等我死。

潛伏在書架的陰影，拉門的縫隙，到處都有的黑暗底部。

「唔唔，唔唔唔。」

名爲恐懼的情緒，如同熔化的鉛液般一滴滴落進胸口深處。

我拉高棉被蓋住頭，全身抖個不停。被那些東西啃食過的身體到處都如灼燒般疼痛。明天早上，我說不定又會失去身體的某些部位。

看向時鐘，居然才過了幾分鐘而已。

我愕然無語。

夜晚漫長到好似永遠沒有盡頭。秒針簡直像是昏迷了一樣，根本沒在前進。

光是想像，我就怕得快發瘋了。不，要是能乾脆瘋掉，不知該有多好。

到死之前，我究竟還得熬過幾個這樣的夜晚？

我想起白天那男人的話。我待在淺水區就夠了，就玩玩水也無所謂。賭上性命，甚至是爲了別人，縱身躍進那片深海，這種事我做不來。

有聲音。像是床邊的架子，被擺上了一個物品的聲音。

我心驚膽戰，掀開棉被的瞬間，感到全身血液都在倒流。

那白瓷壺就放在架子上。

不可能。那個男人眞的帶走了，我確認過好幾次。

明明是那樣，爲什麼？

爲什麼，會變成現在這樣？

白瓷壺就在旁邊，從蓋子的縫隙透出竊竊私語聲。

我知道它們要從又深又暗的陰影，對我出手了。

不一口氣吃光，因我悽慘恐懼的模樣狂喜。

我咬緊牙關抑制慘叫的衝動，手抓住已失禁的胯下，忍住淚水。

往後的人生，我只能又驚又懼地屏息等待天明，別無他法。

因爲，想必就連要自我了斷也辦不到。

至雙

我完全受不了夏季的炎熱，每到夏天我的原則就是盡量避免外出以撐過酷暑。但進入七月沒多久，不知什麼原因，冷氣突然陣亡了，我實在待不住家裡。在屋敷町，我知道十個以上涼爽的地方，但也不能一天二十四小時都待在那裡，便立刻決定仰賴終極手段了。

人啊，一定要懂得放棄。

聳立在新屋敷頗爲華麗的車站前面的一棟超高層公寓大廈。我決定去找住在那棟大廈頂樓的某個人。我在看起來十分高級的大門前按下門鈴，輕易就能想像出對方站在對講機前啞口無言的模樣。

「你好。」

「你、你爲什麼知道我家在……？」

「柊之前告訴我的。這裡好熱，大野木，你可以先讓我進屋再說嗎？如果還有杯冰麥茶就太棒了。」

「柊小姐知道這件事我也是第一次聽說……請進。」

「打擾了。」

我穿過大門，走向電梯。明明是薪水微薄的縣政府職員，卻住在這麼豪華的地方。而實戰部隊的我拿微薄的酬勞擔任靈異事件諮詢的窗口，這個差距是怎麼回事？

頂樓的邊間。門牌上寫著「大野木」，看來平時應該就有用心在打掃吧。連門框和窗框都一塵不染。

我還沒按門鈴，門就先開了。

「請進。」

這麼說來，我還是第一次看見大野木穿便服的模樣。他平常都穿西裝打領帶，私底下打扮給人的印象也差不多。襯衫搭卡其褲，一樣是認眞無趣的風格。

「嚇我一跳。你幹麼啦，我還沒按門鈴吧？」

「我就在等你啊。來，請進。」

「你幹麼這樣神經兮兮的？」

「我沒有神經兮兮的。只是鄰居也會看到，你快點進來。」

「鄰居看到會有什麼問題？你以爲自己是藝人喔？」

我一邊發牢騷一邊走進屋內。一脫下鞋子，發現如預期般到處都收拾得非常整潔，連一雙雙室內拖鞋擺的角度都有對齊。

「……大野木，你沒有女朋友吧？」

「這麼突然？你是以什麼爲依據來判斷？」

「沒，就想說你的潔癖太誇張了，對方一定會很累吧。」

「欸……」

哦，他的表情有點受傷。

「先不跟你閒聊。來，過來這裡。我們在客廳談吧。」

「嘿嘿。」

一踏進客廳我訝異極了。可將縣內景色盡收眼底，就是這麼一回事。夜景一定也很漂亮吧。話說回來，這裡到底有幾坪啊？如果要玩室內五人制足球應該也沒問題？雖然我沒踢過室內足球。

再加上豪華的開放式廚房。跟我家那骯髒的舊式系統廚具相比，這個空間簡直像是連續劇裡的布景。奢華到這種程度，老實說我真的火大了。

「喂，公務員。你這傢伙，居然拿縣民繳的稅金恣意揮霍。我以後絕對再也不接受你這混帳的委託了。還有，冷氣機也太大台了，那是營業用的吧？」

「這屋子是我爸爸的遺產，不是我買的。憑我的薪水，怎麼可能住得起這種房子，對吧？」

「大野木，原來你是有錢人家的少爺啊？這樣想想，的確有那種感覺。氣質跟平民不太一樣。該說天真無邪沒被社會汙染過嗎？還是個性認真呢？」

「不要叫我少爺。先別管這個，直接說正事吧。你今天到底有什麼事？怎麼突然跑到我家來。」

「哎呀，沒什麼大事啦。就是我家的冷氣壞了，我決定冷氣修好前都要住在這裡。只是這樣而已。」

可能是太過震驚了吧？大野木沉默地按住眼頭。

「……我可以問你一個問題嗎？」

「好，請問。」

「我之前有聽說過這件事嗎？」

「沒有，兩小時前我的冷氣才壞掉，我問了水電行，他們要一個月後才有空來修。不管怎麼想我都覺得，要待在那個沒冷氣的家裡生活一個月實在太艱難，所以我就過來了。幸好有你在，眞的。」

雖然去投靠朋友也是一條路，但無法否認其他人的家裡要擠兩個男人都太狹窄了。更何況，料理、家事、洗衣服樣樣精通的男人，真不巧我只認識一個。

「我有一個折衷的辦法……」

「請說。」

「在我負責的房屋裡，有些目前沒有人住。含家具家電，不用付房租，你可以無限期住在裡面沒關係。」

哈哈哈，這笑話真難笑。

「肯定是鬧鬼的房子吧？你不可以趁人有難時偷偷塞工作過來啦。」

「……坦白說好了，和其他人共享私人空間對我來說很痛苦。連朋友或認識的人來家裡，我都只覺得麻煩。怎麼樣？你聽懂了嗎？」

「我懂，其實我也是。不過，這是生死存亡的關頭，所以我們來談條件好了。」

沒錯，我們頂多就是工作上的合作關係。拿友情或其他什麼的來裝熟，不符合我的個性。

「大野木，寄居在你家時，工作上的委託我全部無條件接下來。相對地，寄居期間要附三餐還有午休時間。啊，謝禮我還是會收，不然沒錢過日子。」

「嗯……」

他雙臂交抱在胸前，皺緊眉頭陷入沉思。這很合理。至今我都是透過夜行堂，趁著跑腿的空檔順便接一點大野木那邊的工作。優先順序顛倒過來，應該是一個很大的誘因吧。雖然除了我以外，還有柊那種厲害的專家，可是她酷愛流浪根本找不到人。那位前師姊別說是縣內了，連在不在日本國內都很難說。更何況，她要求的酬勞遠高於我，又是堅決不透露任何私事的保密主義者。就連我們兩個原本師出同門這件事，一直到前陣子她都還對大野木保密。

「我可以先確認一件事嗎？你剛才說無條件，但我可以一天塞好幾件工作嗎？」

「這個嘛，要在我體力能夠負荷的範圍內。還有，只要我說『快逃』，就一定要逃跑，這一點還是要請你嚴格遵守。」

「那是指，無論在任何情況下嗎？」

「關於這點，沒有任何討論空間。只要我一說『快逃』，不管在什麼情況下，你都一定要逃跑。大野木，尤其是後面那一點，你一定要遵守。你每次都逃得太慢了。條件只有這兩項，怎麼樣？」

你快點決定——我一邊催促一邊甩動空蕩蕩的右側衣袖。

大野木很認真在思考。那也是理所當然。靈異相關的意外事故及案子別說是減少了，根本一直在增加。他肯定很想多少消化掉一些案子吧。

不過，一般人會把工作和私事區分清楚，但這個死腦筋公務員不是那麼機靈的類型。

「我明白了，只能棄車保帥了。我接受你的提議，我們開始同居吧。」

「等等、等等，你不要說是同居，會引起誤會的。這種時候說『寄居』就可以了。」又不是情侶。

「好吧，寄居。你可以用客房。你愛怎麼住都沒關係。如果有私人物品要搬過來，你就說一聲，我會幫忙。」

「啊啊，這眞的幫了我大忙。」

「不客氣，你也一樣是幫了我大忙。那麼，雖然有點快，我想先從縣界隧道的那起靈異事件開始解決。我去開車過來，你趁這段時間準備一下。」

他俐落行動，看來已進入工作模式。

「咦？」

「快點，幹活了。好了，要出發嘍。」

「………」

此刻我強烈地感覺到，自己可能太衝動了。

○

我躺在大野木車裡的副駕駛座上，差點就要打呵欠，但我咬牙忍住了。

「你有在聽嗎？」

「有、有，我有在聽。所以，你說那隧道怎麼樣了？」

大野木神經質地推了推眼鏡，他現在開車也很神經質。自從開上山路後，車身就一直左右劇烈搖晃。對這輛似乎是他爸爸遺物的高級車來說，路況可不只是有點差而已。不過我身爲乘客，只覺得空調和皮革座椅都棒呆了，簡直不能再更完美。至於路上彈起的小石頭傷到車身這種事，就與我無關啦。

「大家都在傳這裡是神隱隧道，說是有人在這裡消失之類的。」

「之前在地下道也遇過這種案件。跟上次那個不一樣嗎？」

「對，地點和建設年分都完全不同。那次是跟過去的案子有關，但這次完全找不到類似的線索，或者也可能只是還沒發現。不過，我去問過歷史資料館的人員，這一帶好像從以前就被說是頻繁發生神隱的地點。事實上，明治時代發生過神隱的紀錄保存下來了。之後幾十年都沒有再發生類似的情況。」

「感覺不太妙。」

「失蹤者有三人。雖然向警方提出搜索申請，但其中有人的搜查工作已遭中止。」

這樣一看，就可以強烈感受到失蹤人口相當多。而且不是這一區特別多，日本國內每年都有許多人人間蒸發。沒找到屍體，生死未卜，消失在黑暗中的人，無論古今其實都有一定的數量吧。

「那條隧道不久前發生落石，現在有管制。即使如此，還是有一些年輕人聽了傳聞就跑來。」

「算啦，就是會有一些這種蠢蛋出現，沒辦法。還故意開車闖進封鎖區域，對吧？別管他們了。」

「他們也是住在這一區的縣民。只要他們有履行納稅的義務，就是我該負責的對象。」

「他們有沒有繳稅還不知道喔……」

「消費稅也是稅金。我不會說要滅私奉公，但在能力範圍內我還是想盡可能把工作做好。而且，畢竟他們不知道鬼怪眞的存在，也是情有可原。」

「大野木，人類是一種只相信自己親眼所見的生物。他們就是認爲，怎麼可能存在？所以，一旦困在靈異現象裡，馬上就哭哭啼啼地說喪氣話。不受點教訓是沒辦法理解的。」

在意外中失去的右臂，只有感覺殘留下來的右臂，正一點一滴地侵蝕身體。以前只有肩膀下面會感知到鬼怪的存在，最近連右眼附近都能感覺到了。右眼變得常隱約看見鬼怪的身影。

對我來說，它們是能夠感知到的現實，在其他人眼中卻是感知不到的虛構現象。

「我以前從來不信會有鬼怪或靈異現象，但親眼目睹後，我認爲它們也是這個世界的一部分。我的想法不是『原來還有那個世界存在』，而是『原來這個世界也有那樣的一面』。所以，我認爲這份工作扮演了橋梁的角色。有像你這種可以同時感知到兩側世界的人站在中間，是非常重要的。」

「我只是有工作就做而已，並沒有特別去想那些複雜的事——」

「是嗎？我不覺得。雖然你老說些有的沒的，每次還不都是冒著生命危險行動？嘴巴上說著要逃跑，我可一次都沒見過你逃。」

「你給我的評價過高了。話說在前頭，就算奉承我，我也是一塊錢折扣都不會給你的。」

「是、是，我很明白您的意思。」

他故意說得殷勤有禮，臉上卻掛著微笑的身影，看了就有氣。

「這麼說來，有件事我之前就很好奇，你爲什麼沒叫過我的名字啊？」

「那是因爲你以前提到自己的名字時，說『不管是姓氏還是名字都很女孩子氣，我不喜歡』。既然工作上要合作，就該避開對方不喜歡的事。」

「也是啦。會用名字叫我的人，大概只有柊吧。」

「畢竟開別人玩笑簡直就像是她生存的意義一樣，我也常被她戲弄。嗯，她就像是仙人。」

「沒錯。可以在湖面上行走，在空中飄浮，消融進黑暗裡。那樣居然也算人類，這個世界果然很大。」

「該怎麼說好呢？勉強還算是人類這一點，或許帶刀老也是一樣……我承蒙帶刀老不少關照，他離世眞的很可惜。」

「……帶刀老的喪禮不是有邀你去？怎麼樣？」

「我要保密。我想應該不能說。」

「嘿，多半遇上恐怖的事了吧。」

「沒有，是一場很隆重的喪禮。」

他笑得爽朗，冷汗卻淌下臉頰，想必是看見相當恐怖的場面了。不過我也十分佩服，他居然敢單槍匹馬闖進那個魔窟。換成是我，就算給我一大筆錢我也不幹。不過，我已沒資格進到那屋子了。

「葛葉還在那屋子嗎？」

「嗯，我不太清楚。後來我在白天去過，但不管怎樣都走不到屋子門口。四十九日時，我想去上個香。」

「不知天高地厚也要有個限度，你盡量不要靠近那座山……」

比較好。我正要這麼說時，忽然想起一件事。

「大野木，這一帶的山，之前也是帶刀老管理的地區吧。」

「嗯。横跨縣界的山區幾乎都是他老人家在管理。」

「那個人死後，是誰繼承管理工作？」

唧——車子在刺耳聲響中停下。身體不敵慣性，順勢滑下座椅。

「痛！」

「誰教你不把椅背立起來坐好。不過，你說的對，這些山現下到底是誰在管理呢？」

這裡說的管理山，並不是在指國有林之類的情況。山自古以來就被稱爲「異界」，和人類生活的世界截然不同。帶刀老就是代代負責管理這附近群山和靈界間的關係，並在人類與山之間居中協調的關鍵人物。

「那條隧道的靈異現象，也算是在山裡發生的事吧。既然如此，就應該去找帶刀老商量。但那位老爺爺已不在。我還以爲肯定會有人接手。欸，該不會最近和山有關的案件增加不少吧？」

「你這樣一說，跟山岳或山間河流有關的案子好像眞的挺多的。的確全都是帶刀老的喪禮後才接到的案子。」

換句話說，因爲帶刀老過世，各處都出現了不平衡，也可以說是衝突。那位老爺爺說過，他也是繼承他父親的衣缽，果然還是必須有人接手吧。

「問題是，由誰來接手？哎呀，有辦法接手的人也不是那麼好找。」

「而且不肖弟子早就被踢出師門了……」

「咦，你剛才說了什麼嗎？」

「沒，我什麼都沒說。大野木，帶刀老之前不是問過你要不要當繼承者嗎？」

「我跟他說我能力不足，回絕過好幾次。畢竟事實就是這樣。那時是葛葉幫我說話，這件事才徹底落幕。如果是由葛葉繼承的話……？」

「不，那個人只是出於善意對這一側的世界特別關照而已，以立場來說，他完全偏向另一側的世界，那樣不行。原本他會來侍奉人類這件事本身就很不尋常。不過，大野木，如果是你繼承，我想他應該會奮不顧身地幫忙。」

「如果不是葛葉，我完全想不到會是誰。」

「我們在這邊討論得再久也沒用，總之今天先回去吧。」

缺少管理者的山極爲不穩定，應該先聯絡師姊再過來。

「不，那可不行。」

「沒辦法保證安全，太危險了。」

「又不是今天才開始危險的，而且過去有帶刀老相助只能算是一種僥倖，往後就得靠我們自己來解決了，不是嗎？」

「話是沒錯，不過……」

雖說我們是搭檔，但我和大野木的職責不同，沒必要連他都踏進這一側的世界。

「大野木，現在還來得及回頭。」

「我不會讓你一個人去，這已是我們兩個的案子。」

他猛然發動車子，就像在說「好，出發嘍」，車裡的我忍不住哀號。

「發生落石意外!目前封鎖中!」我們把用紅字寫的看板移到旁邊，繼續往前開了一段路，就看見那條隧道了。道路的左右兩側都是大片杉樹林，大概因爲是在山上，風冷到背脊都發涼了。遠處傳來油蟬的鳴叫聲。時間快到傍晚，也就是俗稱的逢魔時刻，更容易看見靈異現象，遇見鬼怪，是頻率變得容易對上的時間帶。

「來、來!我們過去吧。」

「是、是。」

其實並沒有一定要兩個人一起開車過去，但一問之下發現隧道滿長的，最好還是避免徒步。而且人躲在車子這個遮蔽物裡也會比較安心。

隧道入口寫著「狹間隧道」。看見這個讓人充滿不祥預感的命名，我忍不住苦笑。當然，我沒告訴大野木。他緊張到牙齒喀喀作響了，要是待會他陷入恐慌，猛踩油門在隧道裡高速暴衝，一時打滑撞上什麼地方也不無可能。

「不過，你明明膽子小，居然還敢每次都像這樣跟上來，我眞是佩服你。」

「因爲這是工作。」

太認眞了。換成是我，早就辭職了。不管怎麼說，必須在完全沒有解決方案的情況下來到這種荒郊野外耶。要說是使命感的話，的確是很動聽，不過大野木在這方面有點少根筋。

「慢慢開。還有，你沒開車頭燈。」

「啊，啊啊！對！我現在開了！」

「好，我們慢慢開。要是發現異狀，我會出聲。要停下來還是繼續前進，我會給指令。你要冷靜。如果不能迴轉，就倒車往回走。」

「知道了。」

我們緩緩駛進漆黑的隧道。就算是傍晚，裡面也實在太暗了。

一進到隧道裡，蟬聲就逐漸消失。除了車頭燈照亮的前方幾公尺範圍內，其他什麼都看不見。連左右兩側也只是隱約可見，要是有人倒在地上，我不確定自己能不能發現。

兩人保持沉默，一邊環顧四周，一邊前進，整整花了超過十五分鐘才開出隧道。隧道前方沒有異狀，除了路面缺乏維護有多處龜裂，青草從裂縫中長出來以外，沒什麼特別的。

「什麼都沒發生耶。你有看見什麼嗎？」

「沒，完全沒有。」

「眞奇怪，要一次解決果然太難了嗎？還是因爲我們在車裡？」

「嗯，如果下車走的話，是可以看遍每個角落，但距離相當長。要是從現在開始，走完就天黑了，實在太危險。」

「也是。那至少先拍些現場的照片如何？」

「嗯，細節就明天再來看吧。」

我知道了。這樣說完，拿相機下車的瞬間，大野木就消失了。與其說是消失了，在我看來更像是掉下去了。

「大野木？」

我慌忙打開車門查看下方，除了柏油路面，沒有任何特殊之處。可是，大野木剛才確實沉進地面，掉下去了。

「啊啊，眞是的。居然瞬間失蹤！明明慘叫一聲也好啊。眞是個要人操心的傢伙。」

該怎麼說他才好，大概就是會吸引鬼怪的體質吧。柊的說法是「只要走三步就會遇見鬼怪，很有趣的傢伙」。實際上，之前柊曾利用大野木當誘餌，還眞的是這樣沒錯。

我繞到車子另一側，環顧四周。雖然沒看到什麼異狀，但一個大男人憑空消失了，不可能沒有異狀。

我用右眼觀看。不是單純看著，更接近集中注意力觀看的感覺。右眼沉甸甸地發熱，視野逐漸扭曲。我用只剩下感覺的右手觸碰地面，一股柔軟富有彈性的觸感將手彈了回來。仔細一看，那邊是隧道的陰影所在，正好就是大野木下車的位置，運氣眞是太差了。

我讓右手的感覺變得更敏銳，指尖再緩緩插進去。類似冰水的觸感，使我後背不由得起了雞皮疙瘩。既非這個世界，也不是那個世界，而是彷彿存在於兩者之間的空間，在這個世界裡其實多到遠遠超乎我們的想像。

我一直下探到肩膀幾乎整個埋進去。到極限了，沒摸到他。

我以指尖探尋四周，卻沒發現什麼。

太陽逐漸下山了。恐怕等這個陰影消失，就會斷了聯繫吧。

大野木並不糊塗。

他應該是在做自己的工作。

我似乎悄無聲息地就被地面吞沒了。

甚至來不及慘叫，眞的是一點抵抗都沒有，簡直像失去平衡跌進游泳池一樣。問題在於，我並非跌落安全的游泳池，而是應該稱爲異界的地方。

乍看之下，那裡像一條小隧道，高度只容我勉強站直走路，看起來也像是一條圓形水道。多半是老舊磚頭建造的下水道之類的地方吧。

「有人在嗎？」

即使我大喊，也沒人回應。

手機沒有訊號，我賭一把撥了電話，只聽見另一頭傳來磨刀般的不祥聲響。我實在沒勇氣再打一次。

「沒事的。沒必要慌張，我要冷靜。」

我幫自己打氣，邁步向前走。

至今爲止，不知遇過多少次這種狀況了，但我始終沒辦法習慣。想必未來也不會習慣吧。

問題是，這條水道會通往哪裡？

既然只能向前或向後走，那就一直前進好了。如果能遇到出口最好。如果遇不到，只是走反方向回來找而已。兩邊都出不去的可能性？我不去想。

究竟走了多久？手錶上的指針動也不動。我估計自己走了五千步左右，但四周景色完全沒有變化，我有種快要發瘋的感覺。

我拭去汗水，脫掉外套，在大腿上摺好，抱在胸前。早知道會發生這種事，我就應該帶背包過來，裡面放了一整套裝備。完全沒想到，竟會在從駕駛座下車的瞬間就被地面吞沒。我太鬆懈了。

腳下的水隨著我的行進方向流動。換句話說，一定會通往某個地方。還有，如果有人倖存，待在那邊的可能性也比較高吧。看來，這裡的時間是扭曲的。問題是，扭曲了多少？呵，我好像聽見什麼聲音，抬頭一看，水道前方有光點在左右晃動。喂——好幾名男女的聲音傳了過來。

「喂——！」

我以手機的燈光回應後，聲音變得更大聲了。是倖存者。

跑過來的是三名男女，分別都和遭通報的失蹤人士特徵一致。

「你沒事吧！你是從哪裡過來的？」

「我是來找你們的！我是縣政府的職員。」

「縣政府？不是警察嗎？」

「對。各位，很高興你們都平安無事。有人受傷嗎？或者是身體不舒服？」

他們會感到疑惑也很自然，但現在沒時間慢慢說明。

「待在這種地方怎麼可能會舒服，你到底是從哪裡來的？我們走了整整一天，還是找不到出口。你過來的方向應該有什麼東西吧？」

整整一天。原來如此。看來，他們的主觀時間才過了一天而已。

「我也是一進來就在看起來像水道中間的地方，我一直向前走，然後就遇見各位了。」

聽了我的話，三人的表情蒙上一層陰影。

「你剛才說是來找我們的，那我們應該回得去吧？」

「對，是有可能的回去。」

太好了，三人伸手按住胸口。我默默地想，我會努力讓自己的話成眞的。

「那要從哪裡回去？話說回來，這裡到底是怎麼回事？」

「我沒辦法肯定地告訴你，但我認爲時空扭曲了。」

「時空？」

「對。我之前遇過類似的案子，這是根據經驗推測的。時空，也就是時間和空間。當時地下道的空間依然是原樣，但由於時間軸扭曲了，受害者就維持著原本的模樣被遺留在那裡。至於這次的情況，我認爲是隧道這個地點的空間軸和時間軸都扭曲了。」

「換句話說，你的意思是，這裡並不是冥界或那類地方嘍？」

「對。簡單來說，就是時間和空間偏移了的場所，類似夾縫的地方吧。」

「等一下！這種地方我們要怎樣才能出去？」

「有辦法。我的搭檔應該正在盡力想辦法。他是專門處理這類情況的專家，別擔心，一點問題都沒有。」

「專家？靈媒之類的嗎？」

「這個嘛，應該比較接近所謂的靈能力者吧。」

「為什麼縣政府的職員要做這種事？」

這是理所當然的疑問。因為這也是我接到調職令時，腦袋冒出來的第一個疑問。

「在各位的生活夾縫中，或者說被一層外皮包裹住的裡側，這種情況其實經常發生，統稱為靈異現象。這次各位就是被捲進這種狀況。我們特別對策室就是為了解決這類案件才設立的。」

「不行了。莫名其妙，誰會相信這種事。」

「是嗎？我倒覺得挺合理的。這的確是靈異現象啊。」

「嗯，我也相信。」

三個人表現出了三種反應，不過至少看起來都願意合作。

「謝謝。我有個問題，你們是從那邊過來的吧？那個方向有什麼特別的地方嗎？」

「也沒有什麼特別的。沿途一直都是這種單調的景色。一個人走的時候我差點要發瘋。」

「我也是，而且手機又不能用。坐車穿過隧道時，只有我一個人掉下來。」

「啊，我也一樣。我跟大學社團的朋友一起來，不知為何只有我掉進來。要是沒遇到他們兩個，我不曉得現在會變成什麼樣。」

沒有像是出入口的地方，就只是「掉下來」，大家遇上的情況都差不多。換句話說，當中應該有什麼線索才對。

「我也一樣。簡直像是掉進洞裡，來不及出聲就被吞沒了。」

呵，注意到奇特之處的，看來並非只有我一人。

「沒錯，這裡應該是地底下。」

我抬頭仰望水道的天花板，那裡倒映著經水面反射的光紋。不過，這裡根本沒有光源。不管是煤油燈或電燈都沒有。當然，陽光也不可能照進來。

「眞的耶。明明沒有光源，爲什麼會這麼亮？」

「確實。奇怪，這光線是從哪裡來的？」

「難道是……」

我仔細探看水道中央流動的水，忍不住驚呼。倒映在水面的影子裡，有一隻發出蒼白光芒的眼熟手臂。簡直像從天花板長出來一樣，他的右臂彷彿在找東西，到處摸索著。

我一把視線從流水移開，就看不見那隻手臂。

「水鏡……」

我戰戰兢兢地朝頭上伸出手，感覺有一隻看不見的手抓住了我的手腕。我把目光移向水面，看見他的右手牢牢抓住了我的手臂。

我輕敲看不見的手兩下當作信號，他像是明白了似地用力回握。

「這裡！各位，來，快過來這裡！」

我指著水面，向最初碰到的女子示意，再讓她抓住從天花板伸下來的那隻看不見的手臂，她嚇壞了發出尖叫。

「這、這是什麼！誰抓我？有人抓住我！」

「別擔心，他是我的搭檔。」

我敲了手臂三下，他應該是接收到我的意思了，女子的身影緩緩被天花板吞沒，如同焦點漸漸無法對準般消失了。接著，那條手臂又立刻出現。他似乎很著急，手臂像在催促「快點！快點！」般迅速擺動。

「沒、沒問題吧？我相信你喔！我——」

話還沒說完，她也不見了。

「來，你是最後一個。」

「啊啊，謝謝！回去後，請讓我好好道謝。你們是我的救命恩人。」

「客氣了，這是我的工作。來，動作快。」

男子的身影消失了，最後只剩下我。

眼睛看不見，但一股強勁的力道抓住我的手臂。他一拉，我身體往上浮的瞬間，上下忽然顛倒，視野陷入一片黑暗。

我的意識逐漸遠去，終至消失。

○

不得不單手把四個成人拉上來，我在昏過去的四人旁邊，氣喘吁吁地躺在地上。在隧道內部時可以用右手，但只要拉到這一側，就必須單靠左手往上拉，實在是吃不消。

看來四人性命都沒有大礙。怎麼回事？這些傢伙竟悠哉地呼呼大睡，神經真大條。

其中，大野木的表情看起來像在作惡夢，我抬腳踢了踢他。

「喂，起來了。大野木，我要往你鼻子裡塞小石頭嘍。」

唔，他呻吟了一聲，卻還不醒來。我撿起附近的小石頭塞進他鼻子，決定先報警再說。

我只是報上縣政府特別對策室的名號，對方就連救護車都幫忙安排好了，看來是相當習慣了。

太陽西下，望著群青色的天空時，我依稀看見一個身穿和服的老人站在隧道裡。是帶刀老。

「你連死後也待在山裡啊？明明趕緊升天就沒事了。」

那一言不發、只是沉穩微笑的身影，令我莫名懷念。我隱約有種感覺，這些受害者的時間沒有流動太多，多半是這位善心老爺爺的功勞吧。不管嘴上怎麼說，他對人類就是特別寬容。

「老爺爺，就算你不在了，我們也有在努力。只是，沒有繼承者有點麻煩，不過說起來也是我和柊造成的，我們會自己想辦法。老爺爺，你好像想讓大野木當繼承者，但那個人不行。我得避免讓他更靠近這一側的世界，不然他會和我一樣沒辦法回頭——不過，我會遵守約定的。」

帶刀老點頭，沒多久就像融進黑暗中消失了。

雖然想像以前那樣叫他，但我已失去資格。

「啊，結束了⋯⋯」

叩咚一聲，我躺上堅硬的柏油路面，遠處傳來日本暮蟬的叫聲。我有種想哭的衝動，於是順手拿起大野木的眼鏡，沒想到鏡片掉下去，「匡啷」一聲破了。

「⋯⋯⋯⋯」

我躡手躡腳地把眼鏡戴回大野木的臉上，那張臉看起來有夠蠢。

過一陣子，警察來了。救護車一到，就把陷入昏迷的三人抬上車。他們醒來後應該會暫時感到混亂，醫院那邊多半會用作夢這種說法來蒙混過去吧。反正，之後三人不會再見到我們了。

我把大野木敲醒，等他整個人清醒過來，再一起踏上歸途。眞不可思議，隧道裡發生的事，大野木一點都不記得了。他一直哀嘆怎麼醒來後鼻子裡塞滿小石頭，連眼鏡的鏡片都不見了。

「我完全想不起自己身上到底發生什麼事。不過，既然你說案子順利解決了，表示沒什麼大問題吧。」

大野木一邊在公寓的車庫裡停車，一邊發牢騷。這樣確實讓人很難接受，他的心情我能理解。

「沒關係啦，你這次大顯身手了，不是嗎？雖然你大概不記得……」

「我有幫上忙嗎？老實說，我眞的一點印象都沒有。」

「對了，我看到帶刀老了。那個老爺爺好像還在山裡。」

「那代表他沒升天嗎？」

「天曉得。大野木，聽你的描述，喪禮的情況也不尋常吧？他該不會是想來看看你吧？」

那位老爺爺特別中意大野木。明明交遊廣闊，卻只邀請他一個人參加自己的喪禮。老實說，我有一點忌妒。當然，我是不會說出口的。

「是這樣嗎……？眞遺憾，我很想見他一面。」

一回到住處，整個人忽然疲憊不堪。我也不管主人就直接跳到高級沙發上，幾乎就要這樣睡著了。

「今天謝謝你，明天也一起加油吧。」

「咦，明天也要？」

「當然，這可是工作。」

「你不會是打算讓我從早工作到晚吧？」

「怎麼可能，我下班後也是很忙的。我還要去綜合格鬥技的道場和健身房。工作和私生活的平衡很重要。」

還有……大野木一邊說一邊把西裝外套掛到牆上，拉鬆領帶。嗯，這動作真是滿滿的上班族味，我估計學不來。

「既然你接下來要寄居在我家，我該怎麼稱呼你才好？之前我都刻意避免直接叫名字，但這樣確實不太方便。」

「欸，我就說我討厭自己的名字了。」

「不是很可愛嗎？櫻。還是要叫『千早』比較好？」

啊啊，這個時刻終於來了。明明我之前一直努力迴避。

「都可以啦，眞受不了。」

「這樣啊。那我就叫你『千早』好了。嗯，叫起來挺順耳的。」

「大野木，你倒好，名字很有男子氣概。什麼『龍臣』嘛，你是戰國武將喔。」

「聽說是因爲我爸爸叫利臣，就從他的名字取了一個字。千早，櫻這個姓氏也很適合你。很可愛，眞不錯。」

他露出微笑。不是諷刺也不是嘲弄，是眞心這麼想的表情，實在可恨。

「如果是女的應該不錯吧，但我是男的。」

「那也是一種個性啊。那麼，千早，今後請多多指教。」

「居然擺出大哥的態度。算了，今後麻煩多關照嘍。」

和他握手時，我莫名感到不好意思。

儘管有期限，但這種生活頗像貝克街的偵探和他的助手，感覺並不壞。

要不要像電影一樣來養隻狗呢？

狂歌

聽說那棟學生宿舍原本是國立大學附設的醫院，是在戰後才重新翻修成宿舍的。

好似與世隔絕的那個地方，就位在市區外的小山丘上，山麓甚至還設了堅固的大門。

由於大學校區轉移，宿舍早就不再使用，變成廢墟很多年了。跑到這種地方來進行試膽大會，似乎是夏天不可或缺的活動。每年都會聽說有偷偷潛入的年輕人精神出狀況，傳得還挺像有那麼一回事，但眞假無法確定。畢竟，並沒有委託上門。

不過，縣政府特別對策室接到那件委託時，果然也是在盛夏時節。

委託人是一名中年女性，有一個明年就要參加成人式的兒子，她表示自己是抱著極大決心過來的。她性格偏向謹愼，並不像會主動過來這種地方的類型，但她一副被逼到走到無路的神情，坐在沙發上的身影看起來相當認眞。

「啊！那個……不管我怎麼向我老公說明，他都不聽。他、他這個人對兒子的事完全沒興趣，所以不管發生什麼事，他都不知道！但、但是，我是孩子的母親！我知道！」

她偶爾會口吃，說話方式又情緒化。我很清楚，當一個不擅長與人交談的人找上門時，對方說的事極有可能是眞的。

「伊藤太太，請冷靜一下。我們按照一般流程來，先請妳依序說明情況可以嗎？」

「啊！需要準備多少錢才好？我、我是瞞著我老公偷偷來的，所以，那個……」

「妳不用擔心，費用會由全體縣民的稅金支付。」

「這、這樣嗎？抱歉，我、我問了奇怪的事。」

「不會，這件事很重要。抱歉，我沒有先講清楚。」

伊藤太太可能是放心了，終於端起茶啜飲一口。

「妳慢慢來沒關係，請將實際情況告訴我。」

「我兒子，不是我兒子。」

「不是妳兒子？」

「對。那個人……外表雖然是我兒子，可是內、內在，內在很奇怪，是別人。」

她非常肯定地點點頭。

「那個人不是我兒子。」

不一樣。她的聲音小到幾乎聽不見，緊抓著手帕的手正在顫抖。

「這樣啊。那麼，請講得更具體一點。可以麻煩妳形容一下，內在是怎麼個奇怪法嗎？」

「他很認眞。」

一瞬間，我沒辦法理解這句話的意思，側頭疑惑地反問：

「認眞嗎？」

「我們家的孩子，算是有點素行不良，高、高中輟學了，根本不聽我這個媽媽說的話。他講話很難聽，一不高興就會弄出很大的聲響。我、我老公也很怕我兒子，完全不管他。結果他突然像換個人似地性格變得很沉穩，也、也不出門，整天都坐在房間的書桌前。」

「妳兒子大概是從什麼時候變得不一樣？」

「正好是從試、試膽大會回來的隔天。」

「試膽大會？」

「對、對。我問過熱田，他說他們跑去試膽大會。熱田是我兒子從小的朋友，就住在我們家附近。他也說我兒子最近很奇怪。我、我不知道該怎麼辦才好了！」

「順便問一下，試膽大會是辦在哪裡？該不會是美囊住宅區吧？」

「不、不是，聽說是在菊川的廢棄大學宿舍。」

我在內心暗忖，是那裡啊。儘管在縣內並不算出名，但那裡的傳聞我聽過。由於地點偏遠，除非主動前往否則沒有機會經過，因此犧牲者也不那麼為人所知。

「我可以找熱田同學問話嗎？」

「麻煩你了。」

「謝謝。」

「那、那個！」

「是，怎麼了嗎？」

「我、我兒子有救嗎？」

這種問題最難回答。受害者的期盼通常都是「希望一切恢復原狀」，可是我們能做的其實是阻止情況繼續惡化、找出原因加以解決，或者是直接封鎖。對於已受害且產生改變的人，拯救他們的方法實際上幾乎不存在。舉例來說，那就像是要把煮熟的雞蛋變回生雞蛋的狀態。如果只是有異物附著在生雞蛋上，清乾淨就可以了。但如果是原本的狀態產生了質變，我們就束手無策了。

「我們必須先設法找出原因。時間拖得愈久，問題通常會變得愈複雜，我希望盡可能馬上採取行動。」

「謝、謝謝！麻、麻煩你了！」

看著伊藤太太話聲顫抖、頻頻低頭道謝的身影，我感到有些擔不起。因爲我只不過是一個諮詢窗口，眞正去觀看，去勞心勞力的人，都是千早。不過，爲了讓他能用最少的力氣完成工作，盡可能事先安排、準備好一切，就是我的職責。

「那麼，我想實際看看妳兒子的情況，明天妳有時間嗎？我去府上拜訪。」

「啊！這個、這個不太行。我老公……他不喜歡這樣。」

「哦？那麼，可以請妳把兒子帶到附近的咖啡廳嗎？」

「不可能。我兒子……眞的完全不踏出房間。要讓他出家門，我實在沒辦法。而且我老公……現在正在放暑假，到後天都會一直待在家裡。我老公在家時，我和兒子兩個人單獨外出，他一定會罵我。」

「這樣啊。那麼，只要妳丈夫不在的任何時間都可以，連兩分鐘都有困難嗎？」

「他偶爾會出門。只是，天氣熱時他總是……待在家裡。要是我問他的行程，他就會生氣，所以我不知道他什麼時候會不在。」

她對丈夫的畏懼程度似乎超出常理了。看來並不是會照顧家庭的丈夫，作風也相當強勢。多半是過去常見的傳統大男人吧。雖然程度有別，但這在現代並非好事。有些案例甚至必須由公權力強制介入。

「這樣的話，我想想……這個辦法可能有點亂來，但如果請妳兒子的朋友熱田和我們這邊的專門人員，以朋友身分去家裡找他，這樣如何？他們年齡相近，也不太花時間。我會在其他地方待命。」

「不，那個……就是我老公，直到後天都會在家。就算是熱田一個人來，他都會擺臭臉，而且我兒子那邊也是，突然有陌生人過來，萬一被揭穿……我眞的會很爲難。」

伊藤太太在發抖，卻明白表現出拒絕的意思。我在心中有了結論，看她這個模樣，恐怕到後天爲止都很難接近他們家了。沒辦法，只能先去現場調查，多方蒐集證詞才是捷徑。

「最後……」我拋出一個問題。

「伊藤太太，恕我冒昧，請問府上的生活費是誰在管理？」

「咦？那個……是我老公在管。」

「這樣啊。」

等案子告一段落後，或許有必要通報社福單位或警方。

「那麼，過了後天我們再直接去見妳兒子。可以請妳告訴我熱田同學的聯絡方式嗎？如果沒有先問過他的意願妳會擔心，就麻煩妳現在打電話問他一聲。」

接下來，伊藤太太在我的請求下聯繫熱田，獲得他的同意後，將聯絡方式告訴我。伊藤太太問我：要不要直接換你聽？但我請她轉告熱田，細節我這邊會再跟他聯繫。

我請她塡寫幾份和案件處理有關的委託書，蓋好印章，當天就讓她回去了。與剛進來時相比，她的神情似乎稍微放鬆了些。

伊藤太太離去前不斷鞠躬的身影，讓我胸口漫開一種難以言喻的情緒。

○

時鐘的指針跨過一天時，千早回來了。雖然事先聽他說過今天要去幫夜行堂的店主跑腿，但他狼狽得簡直像從戰場上回來一樣。全身上下都是擦傷，衣服到處都滲出血來了。

「你回來了。看來今天很辛苦。」

「我回來了。嗯，發生不少事，最後我落得衝下山逃跑的下場。大野木，你還在工作嗎？」

「事前調查。比起這個，我先幫你的傷口上藥吧。」

「不需要。我去洗澡。全身都是汗和泥巴，黏答答的。」

「眞是災難耶。」

「那傢伙的跑腿任務爲什麼都是這種啊？我好想悠閒耍廢，愛睡多晚就睡多晚，在冷氣房裡大口啃外送的披薩配電影。」

很遺憾，你這些願望大概暫時都不會實現了。

「千早，等你洗完澡，我幫你弄點消夜吧？」

「眞的嗎？謝啦。我吃了便利商店的飯糰，但一點滿足感都沒有。」

我決定趁千早去洗澡時加熱事先煮好的火鍋。他喜歡吃只有菠菜和豬肉片的常夜鍋，我加進一些蘿蔔泥幫助消化。半夜吃東西總是會造成腸胃的負擔。

把鍋子放在爐火上加熱，我的視線落回手邊的資料。尾園醫院當時是縣內屈指可數的精神病院，相當有名，全盛期據說有上百名患者住院。加上當時又在打仗，患者幾乎都是從戰場回來的將士，不過資料都丟失了，不知道住院的究竟是哪些人。

更何況，縣政府裡保存下來的資料，只有醫生名冊這種徒具形式的東西，關於醫院內部的資訊頂多只知道格局。創辦人尾園醫師同時也是醫院的代表，他是帝國大學出身，擁有輝煌的經歷，據說在戰爭結束前病死於醫院內。
同一時期，醫院也遭到封鎖，理由只知道是經營困難。
「或許應該要從改建爲大學宿舍那時開始調查。」
如果能找到住過那棟宿舍的畢業生，事情的進展會快很多吧。不過，如果希望大學校方提供畢業生的個人資料，需要一些相應的準備。
「喔，是火鍋耶。」
洗完澡的千早用毛巾擦乾頭髮，在桌前坐下。
「你邊吃邊聽就好，我可以談一下工作的事吧？」
「什麼？緊急的案子嗎？」
「恐怕是。」
「我知道了，你說吧。」
「謝謝。」
我開動了——千草說完就吃下一大口菠菜。我依序說明委託內容。
「明天我和知道詳情的熱田約好了。他似乎非常害怕，說自己都躲在家裡。」
「在試膽大會嚇破膽，眞拿這些傢伙沒轍。爲什麼要自己主動跑進地獄裡？」
「這也是這個國家的文化吧？千早，豬肉煮過頭會變硬，這樣就夠了。」
「沒關係。既然是一個人的小火鍋，你就隨我高興怎麼吃。」
豬肉如果吃生的會吃壞肚子，煮過頭又會變硬。而且，像他一口氣下那麼多肉，鍋裡的溫度會下降。

「你別管火鍋了，講工作的事吧。」

「不好意思……明天和熱田談過之後，我想找找看住過那棟宿舍的畢業生。一定會有什麼線索才對。」

「談完就直接去現場一趟不是比較快嗎？」

「千萬不可大意。」

「千金也買不到時間吧？之後要是後悔了，時間是沒辦法倒退的。」

「可是……」

「不觀看，就什麼都不曉得。我們應該去一次現場。至於要不要進去住家，可以到時再視狀況決定。比起沒做而後悔，我寧願把能做的都做了再來後悔。」

好燙、好燙，千早一邊喊著一邊吃小火鍋。我思索片刻，決定按照他說的做。

「話說回來，你爲什麼在夏天煮火鍋啊？雖然很好吃……」

「讓內臟變冷對身體是種毒害，尤其現在冷氣也挺涼的。」

「我不喜歡剛洗完澡又流汗啦。」

他發著牢騷，當然還是把火鍋內的食材吃完了，甚至還用剩下的湯煮成粥，吃得一乾二淨，看來也沒那麼不喜歡。

○

出現在縣政府附近咖啡廳的熱田，神情顯得極爲害怕。看來相對於那一身顯眼的打扮，他的內心應該滿纖細的。

「初次見面，非常感謝你今天來和我們聊。我是特別對策室的大野木，這位是我們的特約專員櫻先生。」

坐在旁邊的千早微微點頭。

「嗨，你好。」

他在椅子上坐下，戒慎恐懼地環顧四周。

「沒事吧？你的臉色不太好。」

「沒事，請別在意。」

「這樣啊。那麼，先請你描述一下試膽大會當時的情況好嗎？」

「呃，我可以先問一個問題嗎？」

「請說。什麼問題呢？」

「你們應該不會報警，說我們擅自闖入禁止進入的地方吧？萬一被退學，我爸媽會罵死我。我會老實說，可以請你們不要報警嗎？」

「我們不是警察，並不是想要偵訊你，你大可放心。」

呼……熱田鬆了口氣，神情稍微緩和了些。

「從高中開始，我們每年都會找一個地方辦試膽大會，但我們也沒蠢到跑去美囊住宅區那種真的感覺很危險的地方。就在我們尋思附近有沒有什麼好地方時，聽說了那棟大學宿舍廢墟的事。離這一區也算近，想說剛好很適合。」

「當天有幾個人？」

「四個人。洋輔和我，河邊和鳥山。」

「全都是男生嗎？」

「不，只有河邊是女生。我們不是要做什麼奇怪的事，因爲她是鳥山的女朋友，就想說大家一起過去。」

「這樣啊，請繼續說。」

「那棟宿舍的事，我們是從畢業的學長口中聽來的。就是常見的那種靈異故事，像是在變成廢墟的學生宿舍裡，牆後傳出呻吟聲，或者看到穿著白袍渾身是血的男人跑過走廊之類的。不過，該說是沒那麼恐怖嗎？只是有些人被嚇到精神稍微異常了而已，也沒聽說有鬧出人命，或者遭到攻擊，所以我們就決定去看看。」

有人嚇到精神異常，光是這一點就相當恐怖了吧？但他們似乎並不這麼想。

熱田說，那一天他們開車到學生宿舍前面，四個人一起進入廢墟。

爲了撬開山麓的大門，他們準備了工作手套和鐵撬，但不知爲何門是開的。儘管心裡有點毛毛的，不過轉念一想，可能是有其他人先來了，或者每月會過來幾次的管理人員不小心忘記鎖上吧，他們沒有特別放在心上，繼續往裡面前進。

抵達有四層樓高的建築物，從門板的縫隙鑽進去，可能是陽光照不進來，裡面涼到令人直打寒顫。

入口嚴重崩壞，天花板腐朽剝落，電燈像是吊著脖子似地垂下來。空間裡飄蕩著腐爛木片及冰涼泥土的氣息，也殘留不少令人想起過去學生宿舍的物品。

背對入口，右側是寫著「交誼廳」的立牌，可以看見裡面斷成兩半傾倒的桌球桌。左側似乎是舍監室，房內的榻榻米都腐爛了，辦公桌、書架，甚至是積著厚厚一層灰的廣播器具都原封不動地擺著。裂開的玻璃展示櫃中有倒下的市松人偶，熱田差點和那雙從凌亂髮絲間瞪著這裡的眼睛四目相交，趕緊別過臉。

一片漆黑的廢墟，彷彿只是人們消失了的學生宿舍。這個空間極為詭異，簡直像不知道建築物早已毀壞，仍為了某種原因繼續存續著。

他們全都無法動彈，愣愣杵在原地好半晌，最後不知道是誰先動起來。既然都來了，就決定還是在裡面走一圈。

從平面圖看起來並沒有地下室，於是委託人的兒子打頭陣要往上走，朝階梯移動。他們在二樓走來走去，一有風吹草動就驚聲尖叫，一邊前進一邊度過了一段很有試膽氣氛的時光。

情況開始不對勁，是在剛上三樓的時候。

四人決定從靠近階梯的房間逛起，踩過走廊時，遇上了那東西。大家一定都看見了——熱田慘白著臉輕聲說。

一個高個子男人面向走廊的牆壁，整個人靠在牆上站著。

他身上穿著汙漬斑斑的綠色病人服，雖然看不見臉，但衣服上那大大小小的髒汙明顯是某種生物的血液滲進了布料裡。

下一秒，所有人都大叫著逃跑，衝下階梯，一次都沒回頭。連自己正跑過哪裡、旁邊的人是誰都無暇顧及，全心全意用最快的速度奔到宿舍入口。熱田最先到，幾分鐘之後，那對情侶也出來了。

這時候，他們才終於注意到，另一個朋友伊藤洋輔到處都沒看到人。

他們很想立刻上車逃走，但要是把有暴力傾向的朋友扔在這裡自己回去，事後恐怕會遭到報復。兩害相權取其輕，等熱田把說破了嘴也堅持不動的鳥山和他女朋友推進車裡，下定決心再次回到宿舍時，已過了大概一小時。

不過，沒想到輕輕鬆鬆就找到了伊藤洋輔。

一樓大廳連通到階梯的走廊附近，人就呆呆地杵在那裡。

要說找到人時熱田心裡是否鬆了一口氣？其實沒有。

「——可是，那不是洋輔，是別人。」

他顫抖的雙手在桌上交握。簡直像是在祈禱的信徒般緊緊互握後，他說出了這句話。

「不是洋輔嗎？」

「外表是洋輔，但不一樣。我找到他時，他沒有生氣，也不害怕，只是神情凝重地盯著我，動都不動。該怎麼說呢？就是不一樣。那個傢伙……我不認識。」

千早突然站起來，在熱田旁邊坐下。

「欸，你隱瞞了一件事吧？」

「咦？」

「其實你根本不在乎吧？反正大家都平安無事逃出來了。即使朋友看起來不是原本的朋友，至少人沒死，自己也就沒什麼責任。原本事情到這裡就應該結束了。可是，正因事情沒有結束，才會特意去他家了解情況。恐怕是其他兩個人身上，也出現了放任不管就會出事的狀況。」

當我說到「兩個人」的瞬間，熱田的臉色變了。

「我、我……」

「不如讓我來猜猜，那兩人發生什麼事。」

「爲什麼？」

「因爲我看得見。」

熱田踢開椅子站起身，一臉驚慌地環顧四周，好似下一刻就要大叫出聲。千早拉住他的手，讓他坐回椅子上。

「不用擔心，你不會有事。」

「河、河邊他們也變得很奇怪。離開那裡後，我送他們回家。隔天，我傳訊息給鳥山都沒有顯示已讀，電話也打不通。因爲我手邊有向他借的筆記，我就去他住的公寓，結果他穿著和試膽大會那天同一件衣服，一直、一直面向牆壁站著。就像當時在走廊上看見的那個男人一樣，低垂著頭，一直……即使我向他搭話，他也都不回答。不過，其實我很害怕他眞的回過頭。」

於是我逃走了……熱田說到這裡，喪氣地垂著頭，看不清他此刻的表情。但從他的話聲，可以清楚聽出他混雜著恐懼及罪惡感的複雜情緒。

「你要是擔心，我們可以現在就過去看看狀況。」

「……不用。後來我愈想愈擔心，請其他朋友去看過了。就隨便找個理由。結果，島山倒在屋子裡，聽說是脫水或中暑這類原因，被救護車送到醫院。目前正在住院。」

「河、河邊也一樣，她住宿舍。我問過她同寢室的朋友，果然，朋友說她從那時候起就一直很奇怪。舍監和從鄉下趕來的雙親談過，因爲當時很慌亂我沒能問清楚詳情，不過我猜，八成和鳥山處於相同的狀態吧。所以我才去洋輔家，結果阿姨也說洋輔很奇怪。」

「但我不知道他們兩個是從什麼時候變這樣的。我當時在開車，滿腦子只想著千萬不能出車禍。所以可能只是我沒有發現，其實從那時起大家就變得很奇怪了。」

一股寒意竄上背脊。

這或許會是超乎想像的棘手案子。很難去釐清每個人到底是受到什麼影響。奇異的變化一點一滴融入日常生活，這點令人毛骨悚然。

「我怕得要命。要、要是我也變得像他們那樣，該怎麼辦？只有我沒事，一定是因爲當初我第一個逃走。」

「熱田，如果沒有你來敘述事情經過，我們連當時究竟發生什麼事都無從得知。從恐怖的情況中逃走並不丟臉，本來就該逃跑。」

「我不會有事吧？」

「不過，以後不要再去什麼試膽大會了。這次你只是嚇破膽沒出什麼大事，眞的算你運氣好。」

嗯，千早回應後，拍了拍他的肩膀。

後來熱田就回去了，我們決定留在咖啡廳討論今後的行動方針。

「還是先觀看過那個兒子比較好。」

「這個啊，委託人說這件事她瞞著老公，到明天爲止都沒辦法過去查看情況。」

「咦，為什麼？這不是事關自己的兒子嗎？」

「好像有什麼苦衷。」

苦衷啊……千早頗不認同地說。

「有監護人在還眞麻煩耶。沒辦法，我們先過去現場好了。」

「現在馬上過去嗎？」

「現在馬上。這件事或許會比我們想的更難應付。」

千早的聲音罕見地僵硬。他一口喝光冰拿鐵咖啡，喀哩喀哩地把杯中的冰塊咬碎。這舉動也很不像平常的他。

「你看見什麼了嗎？」

「嗯……要用言語描述有點困難。我沒辦法說清楚自己感受到了什麼。說出口的瞬間，似乎就會變成不一樣的東西。」

千早的話語總是十分抽象。有時我不禁會想，在他眼中，這個世界看起來到底是什麼模樣？

「感覺像是在施工，還有鐵和血的氣味。」

「在成為大學宿舍之前，那裡是精神病院，會有關係嗎？」

「嗯……要去了才曉得。不過，醫院的設施沒辦法直接作為宿舍使用吧？」

「當然沒辦法，有經過一番改建。相對其規模，投入的預算可說是相當龐大，根本是太多了。差不多可以再蓋一棟同樣的設施那麼多吧。」

「太多了……嗎？」

「怎麼了嗎？」

「沒有。我只是在想，去現場應該就會知道了吧。」

我們離開咖啡廳後就立刻上車，一路直奔大學宿舍廢墟。路上，千早頻頻檢查鞋帶，看得我也跟著緊張起來。

「大野木，你在入口附近待命。」

「休想，這一點以前我們就約定好了。」

「嘖！那麼，只要我一喊就要馬上逃跑的約定，你也要遵守。」

「戰略上的撤退我當然不會有意見，不過，拜託你在逃跑前行動要盡量愼重一點。」

「我從來沒擬過什麼戰略。我想表達的意思是，希望你以自身安全爲優先。大野木，答應我，萬一只有你一個人能獲救，你絕不會因爲顧及我而來不及逃走。」

「我辦不到。」

聽見我毫不遲疑的回覆，千早露出無奈的表情，但這一點我是絕對不會讓步的。

「欸，你也不想全軍覆沒吧？」

「當然。正因如此，千早，應該是你先逃走。仔細想想，萬一我們眞的被困在靈異現象裡面，只要你待在安全範圍內，事情就有可能獲得解決，因爲你擁有足以做到這件事的眼力和能力。可是，如果是我跑到靈異現象外頭，我可是一點辦法都沒有，到時就萬事休矣。」

實際上，每次被困在靈異現象裡的都是我。要是千早被困住，我們恐怕早就手牽手共赴黃泉了吧。

「不過，眞要說的話，大野木，你更常自己掉進靈異現象裡吧。爲了保護我之類的，有發生過那種事嗎？」

「那個……沒有，不好意思。」

千早似乎覺得無話可回的我很有趣，他露出犬齒，咧嘴大笑。

在都市的邊緣，那棟大學宿舍廢墟的腹地幾乎都被後方森林所侵吞。最關鍵的宿舍本身雖然破爛，毀損程度倒沒有想像中嚴重。外牆到處可見用噴漆畫上的塗鴉，一排排意義不明的文字令我疑惑偏頭。大門則如同熱田描述的，並沒有上鎖。

「這比我原本想像的更不得了。以前眞的是學生宿舍嗎？」

「據說有相當長一段時間都是宿舍。不過，有很多學生因爲身體不適等緣故搬出去。」

我們下了車，從正面的階梯走上去時，發現原本應該是用來封住入口的門板，被強行拆了下來。

「在太陽下山前回來吧。」

我拿著手電筒走在千早前面。千早準備了可以掛在脖子上的手電筒。可能是因爲宿舍窗戶都貼上報紙，裡面遠比想像中更昏暗。

入口左側的房間門上掛著寫有「舍監室」的木牌，走進去一看，裡面擺著辦公桌和書架，再進去則有兩個鋪著榻榻米的房間。

「這有點誇張。」

「情況比聽到的更糟。這得向大學校方確認，我現在沒辦法說什麼，不過通常關閉宿舍前，有義務將各種物品清空才對。」

「喏，那個舍監精神也出狀況了。」

你看——千早遞來一本筆記本。破爛不堪，但紙頁勉強還有辦法翻開。上面用一種近似瘋狂的潦草筆跡不斷寫著同一句話。「必須交出蝴蝶」這幾個字，塡滿了整張頁面。我心想，應該不至於吧？結果每一頁都是這樣。

「『蝴蝶』是指什麼？」

「天曉得。但該怎麼說呢？我感受到一種類似使命感的東西。」

「使命感嗎？」

嗯，千早回答，率先走出房間。我把筆記本放回桌上，慌慌張張地跟上去。

離開舍監室，我們朝正面的右側走廊走過去，那裡有電梯，一旁還有通往上層的階梯。階梯轉角的平台似乎跟外面是連通的，厚重金屬門的縫隙有光線透進來。

「總之，我們先上去看看吧。」

「這裡有四層樓，對吧？」

「對，熱田他們遇見鬼怪的地方是在三樓。」

千早點頭，卻不是望向階梯上方，而是盯著旁邊。那裡只有一面牆壁。

「不是上面。」

他一直緊盯著牆壁，連動也不動。

「咦？可是，這裡並沒有地下室，縣政府裡保存的圖紙上也沒有畫出那種地方。」

千早撿起散落腳邊的鋼筋碎片，叩叩叩地敲起階梯下方的牆壁。的確，如果眞有通往地底下的階梯，應該就會在這個位置吧。

「在這裡。」

咚咚，聲音忽然變輕了。聽見那空心般的聲響，我啞口無言。連外行人也聽得出來，只有這裡的牆壁比較薄。

「大野木，你有辦法破壞這裡的牆壁嗎？」

「沒有工具應該有點困難。就算薄，也灌有砂漿，空手實在沒辦法。」

「車上沒有槌子嗎？」

「只有鐵鎚。」

「那個太小了，應該敲不破牆壁吧。」

「嗯……先找找有沒有可以替代的東西吧。」

我們回到舍監室，翻找有沒有什麼可用的工具，結果找到一支金屬球棒，我們立刻決定借用。

我大幅一揮，用盡全身力氣對準牆壁砸下去。伴隨一道鈍重聲響，球棒前端陷進牆壁，細細的裂痕逐漸向外擴散。我拔出球棒，牆上開了一個拳頭大小的洞。我又砸了四次左右，另一側的黑暗顯露在我們眼前。

「你的力氣眞大。」

「不，是牆壁比想像中薄，而且風化嚴重。這裡眞的廢棄很久了。」

我把手電筒對準那個洞，照向裡面，只見一道老舊階梯通往黑暗的底端，不由得毛骨悚然。

「罪魁禍首就在下面吧。」

「眞教人難以置信。明明圖紙只畫有地面上的四層樓。」

「這裡原本是戰爭時的醫院吧?應該會有什麼機密之類的,不是嗎?」

這句話令我恍然大悟。我怎麼會沒想到呢?在戰爭期間,根本不可能在國立大學醫學院的腹地內蓋民間的精神病院。

一般認爲戰爭中,相較於身體受傷生病的患者,因爲憂鬱、嚴重強迫症及重度失眠等眼睛看不見的問題不幸死亡的比率更高。這可是戰爭中的精神病院。而且還很不自然地在民間醫院中,有一個連平面圖都刻意隱藏的地下室。這一切代表著什麼?光是要去想我都覺得害怕,但一項項資訊會自行拼湊出眞相。

「千早,這裡該不會……?」

「嗯,做了很多見不得人的事吧。老實說,我不想觀看裡面的情景。」

就在這時,手機突然大聲響起,我嚇到心臟差點都要停了,好不容易才忍住沒尖叫出聲。螢幕上顯示出一串我看過的號碼。

「喂,妳好,我是大野木。」

「啊,啊啊!大、大野木先生嗎?是、是我!伊藤!」

她在哭,聲音聽起來很狼狽,一股不好的預感宛如蜈蚣纏上腳,慢慢爬上身。總覺得透過牆壁上那個洞,就能看見深處的祕密。

「我、我兒子刺了我老公一刀。」

電話另一頭傳來警報器的聲響,就是這個緣故吧。

請救救我——對於她悲痛的請求,我不知道該怎麼回應才好。

萬般思緒在腦中翻騰,是我判斷錯誤了嗎?當初是不是應該別管他們夫妻之間的問題,先讓千早去看她兒子呢？

「大野木！」

咚，背後被敲了一下。

「你振作點！發生什麼事了！」

「那、那個，委託人說，她兒子刺了她丈夫一刀。」

「死了嗎？」

「咦？啊、啊啊，不好意思，請問妳丈夫現在情況如何？」

「我、我不知道！但人還有意識。現、現在正要搬上救護車。」

「我明白了。我們會立刻趕過去。請問會送到哪家醫院？」

伊藤太太告訴我醫院名稱，我們決定晚點直接在醫院會合。現在可沒時間讓我發愣。掛上電話後，我一次又一次深呼吸。

「你冷靜下來了嗎？」

「嗯，謝謝你。」

「先決定現在要怎麼做吧。」

「……去她丈夫要被送去的那家醫院，可以嗎？」

好，千早點頭同意。我拍了拍他的肩膀，轉過身。

「謝謝。」

「嗯。」

沒有時間讓我唉聲嘆氣。案情不斷變化，沒有空閒可以停在原地。如果不盡快追上去，誰都救不了。

○

一到醫院，我就看見臉色發白的伊藤太太坐在走廊椅子上。

「伊藤太太。」

我出聲叫喚，伊藤太太嚇一跳，站起身後又放下心似地呼出一口氣。她的臉上纏著繃帶，仔細一看，右手也有包紮。

「妳也受傷了？還好吧？」

「還、還好。我兒子拿著菜刀亂揮，我想阻止他，被劃了幾刀而已。」

我想傷口應該沒有她輕描淡寫的幾句話那麼淺。

「妳丈夫的情況如何？」

「保住一命了。」

她痛哭起來，我很想說幾句鼓勵的話，但此刻有更要緊的事。

「伊藤太太，請告訴我們發生了什麼事。」

「我、我兒子一直不肯從房間裡出來，我老公罵了他一頓，又一直跑去敲門。可是，那、那孩子沒有像平常一樣怒吼回去，始終很沉默，就、就像什麼都感覺不到那樣。然而，當我老公回到起居室時，不、不知道什麼時候我兒子跑到廚房。然後撞了一下我老公的背。就像走到一半，理所當然地撞了一下。我以爲我老公又要生氣大吼了，他卻面朝下倒在地板上開始呻吟，背後插著一把菜刀。我看到兒子把菜、菜刀拔出來，朝後腦杓揮下去，就、就跑過去阻止他。」

「妳兒子現下在哪裡？」

「被警方帶走了。直、直到剛才，都有女警在旁邊陪我。」

「伊藤太太。」

低沉含糊的聲音在走廊上響起。高大的身軀，極爲不悅的神情，瞪人似的目光，看起來就像黑道人士的這名男子，我們很熟悉。

「權藤先生，好久不見。」

噢……他發出低喃似的聲音瞪向我們，又擺出客氣鄭重的表情，對伊藤太太說：

「伊藤太太，妳丈夫的偵訊結束了，我們就先回去了。關於妳兒子的部分，明天我們署裡的人會再過來。等看完妳丈夫，請回家好好休息。至於這兩位，由我來向他們說明情況，請放心。」

那溫柔又充滿包容力的話聲傳到了她心底。這就是市民與警方長年培養出的信賴關係嗎？一旦出事時，警方就是守護市民的安全堡壘。相較於一個名稱連聽都沒聽過的部門裡、眞實身分不明的職員，警方能提供的安心感簡直是天差地別。

「刑警先生，謝謝。大野木先生，也麻煩你了。」

嗚嗚……她像是放心地流下淚水，進到病房裡去了。

「來吧。我想過有這可能，果然是你們兩個啊。」

只剩下我們三人的走廊一隅，他毫不掩飾地嘆了口氣，更爲低沉且凌厲地問：你們想知道什麼？

「不好意思，目前可能是分秒必爭。她兒子現在情況怎麼樣？」

「沒怎麼樣。從背後刺了自己老爸一刀，還一副若無其事的樣子。沒有憤怒，也沒有以此為樂的感覺。我從沒見過那種傢伙。我甚至懷疑過他是不是接受過那方面的訓練，還去調查了他的經歷。不管我們署裡那些長相凶惡的同仁朝他怒吼或好言相勸，他都沒有任何反應。」

眞的是沒轍了。他說著，投降似地高舉雙手。

「所以呢？你們需要的不是這些資訊吧？」

「……伊藤太太的兒子，可能是某個靈異景點的受害者。他說不定有機會恢復原狀。其實——」

「閉嘴，我不想聽。」

權藤先生以指腹輕揉眼睛下方的黑眼圈，在長椅坐下。

「我沒興趣涉足你們的世界，只要告訴我你想幹麼。」

「我想見他一面。讓我們碰面。」

千早強勢且積極地提出要求。

「不可能。正在偵訊中的嫌犯，怎麼可能讓你見到。」

「不能交談也沒關係。只要能讓我直接觀看他就夠了。」

「就算你說只要觀看他，頂多也就幾秒喔。」

這樣能做什麼？下半句他沒有說出口。他的意思是，這樣就夠了嗎？他很清楚千早眼睛的特殊之處。

「就算只有一瞬間也夠了。」

「權藤先生，我也拜託你。」

他無奈地仰頭望向上方，伸手摸了摸爬滿鬍碴的下巴。

「……副署長欠你們一份人情，只有一下下應該沒關係吧。」

「哦，那位大叔啊。好，我們去找他。」

以前我們解決過一件在警署拘留所自殺的幽靈作祟的案子。當時，堅決不相信鬼怪存在的副署長本人全身長滿凹凹凸凸的人面瘡，差點丟了性命。幸好沒有留下後遺症，但他那時候的模樣真是慘不忍睹。

「不行，你們讓他想起那件案子要幹麼啦。他好不容易才漸漸淡忘那段記憶。櫻，不要亂來，我拜託你。」

權藤先生露出嫌棄的表情，說完後站起身。

「細節就在過去的路上決定吧。」

○

到了警署，權藤先生吩咐我們換上工作服。理由很單純，外部人士在警署裡太過顯眼，尤其是千早如果不穿長袖上衣，只有一隻手臂又更引人注意，以防萬一他還戴上了帽子。

「在他被帶去拘留所的路上，你們會在走廊上擦身而過。話說在前頭，絕對不可以跟他講話。最糟糕的情況是，你可能會遭到逮捕。」

到時我也救不了你——權藤先生出言恫嚇。

「你爲什麼只對著我說？」

「因爲只有你會做那種事啊。」

我太明白權藤先生的擔憂了，眞希望他多講幾句。

「我也不是自己喜歡才做的。等我回過神，身體就自己動了。」

「不管怎樣，你安分點，可以吧？只能默默觀看。」

他再三提醒後，就吩咐我們在署裡三樓的走廊上等著。

「我就在那邊的刑警課，你要安分喔。大野木，萬事拜託了。」

「我明白了。」

然後，等了大約十分鐘吧。

「怎麼都不出來，到底在幹什麼？」

「偵訊啊。應該是問不出什麼來吧？」

「明明趕快出來就能解決了。」

千早似乎是閒得發慌，一臉無聊地在走廊上做伸展運動。我無奈地仰頭，明明要他安分點，才過了短短十分鐘他就這副德行。這樣下去，等他膩了說不定又會跑去別地方散步。

「千早，你安靜點。」

「我很安靜。我只是在伸展身體。」

「維修人員在警署走廊上做伸展運動，太引人注目，你別做了。」

要是署裡的人員看見肯定會起疑心。

此時，偵訊室的門開了。我慌忙抓住千早的手，把他拉到窗邊，佯裝在看窗外的景色，偷偷觀察那邊的動靜。

是個大塊頭青年，漂過的頭髮與其說是金色，更像是銀色吧。那張神情略顯空洞的臉上，嘴角掛著微笑，實在不像是剛刺了生父一刀後的樣子。

「他冷靜到令人不寒而慄。」

我這麼說的瞬間，千早已衝出去，我根本來不及制止。他一把抓住那名青年，隨即被負責移送的幾名刑警制服。我無計可施，愣愣看著一切發生，才慌忙跑過去。

「頭！」

千早的叫喊聲響徹走廊。

青年呆若木雞地站在原地，鮮血從他的下巴滴落。接著，青年的額頭上浮現血珠，一片圓形肉塊彷彿承受不住內側的壓力，掉落在他的腳邊。

「啊——」

青年發出空虛的叫聲，額頭出現了一個直徑數公分大小的洞。洞裡看起來是粉紅色的東西，應該是他的大腦吧？鮮血像咳嗽般從那個洞噴出來，血塊濺得走廊上到處都是。青年宛如斷了線的懸絲木偶，面朝天花板倒下。

眾人發出慘叫，現場陷入混亂。

我立刻抓住千早的手臂，趁亂逃走。一瞬間，我的目光對上了神情愣然的權藤先生，但我只來得及向他點頭致意。

我們拎著自己的衣服從後門離開警署，坐進停在停車場的車裡，一連串動作迅速到簡直像剛完成一起大案子的銀行搶匪，只是一心一意地想從那裡逃出來。

「這下權藤先生要恨死我們了。」

總之，先回家再說吧。副駕駛座上的千早臉色很差，可能觀看到了很慘烈的情況。他的神情中帶著憤怒和悲傷。

「我們回去一趟。」

「咦，警署嗎？」

「不是，回宿舍。去那個引發一切問題的地下室。」

話說完，他便不再開口，沉默地望著窗外夜晚的街道，看都不看我一眼。

「那裡到底有什麼？你究竟在他身上看見了什麼？」

「手術室。很多人被抓，被關起來，被帶到那個地方。」

「一開始的精神病院？」

「那裡不是醫院，是人體實驗室。在額頭上開一個洞，讓空間變大，把工具從眼睛深處伸進去，切開腦部。這樣一來，就會像變個人似地乖乖聽話。」

「腦白質切除術……」

在一九四〇年代，主要流行於海外，用來治療精神疾患的物理性外科手術。把大腦前額葉皮質的連結切斷，藉此減輕精神障礙的症狀，但其實會對患者造成極大的副作用，據說有不少患者都因此成了廢人。

「一個模樣詭異的老人裝模作樣地發表長篇大論，隔著口罩我都能看出他在笑。那傢伙多半就是罪魁禍首。」

「據說在醫院裡病死的創辦人嗎?」

「有可能,是不是眞的病死就不知道了。」

驚悚到令人作嘔。如果這個假設正確,那個祕密設立的人體實驗機構和徒具虛名的創辦人就都藏在那堵牆後面。最後,趁著戰爭剛結束社會上一片混亂,改建成大學宿舍。殘忍駭人的機構和恐怖的惡靈就這樣遺留在地底下。

到底誰會知道,自己居然在那種地方生活過呢?

「總之,還是一樣沒時間慢慢來了,必須取回被搶走的東西。」

「取回?」

「靈魂是以和肉體交疊的狀態存續的。所以被切除的部分,連靈魂也會一起切除。反過來說,即使只有靈魂被切除的情況,肉體也會跟上去疊合。額頭上那片肉沒救了,可是還沒有連他的腦都交疊,我們或許還有機會幫他。」

大概吧,他沒信心地補了一句。

「不是有人說,一旦失去身體的一部分,靈魂也會有所殘缺嗎?」

「不好意思,我是第一次聽到……」

在千早眼裡,事情看起來到底是什麼模樣?那是我這種普通人完全無法想像的,既然他都這麼說了,大概就是這樣吧。

「你的意思是,我們現在要下去地下室,把欠缺的那部分找出來?」

「對。我們沒辦法和醫生硬碰硬,基本上就是要做好隨時逃跑的心理準備。」

也就是幾乎沒有計畫。

「先準備一下再去如何？」

「不行，欠缺的靈魂不知道何時會消散。」

「這樣啊。」

看來只能下定決心了。至今我們去過各種被稱爲靈異景點的場所，但這次的情況有點不一樣。該怎麼說才好？有種被瘋狂氣息包圍的感覺。

「總之，我們先去五金行，得買把槌子。」

我心情陰鬱地轉動方向盤，感受到自己的心跳愈來愈激烈。

○

或許是建築本身老舊，敲毀通往地下室的那面牆比想像中更容易。用腳掃開瓦礫碎片，一個大小可容人穿過的入口就出現了。

頭燈的亮光將虎視眈眈的黑暗深處照得發白。在冰涼泥土的氣味中，還混著強烈的鐵鏽味。

階梯的牆壁上有開關，我試著按了一下，天花板上的電燈閃爍著亮起。如果是戰爭前就有的燈，到今天還能用簡直就是奇蹟吧。

我們走下階梯。每踏出一步，我都能感受到空氣益發沉重。這裡和美囊住宅區又不太一樣，散發著異樣的死亡氣息。就連我都能感受到，前方充滿沉甸甸、纏繞著空間的那股氣息。我全身爬滿雞皮疙瘩，止不住陣陣惡寒。牆上到處都有紅黑色的髒汙，其中甚至還有類似彈痕的痕跡。

走完階梯，來到一條有淡綠色燈光的走廊。表面附著紅褐色鐵鏽的器具四處散落，裝藥品的瓶子掉了一地。地上還有被踏碎的使用過的針筒。

「唔嘔……」

背後的千早吐了，我連忙跑過去輕撫他的背後。

「你還好嗎？」

「……嗯。只是，我絕對再也沒辦法看血腥虐殺片了。」

他的臉色好難看，蒼白到彷彿隨時會昏倒。眼眶還含著淚水，想必是在前面看見不得了的景象了吧。

「不只一個醫生。有很多。每天都在這裡，切開患者的身體。」

「切開……」

「這太荒唐了，爲什麼做得出這種事？」

啊啊，混帳東西！他罵了一句，努力想要站起來，我趕緊扶住他。他的右眼中寄宿著淡淡藍色光芒，看起來簡直就像鬼火。

長長的走廊上有好幾個房間相鄰，經過時我都不由得屏住呼吸。我走得心驚膽戰，盡量避免發出聲音，雙眼直視前方，留意著千萬別看向旁邊。

眼角餘光瞥見昏暗的房間裡，有幾個穿著白袍的人手上正忙碌著。手術台上有人躺著，偶爾痙攣似地擺動雙腿，震耳欲聾的尖叫聲響徹整個空間。

「那都過去了，只是在重複播放而已。你快回神。」

「好……」

連我都能看見這麼多畫面。那能從眼前景象追溯到過去細節的千早，到底承受著多麼沉重的記憶？

突然間，對面一扇門走出一名白袍染上紅黑色汙漬的中年男子，我差點就要尖叫。他用沾滿鮮血的手套取下口罩，朝我們走過來。背後跟著兩名身穿不同白袍的年輕男子。

「個個外強中乾，還敢自稱是帝國軍人，根本一點毅力都沒有不是嗎？居然因爲區區傳染病就死了。」

「老師，在這裡的都是被前線判定爲戰力不足的後段班，你的期待太高了。」

「欸，眞令人失望。我們該不會被德國超前吧？門格勒醫師寄來的信，你們都看過了吧？」

「放心吧，老師。反正受試者要多少有多少，再追上去只是時間遲早的問題。在數量上比不過，但我們在質量上可不會輸。」

如同千早所說，這簡直就像過去的影像在眼前重複播放一樣。或許是那些犧牲者的慘叫聲已深深烙印在這個場所的緣故。

突然間，畫面消失了。

「在這裡。」

「他們看不見我們嗎？」

「對那些傢伙來說，該治療的患者只有地面上那些人。能在這裡自由走動的都是同事，不會是研究對象。」

走廊盡頭有一扇木門，上面有幾個彈痕，像被踹壞似地半開著。

我才踏進裡面一步，就一陣頭暈目眩。

「人類的腦袋裡，有一隻蝴蝶。」

擺著一排排書櫃的辦公室中，剛才那個男人穿著白袍站在最裡面深處。他著迷地看著手中那像是白骨的東西，感慨萬千地唱起歌來。

「Ob's stürmt oder schneit, Ob die Sonne uns lacht, Der Tag glühend heiß Oder eiskalt die Nacht. Bestaubt sind die Gesichter, Doch froh ist unser Sinn, Es braust unser Panzer Im Sturmwind dahin」

這首歌我聽過，記得是德國的軍歌，名叫〈裝甲兵進行曲〉。

「聽說柏林淪陷了。第三帝國遭到覆滅，我們也將步上後塵。」

不過。男人繼續說，臉上浮現癲狂的笑容。

「我們必須抓住眞理，尋求奧祕，不斷前進。假說誕生於靈光乍現，理論飛躍般進展，一步步靠近眞理。那些平庸的凡夫俗子懂些什麼呢？和沉睡在人體中的這隻美麗蝴蝶相比，人命根本就如螻蟻。」

擺在桌上的白骨名叫「蝶骨」，是位在頭蓋骨接近正中央的骨頭，擁有極爲重要的功能。據說一旦出現異常，肉體和精神都會受到巨大的影響。

「我們的研究不會終止。那些軍人懂什麼？我要把這隻蝴蝶……」

砰！無情的槍聲在背後響起。一名身著軍服的高個子男人站在那裡，手中的槍口冒著白煙。他連開三槍，又繼續射擊。穿白袍的男人朝桌子另一側倒下，高個子男人走近又補了兩槍。那幾聲槍響猶如信號，四處紛紛響起槍擊聲。人們慘叫、四處竄逃的聲音遍地響起，沒多久，又一點聲音都沒有了。

我忽然和軍帽壓得很低的男人對上目光。

咚！背後被使勁拍了一下，我才回過神。

「你太和我同頻了，小心回不來。」

我愣愣地環顧四周，才發現自己在閃爍的電燈下、殘破荒廢的辦公室裡呆站著。書櫃碎裂，毀損的桌椅後方地上，倒著已化爲白骨的遺體。

「千早，剛才看到的那些是……？」

「這裡最後一天的場景吧。照這樣看來，實在不曉得會找出幾具遺體。」

千早說完，伸手拿起遺體旁的透明鳥籠。透明如冰的籠子裡，許多色彩繽紛的蝴蝶翩翩飛舞著。

「竟然裝在這麼惡質的東西裡……」

「玻璃工藝品，對吧？究竟是怎麼保持這種狀態的？」

「就是這個東西喔。這個老人殘留在這裡的，執著本身。」

「千早，這個是……？」

他沒有回答，只簡短說了句「走吧」。

走出房間後，另一間房裡那些穿著白袍的男人還在進行手術。沒有任何一個人看向這邊，只是沉默地、眼神銳利地持續切開人體。

「我眞沒用，沒辦法淨化這些傢伙，連那些還在受苦的人也救不了。我無法對這裡過發生的事視而不見。」

「……那我們該怎麼做？」

「只能連同建築物一起毀了。把牆壁和地板全拆毀，替那些受害者建造慰靈碑。只要讓陽光照進這裡，困在此地的那些人也都會獲得解放。再來，就要靠時間這個解藥了。這地方暫時不能住人，只能等它慢慢恢復。」

既像呻吟又像喊叫，從他們喉嚨深處擠出的哀號，反射在狹窄走廊壁面上的同時，又像滲進牆壁般逐漸消散。

儘管是在戰爭期間，這仍是貨眞價實的犯罪，必須要攤開在陽光下。或許會有人說不要翻舊帳，但這些事絕對從未結束。

「……大野木，可以拜託你一件事嗎？」

「當然──我一定會做到。」

不知不覺中，原本閃爍不停的電燈泡消失了，只剩下頭燈的亮光照亮漆黑的通道。原本埋葬在堅硬水泥下的走廊，發出唧哩唧哩龜裂般的聲響。

走出宿舍，太陽早已下山。夜晚的山中，眼前是好似隨意撒上一把玻璃碎片的遼闊星空。

千早悄悄打開籠子。

下一瞬間，許多蝴蝶爭先恐後地朝夜空飛去。

看起來彷彿火光逐漸升空遠去，也好似靈魂回歸天上。

目送最後一隻蝴蝶起飛後，他把籠子用力往腳邊一砸。

精緻脆弱的玻璃工藝品如同糖果碎了一地，又像融化似地消散了。

「雖然店主要是知道了，應該會想要吧。」

○

伊藤太太的兒子和那些受害者幾乎都恢復正常了。

可能因爲只是靈魂上的外科手術，聽說大腦機能也都順利恢復中，可惜身體機能受到的影響仍殘留著，必須長期復健。

順帶一提，伊藤太太的先生丈夫也逐漸康復，或許是被兒子刺了那一刀後有所反省，聽說他現在收斂多了。

案子結束後，我們立刻將來龍去脈告訴權藤先生，警方展開了大規模搜查。

在大學宿舍廢墟的地底下總計找出將近四十具遺體，在社會上引發軒然大波，不久又遭到淡忘。以這案子的規模來看，新聞沉寂的速度快到不自然，但就算介意也無法改變什麼，我決定不去想。

最終決定要連同地下室一起拆毀，加上大學校方的支持，短短兩、三個月的時間，那裡就搖身一變，成了嶄新的草地公園。與公園同期落成的，還有祭祀犧牲者的慰靈碑。

「到頭來，人類才是最恐怖的。」

我們在慰靈碑前獻花後，千早咬著從自動販賣機買來的冰棒這麼說道。

「這一點我有同感。眞難得，你居然會把這種話說出來。」

「我一直都在思考。」

他啪哩啪哩地咬碎冰棒，看透一切似地輕聲說：

「相較於妖怪之流，人類的惡意要恐怖得多。跟現代不同，那個年代該說是本身就很瘋狂嗎？我從不來知道人類的瘋狂意念一旦有了時代背景支持，竟是如此駭人。」

「是啊……」

死後滯留在那裡幾十年，以受到時代支持的正義爲基礎，由名爲勝利的免死金牌凝結而成的惡意。

當時窺見的充滿血腥味的幽暗空氣，不斷受苦的人們的慘叫聲，到現在依然在腦海中纏繞不去。

連我這種沒有靈感應力的人都看見了，可見那瘋狂意念有多強大。一想到千早能感受到的深度，老實說，我不知道他是怎麼保持神智正常的。

而且，把他扔進那片黑暗中的不是別人，正是我。

「千早，我也一直在思考一件事，你願意聽嗎？」

「嗯，什麼事？」

「我在想，我們單位是不是該像其他縣一樣考慮增加人手。當然，支持我們的工作的，是各位縣民繳的稅金，連一塊錢都不應浪費。不過，這就等於把所有負擔都加諸在你一個人身上，這樣是不是對的。」

「咦？我從來不覺得有什麼負擔耶。」

他一臉滿不在乎地回答，轉起剩下的冰棒棍，自言自語般繼續說：

「我們的約定不就是這樣嗎？我寄居你家，作爲交換條件，我要接受一件又一件的委託，不是嗎？現在既然運作得很順利，你就不用瞎操心了吧。」

「可是……」

「反正我只能觀看，不管再努力也沒辦法進行驅邪、淨化。這次也一樣，的確是看到很不舒服的東西，但光是看見事情並不會結束。」

他這樣說著，把視線投向慰靈碑後方。

只見草地上設置了幾座盪鞦韆和有三個滑道的大型溜滑梯。無論是考量過安全性的遊樂設施，或是一旁擺的長椅，大半資金都來自各方人士得知過去歷史後的捐款。

來這裡散步、坐在長椅上小憩的人，爬上小山丘來場輕便野餐行程的一行人，或者是週末把車停在一旁的停車場，帶小孩來玩耍的家庭，也會慢慢變多吧。

相對於被狹小牆壁掩蓋的那些痛苦，如今這個地方經常沐浴在陽光下，顯得潔白又溫暖。

「我們的工作，是因爲有兩個人合力才能完成，我是這麼想的喔。這些景色，只有我一個人是看不見的。」

「兩個人……」

「對。所以啊，能做多少是多少，我們就兩個人一起走下去吧，我的搭檔。」

說完他就笑了，左手靈活地將冰棒棍朝空中一拋。冰棒棍畫出一道漂亮的弧線，彷彿被吸進去般正中垃圾桶。

涼爽的風透露出秋季到來的氣息，撫慰般吹拂過草地上方。

「好，差不多該回去了。」

「——也是。」

一瞬間，我感到雙眼一熱，趕緊別開臉，點點頭。

晴朗的天空下，我們再次去擺上各式各樣五彩繽紛花束的那個地方，合掌致意。

所有沉睡於此地的靈，願你們療癒傷痛，獲得平靜。

紫眼

小時候，我經常去祖母家玩，有次不小心打破手鏡，破裂的玻璃碎片害我失去了左眼。當時年紀實在太小，我什麼都不記得了。

伸手往眼皮內一摸，眼窩空蕩蕩的，只有肌肉乾掉後的觸感。有時候，那一部分會發癢。我輕輕伸進手指，輕柔地抓癢時，就會有種奇特的感覺。原本應該有的東西不在了，空洞的眼窩中現在寄宿著什麼呢？

有些東西，只有不存在的左眼看得見。

而且一定都棲息在鏡子裡。

第一次看見那東西，印象中是在我剛滿五歲的時候。說不定，其實從年紀更小的時候我就一直看著它了，但我真正意識到那是什麼東西，是從這時候開始。

平房結構的古老日本家屋內，幾乎全是和室。我常在最裡面接待客人用的房間，一個人畫圖玩耍。

走進房裡，左手邊是一個日照良好、朝南，四坪大小的房間。儘管空間不大，卻面向四季都有花朵綻放的庭院，但通往那間房的拉門總是關著。

平常我根本不會注意母親的梳妝台，但那一天，一向都會闔上的三面鏡，鏡門微微開著，我和窺探似地看著這邊的鏡中自己，四目相接了。

驀地，那裡面看起來有東西翻了個身。

我打開鏡門，站到隔成三塊區域的鏡子前，發現裡面有閃耀著繽紛色彩、像魚一樣的東西正在游泳。我嚇一跳，回頭望向室內，但那裡什麼也沒有。我把視線轉回正面，那些東西依然在鏡中悠游著。

沒有一隻的形狀是一樣的，我只能籠統地形容它們像魚，具有類似尾鰭或背鰭的部分，也可能因爲在游泳才讓我有那樣的感覺。

我並沒有想知道那些東西是什麼的念頭。

那一瞬間，我只是無藥可救地爲那樣的美著迷。

後來，我常在鏡中看到那些東西。

就算不是眞的鏡子也沒關係，只要是能夠倒映出物體，像是擦得發亮的銀器，任何地方都有它們的身影。

而且，那些美麗的身影只有我看得見。如果我嘗試用右眼去看，就會看不到，只會倒映在左眼中。

倒映在理應已失去的眼睛裡，透明世界中華美的魚。

最吸引我的是它們散發的色澤。色彩繽紛又鮮活。我實在太想找到貼切的言語來形容它們，便在書店買下介紹日本傳統色彩的書，盯著鏡子就這樣過了一天。

菖蒲色（註一）、翡翠色、撫子色（註二），各式各樣的色彩深深混合，綻放出剎那的光輝，四處游動。

註一：一種紫色。

註二：一種粉紅色。

我不管看多久都不會膩，沒有一隻的色彩是相同的。

中庭的光線穿透雪見障子照射進來，在朝北的待客室中蕩漾著。

只要一有時間，我就會待在那個好似只把世界淡然美麗的部分，如小水槽般擷取出來的房間裡，一直盯著鏡子。就這樣，不知不覺間我升上了國中。

我只有入學典禮那天去過國中校園。

被硬塞進一個滿是不相干的人的房間，穿著一樣的衣服，被迫留著一樣的髮型，翻開一樣的課本。光是這樣，我就覺得自己幾乎要窒息而死。

當社會想把人們變成按照統一規格大量生產的標準品時，總是只有我不符規格，有所缺陷。班上所有人的目光似乎都在這麼說，我實在受不了。

最後，我向班導說自己身體不舒服，逃也似地跑回家了。

從那之後，我再也沒去過學校。

對於怎麼樣都沒辦法向他人妥協的我，母親不曾有過一句責備，總是一臉憂傷地道歉。

「對不起，是我沒有管好她。」

雖然我能理解母親的心情，但對我來說，比起失去左眼這種事，她注視我時的那種憐憫目光更令我難受。

「明明我得連同爸爸的份振作起來，對不起喔。」

然後，她會呼喚英年早逝的父親的名字，潸然淚下。

每次我不願道歉，哭不出來，就連努力設法改變自己都做不到，只能事不關己地望著母親慢慢收住眼淚時，都有種蹲在昏暗水底的心情。

所以，我盡量避免和母親打照面，躲進房間極力降低自己的存在感。

無論何時，鏡中那神祕的光輝，總是能撫慰我。

「下雨了。」

那一天，從早上就下起針一般的細密雨絲，我不自覺地發出興奮的聲音。

我匆匆忙忙地準備，穿上黃色雨衣，套上雨鞋。

對我而言，下雨天就是最棒的日子。

一出家門，街道上到處都積著小水窪。無論是花盆中的積水，從土牆縫隙流出來的水，或者路旁水溝中轟然流動的水中，都可以看見那些東西。展現美麗色彩，在街道上悠游的它們，那炫目光輝擴展出另一個世界。

過馬路，轉進小巷子裡，享受著各式各樣的彩色亮光，不知不覺中我走到了屋敷町。該不多該回去了——正當我這麼想時，瞥見一個老人直盯著近衛湖渠道。那個人瘦得只剩皮包骨，身穿鳶色（註）和服。外表看起來像是病人，唯獨始終注視著渠道的那雙眼睛逸出野獸氣息。紅色和傘異常鮮豔，宛如飄浮在雨中。

大概是注意到我的視線，男人回頭看向這裡，蒼白臉上浮現龜裂般的笑容。他頭髮白如骨頭，卻莫名顯得年輕。

「哦，妳是見鬼。」

註：一種紅棕色。

他輕聲這麼說，一邊向我走來，一邊打量我似地目光掃遍我全身。

「劍軌？」

男人用指尖在欄杆上寫出「見鬼」二字。

「妳可以看見那些東西吧？」

他指向路旁一灘特別大的水窪。在那裡面，散發緋色光芒的魚來回游動著。

「眞美，妳不覺得嗎？」

「你也看得見那些東西嗎？」

男人輕輕笑了起來，低聲說：我給妳看一個好東西。他從寬大的衣袖中掏出一只小袋子，從袋裡拎起一枚綻放出夢幻櫻色光彩，形狀像蛤蜊的腰間掛飾。

「妳看好。」

眨眼間，掛飾就掉下去了，濺起細微的水聲。然後，就像投入了魚餌似地，那些異形的魚一擁而上，宛如蠢動的寶石般吃起掛飾。好似一群聚在滲血鮮肉旁的鯊魚，令人作嘔。

「它們特別喜歡那種東西，不過它們可是很挑的。那枚蛤蜊形狀的掛飾也是難得的珍品。」

「它們到底是什麼？」

「妖怪、怪物、鬼怪，妳愛怎麼叫就怎麼叫，看得見它們的人並不多。」

「那個……」

「木山，我叫木山。」

他報上姓名，因此我也自我介紹。

「妳的左眼是因爲意外或其他緣故失去的嗎？」

我明明沒有摘下眼罩，木山先生卻說中了我沒有左眼的事。

「對……」

「這樣啊。不過，可以看見一般人看不到的東西，還不壞吧？我也不知道爲什麼，天生就看得見那些東西。很難得可以像今天這樣遇見同類。」

「還有其他人也看得見吧？」

「絕對不多就是了。」

「請問，剛才的蛤蜊是什麼東西？」

以前我也曾像那樣撒東西餵它們，但不管我拿什麼出來，它們都不吃。別說吃了，簡直像是看不見似的。

「妳仔細瞧瞧，它們沒有眼睛。」

聽他這樣一說，確實沒有像是眼睛的部分。

「它們捉不住這個世界的東西。不過，如果像那個蛤蜊一樣承載主人的意念，它們似乎就聞得到。」

「意念？」

「換句話說，就是別有隱情的物品。那枚腰間掛飾就是別有隱情的骨董。」

那種東西它們就會吃。他說著，臉上的笑意加深了。

我注視著飄落到渠道的櫻花，瞥了眼木山先生的懷裡，寬大衣袖的深處有好些那樣的光輝。他似乎察覺我的視線，勾了勾嘴角，主動開口。

「我在蒐集這種東西。如果妳想要，我可以分一些給妳。算是給同類的特別優待。」

妳跟我來。木山先生說完，率先邁出腳步，我沒多想就跟在他身後。

他的宅邸有種盤踞在竹林深處的感覺，現在明明還是白天，在高聳竹林的遮蔽下，暗得簡直像傍晚時分。灰泥矮牆圍繞的古老日本家屋，大而寬敞。

總覺得跟祖母家好像。玄關大門前垂掛著繪有家紋的燈籠，門上掛有寫著「木山」的名牌。

「我是個寂寞的獨居老人，妳不用客氣。」

我站在門前不知所措，木山先生低聲笑起來。

「謹慎是個好習慣，但妳最好不要在那裡待太久。這附近有狐狸出沒，萬一被咬就麻煩了。關上門，總之先進來吧。」

我點點頭，踏進屋裡。一關上門，門外似乎就傳來疑似野獸的氣息。

「我去泡茶，妳請自便。」

屋裡遠比我想像中昏暗，心裡有點毛毛的。然後我才注意到，這屋子到處都擺著會散發出那種光輝的物品，一盞燈都沒有開的屋內，只依靠那些物品的光輝照亮。

打擾了——我打了聲招呼，才繼續跟在他身後。

從緣廊可以看見每個角落都經過細心打理的美麗庭院。有一個小池塘，發出淡淡白色光輝的魚悠游其中。角落有座倉庫，掛著厚重的鎖頭。

「妳要順便看看倉庫嗎？全是些家裡人半開玩笑做的、不知該怎麼處理的拙劣作品。真傷腦筋。如果妳想要，帶多少回去都行，反正我打算最近要拿去山裡丟掉了。」

我不假思索地搖頭。這裡的物品全散發出強烈的不祥氣息。

木山先生晃了晃肩膀，嗤笑一聲，又掩住嘴。

「妳很聰明。」

他帶我到一間三十張榻榻米大的寬敞和室。從天花板垂吊下來的電燈，形狀好似揉成一團的和紙，微弱的光芒下，室內顯得十分詭異。壁龕裡擺了香爐，不斷飄出令人頭暈的甘甜白煙。

「請坐，我去拿個對妳有用的東西過來。」

他拋下這一句話，不知道跑哪去了。

我在下座坐下，頭腦逐漸冷靜後，我極度後悔自己剛才傻呼呼地跟了進來。事情怎會變成這樣？要是平常，自己絕不可能踏進剛遇見的人的家門。

發現有人看見同一個世界，興奮過頭了吧？

室內安靜到耳朵都要痛了。連時鐘指針轉動的聲音都聽不見。

突然間，腳步聲由遠而近傳來，拉門開了。

「對年輕人來說，這地方很無聊吧。我不喜歡電視或收音機之類的家電。」

所以全扔了。他喃喃說著，往台子擺上一個小盒子。

那個盒子表面的黑漆發出光澤，有種似曾相識的感覺。用螺鈿工藝（註）呈現的牡丹花，散發出淡淡的牡丹色澤。

註：將貝殼或海螺切割鑲嵌在器皿表面的一種裝飾工藝。

「這也是別有隱情的物品嗎？」

「沒錯，不然就無聊了吧？」

木山先生這麼說，打開盒蓋。一看到裡面的東西，我失聲驚呼。

那是人類的眼球。

「妳仔細看，這是切割紫水晶製成的義眼，不是眞的眼球。」

我心驚膽戰地望去，那東西確實做得很精巧，但並不是眞的。從不同角度看過去，瞳孔部分的色澤會改變，可以看到七彩的光輝。

「這是某個名門望族的家主，爲了被奪走雙眼的年幼女兒特地請人製作的。如果能放進妳的左眼，妳媽媽一定也會很高興吧。在學校不會再有人投來好奇的眼神。只要有了這個，妳就能夠變得普通。」

木山先生沉穩地這麼說，把那顆義眼放到我的掌心。從壁龕飄來的甘甜香氣逐漸麻痺了我的大腦。

「我們來做個交易吧。我把這東西給妳，不用錢。相對地，我希望妳能幫忙。」

「幫忙？」

「妳釣過魚嗎？」

我搖了搖昏沉沉的頭。

「我希望妳把它們釣上來。總之，就先這樣吧，只要放進這個化妝盒就可以了。我看上的魚籠大概暫時還不會到我這裡來。」

他這麼說，右手覆蓋般抓著我的臉，左手拿起義眼。我透過指縫看見他的瞳眸，變得愈來愈細。

強烈的海水氣味撲鼻而來。

「閉上眼睛。」

我看見龜裂般的笑容浮現在白皙的臉上。

到這裡，我的記憶就斷了。

等我醒來，已躺在自己房間的床上。身上既沒穿雨衣，也沒有換下睡衣。睡得汗流浹背，感覺很不舒服。

我想，自己作了一個糟糕的夢。

突然間，我發現不對勁之處。

視野很奇怪。

我戰戰兢兢地伸手去摸原本空洞的那個部位，卻摸到柔軟的肉，我有左眼了。

〇

我和朋友道別，坐上電車，愣愣地望著窗外風景。染上夕陽餘暉的街景如滑過般不停從右向左流動，正是夏季黃昏該有的景色。

電車駛進隧道，車窗倒映出自己的臉。我不禁懷念起戴眼罩隱藏左眼的日子。幾年過去後，我的個性變得如一般人活潑，也很習慣擁有雙眼的生活了。

木山先生說是義眼的這顆左眼，比我的右眼能看見更多東西。表面上，我變得和其他人一樣，總算有辦法去學校上課。那種感覺簡直像是取回了一直欠缺的東西，也類似一種安心感。

最高興的人莫過於母親。只是，她從不問起這神祕的眼睛，只顧著慶幸的身影，讓我感到有點恐怖。

後來，即使過了一段時間，我也沒辦法造訪木山先生的家。我覺得只要前去確認，等於承認那並不是一場夢。

就在我猶豫不決時，從報紙上看到木山先生過世的消息，似乎是遭人殺害。報導中寫著凶手還沒有抓到，警方正在持續追查，但八成逮不到人吧。

結果，我去到那屋子，是差不多一個月前的事。我僅憑記憶走到他家，看來可能是有人縱火，燒得一乾二淨，什麼都沒留下。

在不斷流過的景色稍遠處，我遙望著閃耀著茜色光輝的近衛湖，靜靜爲他祈求冥福。

回到家裡，桌上有一張關於晚餐的紙條，上面寫著：「我今天也要加班，會比較晚回來。」

我換好衣服，回到自己房間，從衣櫃中取出那個化妝盒。表面滑溜、黑漆散發光澤的化妝盒。我靜靜掀起蓋子，像在窺視一口井。那些東西在漆黑盒子的底部綻放出光輝，來回悠游著。

「又變少了。」

到底是和哪裡相連呢？那些東西偶爾會消失。

我取出手鏡，把鏡面朝著天花板放在地上。探頭一瞧，只見它們悠然游過鏡中的天花板。那些東西一邊綻放出鈍色光輝，一邊愉悅地在鏡中來回游動。

「今天比較少耶。」

我喃喃自語，輕輕從髮根拔下一根自己的頭髮。在長長的黑髮前端綁上事先弄破的鏡子碎片，再輕輕把頭髮前端沉入鏡子裡。

受到一瞬的阻力後，碎片和頭髮就像潛水般沉了下去。接下來，只能等了。

過了一會，那個異形被困在碎片裡。它掙扎著想逃出去，我卻沒有感受到什麼重量。

我緩緩拉起頭髮，異形一從鏡中現身就消失了。同時，綁在頭髮上的碎片綻放淡淡的鈍色光輝。

我解開頭髮，把碎片丟進化妝盒裡。宛如在水中滴墨般，那東西出現了，翻個身，悠然在盒底游走著。

呼──我吐出一口氣，蓋上蓋子，躺了下來。

釣魚，木山先生當時是這樣說的。

想到這個方法，是在我得到這隻眼睛以後的事。莫名有了靈感，我就試試看，結果很順利。那些東西似乎沒辦法在鏡子外面維持原樣，沒辦法用其他餌釣上來。

我不知道自己爲什麼要像這樣一直繼續做木山先生說過的事。只是，那個人說這是交易。既然得到了這隻眼睛，我覺得必須做那個人想要我做的事才正確。我有種預感，如果不這樣做，說不定會發生什麼恐怖的事。

我醒來時，房裡一片漆黑，一瞬間我搞不清楚自己的狀態。看向牆壁上的時鐘，原來已是晚上。

最近身體似乎特別容易累。倦怠感無法消除，總是馬上就會睡著。或許是準備大考太累了。

突然間，門鈴響了。如果是母親，應該會隨身帶鑰匙才對。這種時間居然有客人來，真稀奇。

我走向玄關，看見霧面玻璃另一側有人影。我沒有取下鍊條，直接打開門，從門縫中看著來訪的人。

「妳好。」

門外站著一個陌生的年輕男子。他似乎少了一隻手臂，有一側的衣袖被晚風吹得晃來晃去。

「請問你是哪位？」

「我是替夜行堂跑腿的人。」

「夜行堂？」

我一臉疑惑地問，對方似乎有些詫異。

「這裡是御廚家，對吧？」

「對，我們家姓御廚。」

「真奇怪，妳什麼都沒聽說嗎？」

是詐欺新手嗎？如果是這樣，那他搞錯對象了。

「沒有。你是要找我母親嗎？請問到底有什麼事呢？」

「妳不用那麼防備，我只是個來跑腿的。」

他的語氣忽然變得有些隨意，說完用力搔了搔頭。

「傷腦筋，怎麼都沒有告訴對方是什麼事啊。那個怪物，每次都敷衍地說『去了就知道』。」

「妳和木山先生做了一筆交易吧？」

「呃，請問你在說什麼？」

我的心臟差點停了。

看見我瞬間發白的臉，男子似乎放下心來。

「終於找到妳了，我花了好多工夫。」

「你認識木山先生嗎？」

「要說認識的話，算認識吧。交情絕對不好就是了。」

都在幫他擦屁股，男子氣憤地說。

「一家叫夜行堂的骨董店店主，吩咐我過來回收木山先生留下的骨董。妳也和那個男人有過交易吧？」

「你爲什麼知道？」

「唔，我是不知道。妳可以問夜行堂的店主，但我建議妳不要去找她比較好。最好不要跟那傢伙扯上關係。」

說完，他直盯著我，臉上的表情消失了。只見他的右眼亮起一簇藍色火焰，我忍不住尖叫。那簡直就像是鬼火。

「妳那左眼，該不會……？」

我不知道該說什麼才好，只點了點頭。

「看來沒辦法回收帶走。」

他傻眼似地低聲說，伸手摀住臉。

「我跟你去。我想知道這隻左眼的事。」

要是錯過這次機會，我恐怕永遠無從得知這東西的來歷了吧。

○

名爲夜行堂的骨董店開在屋敷町的邊緣，悄然佇立在彎彎繞繞的小巷子裡。

一拉開霧面玻璃門踏進店裡，灰塵味就撲鼻而來。店內十分昏暗，一顆垂吊的電燈泡朦朧地照亮四周，架上雜亂擺著沒有貼標價的物品，在我看來，每一件都綻放出獨特的淡淡光輝。

「歡迎光臨。」

我循著聲源處望去，看見坐在結帳櫃檯的那個人時，差點吐了出來。

男人、女人、老人、小女孩、野獸、怪物，外形不斷變換，簡直像是不具備原本的形貌一般。

他彷彿要擋住我的視線，站到我的眼前。

「喂，不能直視。」

「唔，唔唔……」

「不要對焦，不要深入觀看。在妳眼前的，只是一個女人。」

好幾個交疊的身影最後重合成一個，化爲年輕漂亮的女性身姿。至少，在我眼中是這樣。

後背爬滿雞皮疙瘩。

「哦，妳是見鬼。很少有人可以這麼深入地觀看我，難怪那個男人會看上妳。」

她這樣說，嘴裡叼著長長的菸管，面露微笑。而後，她朝天花板呼出甘甜紫煙，我的左眼忽然一陣刺痛。

「妳別太欺負人家。御廚小姐，這位就是夜行堂的店主。妳想知道什麼就問她。喂，我的任務到此爲止，剩下的妳跟她聊就可以了吧。」

「嗯，辛苦了。不好意思，讓你專程跑一趟。」

「妳明明一點都沒覺得不好意思。」

「下次再派工作給你。回去的路上小心，我不會欺負她的。」

當然。男子不客氣地回一句，一臉不高興地皺眉，轉身走出店門。

女人身穿開襟衫，打量似地望著我。

「妳眼睛看得見的那些綻放光輝的魚，妳覺得是什麼呢？」

我並不感到驚訝，這個人肯定什麼都曉得。

「我不知道。我從以前就知道它們會棲息在鏡子裡，但那到底是什麼，我並不知道。」

「眞的嗎？妳應該隱約察覺到了吧。我希望妳不要誤會，我不是要責備妳，也不是想譴責妳。」

我一度閉上眼，才又開口：

「我想，是人的靈魂。」

答得很好，女店主微笑道。

「鏡子是一種很棘手的東西，會透過倒映的方式，來汲取一點鏡中人的靈魂。由於鏡中世界和那個世界是相連的，所以那些東西總是會跑過來。」

我忽然害怕起來，把帶來的化妝盒拿給店主看。

「這裡面有我捉來的魚。該怎麼處理才好？」

「木山他呀，強烈渴求靈魂這種東西。雖然這像一個籠子，卻無法把靈魂禁錮在裡面。證據就是，數量不會是偶爾減少嗎？」

「會。可是，靈魂這種東西，脫離身體也沒關係嗎？」

「就像我剛才說的，它只是透過倒映來汲取，因爲只是影子，不會有什麼大礙。要是他能滿足於那種光輝就好了，可惜事與願違，他開始想要蒐集人類的靈魂本身，最終召來殺身之禍。」

因爲他的欲望像惡魔般強烈，店主笑著說。

「只要打開盒蓋擺著，過一陣子就會全部不見。要把它們關在裡面也可以，只是蒐集太多會惹禍上身，最好別這樣做。」

「不，我要還給妳。」

「不用，那是妳的東西。從一開始就到了妳的手中。這個啊，是它選擇妳爲主人。不管扔到哪裡，都還是會回到妳的身邊吧。」

「那麼，這隻左眼該怎麼辦？」

「那個也維持原樣沒關係。沒有左眼不方便吧？而且要是把它從妳的眼窩拔出，大概等於殺了妳，所以到妳死前就這樣吧。有了左眼，也沒什麼不方便的吧？」

「等我死後，會變成怎樣呢？」

「它會渴求一位新主人，在不同人手中輾轉遷徙。妳不用擔心，它不會對妳有害。妳就當自己獲得一隻方便的眼睛就可以了。」

「妳原本不是要回收嗎？」

「『回收』這個詞有語病。我只是想知道，它有沒有待在適合的人身邊。畢竟木山的收藏品淨是些危險的東西。我想要事先掌握物品在哪裡，以及主人是誰。」

一場不像是發生在現實中、不可思議的對話，毫無突兀感地持續下去。

「我可以問一件事嗎？」

「什麼事？」

「妳是人類嗎？」

女主人的喉嚨發出聲響，笑了。她似乎認爲這個問題太好笑。

一問出口我就後悔了，這個問題有什麼意義呢？

我不該問的，不該確認的。

「會被困在固定形貌中的，只有人類這種等級的生命。」

這樣啊，我喃喃自語。

妳回去吧。女店主開口請我離開，輕輕揮了揮手。

我先鞠躬，轉過身，一次也沒回頭，筆直走出店門。

此刻我就像置身於蜘蛛網的細絲上，走著危險的鋼索吧。

絕不能踏錯一步。

我和木山先生不一樣。

一定還能重頭來過。

一走到店外，我立刻打開化妝盒的蓋子。

低頭看向裡面，連一隻魚也沒瞧見。

如同那位女店主說的，消失到某個地方去了吧。我隱約有種感覺，說不定是游去了那家店裡。

我回過頭，夜行堂如霧氣般瞬間消散，那裡只有一幢傾斜到看起來隨時會倒塌的廢棄房屋。

從此以後，我不再觀看鏡子。

偶爾，我試著會窺視那個盒子裡面，但那些東西不曾回來。

搖花

一連下到前幾天的漫長雨季結束後，這一區的豔紅楓葉變得十分引人注目。

適合打個盹的微風很舒服。這個季節明明最適合散步了，坐在副駕駛座上的搭檔賭氣地說。我看著他生悶氣的側臉笑了。

彷彿算好時機般打來那通電話的，是夜行堂的店主。委託的內容是，希望他去回收某扇廢棄村落的紙門。

在他還完初次委託欠下的債之前，債務又出於各種因素愈積愈多，直到現在他都還被恰到好處地奴役著。不過出遠門就需要車，因此我也被迫出任務，看來我的立場其實跟他差不多。

「啊啊，隔了這麼久好不容易才有休假耶。」

「是啊。」

地點在山上的廢棄村落，根據縣政府的紀錄，這個地名五十年前就從地圖上消失了。即便如此，道路仍勉強存續下來，表示很可能有人會定期造訪該處吧。

我開著向朋友借來的輕型卡車，一邊想起這件事。

山路很窄，也沒有鋪柏油，如果有對向來車，大概沒辦法會車。

「大野木，我有種強烈的感覺，那傢伙根本只把我們當成呼之即來、揮之即去的小嘍囉。雖然嘴上會說『幫了我大忙』什麼的，但她心裡根本沒有多感謝吧。」

「你現在才發現嗎？」

「那個混帳，可惡！」

「稱呼女性『混帳』不太好。」

「那傢伙又沒有性別，只是披著一層皮而已。」

「別說了，那方面我可是盡量不去想。那個人是美女，這樣就好了，不是嗎？」

「你是在逃避現實吧。」

「好奇心會殺死一隻貓，這句話你沒聽過嗎？」

「聽過啊，少把我當笨蛋。」

千早的右眼應該能清楚看見她的內涵，或者說真實樣貌吧。在我眼中，她就是神祕的美女，但對看得見的人來說，連性別都模稜兩可。不過，探究這種事又能怎麼樣？

「欠那種怪物一屁股債，我是把好運都用光了吧……」

「這樣說來，我沒問過你，當初你們是怎麼遇上的？」

「我不想說。現在回想起來，我有種被設計的感覺。雖然我沒去確認過。」

「人家有好好支付酬勞給你，這不是很好嗎？」

「欸，大野木，你不就是免費的嗎？」

「我畢竟是公務員，而且我是自願的。」

如果能請她直接委託對策室是最好，但她沒有戶籍，這也沒辦法。說起來，我連她叫什麼名字都不曉得，甚至地址也不清不楚的，更沒有方法可以調查。

千早望著窗外的景色，發出明顯嫌惡的「唔嘔」聲。

「你怎麼了？」

「我只是在想，千萬別愈來愈深入。還沒到嗎？我們在山路上開了約莫一小時了。」

「如果地圖是正確的，應該不遠了。」

「你剛才不是說過同一句話了嗎？」
這麼一提，剛才好像也有過同樣的對話。
「你看，那個腐爛的標誌，剛才也有看到。」
「確實，似乎有看過。」
我們決定先停車，查看一下地圖。
「手機只要沒訊號就一點用處都沒有。」
「沒辦法啊。到頭來，還是這種類比時代的工具最可靠。」
我看著指南針和地圖來確認此刻的所在位置，不禁啞然。
「千早，看來你的預感中了。從剛才起我們就一直在同一段路繞圈子。那邊有一條路是右轉，對吧？但在地圖上，前面應該要左轉開進一條隧道才對。」
「隧道？」
「對，隧道。」
我慢慢發動車子，開過向右的大彎道。不過，並沒有左轉的路，也沒有隧道。一路上都是平緩的蜿蜒道路，我們又回到了那個半腐朽的標誌前面。我停好車，聚精會神地觀察，毫無疑問就是剛才看過的那個標誌。
「錯不了，我們在兜圈子。」
「原來如此。大野木，下車吧。」
「咦？」
「下車走過去看看。這只是我的直覺，但對方可能是討厭我們開車過來。」

「可是，晚點要回收紙門時怎麼辦？」

「不怎麼辦。大野木，你背著走嘍。這裡難道還有其他人嗎？」

他啪噠啪噠地揮動裡頭空蕩蕩的右側衣袖，下了車。然後不管我有沒有跟上，逕自向前走，我只好慌忙換上長靴，加快腳步追上去。

這究竟是什麼道理？下車沿著路走，向左彎的路就乖乖出現了，一直通到向下傾斜的隧道前。這個隧道看起來年代相當久遠，入口有一半以上都掩蓋在藤蔓之類的植物下。

「這與其說是隧道，更像是地道吧。」

「哪裡不一樣？」

「地道原本是指通往墓地底下的路。」

「欸，很不吉利耶。不過這裡什麼都沒有，你大可放心。」

千早的右眼隱約透出藍色亮光。

「腳不會痛嗎？」

「只是感覺有點遲鈍，倒不會痛。」

「就算不會痛也很辛苦吧。你右眼的視力所剩無幾不是嗎？」

「就是不方便而已。過了這麼久，早就習慣了。」

昏暗的隧道中沒有光線，千早不斷向前走，我跟在他身後。要是不用筆型手電筒照著前方，我連自己伸出去的手都看不見。

濕氣、發霉、苔癬和冰冷泥土的氣味。如果沒有他在，這種地方我會怕到不敢走吧。我害怕鬼怪，怕得要命。畢竟置身在無法用一切常識解釋，只能說是靈異現象的情況時，除了發抖以外，我束手無策。

走出隧道，忽然來到一個開闊的地方。滿布青苔的地面上點綴著各色落葉。一條狹窄古道貫穿似地通往裡面。無論怎麼看，這景觀都跟地圖上標記的土地差太多了。

「一座屋敷啊。」

鋪滿大顆卵石的古道前方，有一座氣派的日本家屋。平房結構的大型屋敷，四周沒看到矮牆，但在庭院靠緣廊的地方，有雞正啄著飼料，再進去有三座倉庫並排著。

「可是，這怎麼看都不像廢棄的屋子。」

千早的神情沒有一絲退縮，按平常的步調前進。主屋旁有一間馬舍，裡面可以看見馬和牛的身影。照理說，這種景象不該出現在深山的廢棄村落裡。

我找了下有沒有電鈴之類的東西，果然沒看見。

「你好，請問有人在嗎？」

我反覆喊了好幾次，卻沒人回應。別說回應了，連人的氣息都感覺不到。

「總之，我們先進去吧。再怎麼等也不會有人出來的。」

「可是，那樣——」

「這裡大概是迷家。」

迷家，據說會爲來訪者帶來富裕的山中幻象房屋。

「我聽帶刀老講過，算是有名的怪談吧。」

「啊啊，在柳田國男記述的《遠野物語》中也有出現。」

「哦，這樣啊。我在日本的民間故事裡也看過。」

千早笑著打開玄關大門，迅速脫下鞋子走進屋裡。

「如果這是迷家，就不會有人在。」

「喔，你這樣說也是。」

屋裡遠比從外面看起來寬敞，而且不尋常。一直延伸到遙遠彼方的走廊，左右兩側的拉門一扇扇相連好似永無止境，華麗的金碧障壁畫連綿不絕地延續著。除了金箔，還用上群青、綠青和朱色，是極爲絢爛豪華的作品。

「……有幾扇啊？這些紙門。」

「你數不完的。盡頭都是白光，根本看不清。」

「帶刀老的家也是這樣，要是走到太裡面迷了路，就會和另一個世界連接上。前面有什麼，我們慢慢就會看見吧。」

「這樣就不能腦袋空空地去找廁所了。」

說著，我忽然驚覺。沒錯，這裡很像帶刀老的屋子。不過，這屋子更……該怎麼說才好？

「更赤裸嗎？太不加修飾，有夠嚇人吧。」

「危險，對吧？」

「是超級危險吧。還有大野木，你注意到了嗎？入口不見了。」

千早回頭說道。順著他指的方向望去，剛才我們走進來的玄關大門突然消失了。現在那裡只有和前方一樣無止境延伸的走廊和紙門。

「啊啊啊，又是這種模式。」

「每次不都是這樣嗎？你不要離我太遠。」

「我知道。但紙門多成這樣，我實在沒轍。到底要帶哪一扇回去才好？不，話說回來，也不知道我們回不回得去。」

「總之，先到處看看吧。一直杵在這裡也沒用。」

「也是，或許會有什麼線索。」

我仔細觀察紙門上的畫。金箔的背景上，松、櫻、菊花或燕子花怒放，色彩優美繽紛。畫的一角，一名身穿鮮紅色和服的女子背對觀者站著，只看得見整齊盤起的頭髮，看不到臉。

「眞雅致的美人畫。」

「噢，這扇紙門上也有穿同一件和服的女人。」

如同千早所說，在稍遠處的紙門上，畫著她手持細枝，站在美麗河畔的身影。

「原來如此，會組成一個故事嗎？」

「這想法眞有意思。看這個完整度，應該是安土桃山時代的作品吧？」

「大野木，你很懂耶。」

「美術史我滿熟悉。這應該是狩野一派的作品吧。看起來確實像是傑作。」

「這樣的話，你要是看到寶物等級的就說一聲。總之，我們先向前走吧。」

「說的也是，前路……」

我們望向連地平線都看不見，一直延伸到白光中的走廊，有些頭暈目眩。

「看起來很漫長。」

幸好我每次出門都會戴手錶。這是我父親的遺物，德國製的經典款。由於是得手動上鍊的款式，只要定期轉動錶冠，指針就不會失速也不會停止。

手錶上的時間是正確的。換句話說，自從我們來到這裡，過了快三小時。我們一直走、一直走，但周遭景色絲毫沒有變化。連逐漸靠近的感覺都沒有，都要走到氣餒了。事實上，如果只有我一個人，現在大概已爲要永遠困在這條無限長廊上的未來而絕望哭泣了吧。

「大野木，你看這裡。開始出現騷動的感覺了。」

相對於垂頭喪氣的我，千早依然輕快地向前走。如他所說，紙門上畫的內容已變成和雅致八竿子打不著的圖案了。形貌奇異的鬼，百鬼夜行的隊伍在山中横行，追趕著一名身穿和服的女子。她的頭髮凌亂，不斷朝深山跑去。

「她在設法逃出鬼怪的魔掌吧？這故事不太有情調啊。」

「更何況，山原本就是異界，是和另一個世界連接的場所。」

「御山信仰啊。」

「大野木，你不覺得這些紙門上的畫很奇特嗎？」

「確實，不管怎麼說，內容實在太過平凡。現在好不容易有點故事情節發生，主題卻又不太恰當。」

描繪女人身姿的畫並不稀奇。可是，刻意挑選平凡的村落生活和日常場景作爲華麗絢爛的紙門畫題材，這很奇特。金碧障壁畫這類作品，通常都是畫一些華美的題材。就算是質樸的水墨畫，這種主題也很罕見吧。

「還有，莫名有種危險的氣息，我也有點在意。大概從一小時前經過的那些紙門開始，畫上的村裡就四處混雜著零星的鬼。有些鬼的特徵，跟追趕她的那些鬼一致。」

在樹木的縫隙中，房屋的陰影下，都畫著它們屏息埋伏的身影。

「啊啊，這些應該是村民吧？只是在她眼裡是那樣。」

千早這麼說，接著問我：你知道這是什麼意思嗎？他一反常態的低沉聲音，令我不禁倒抽一口氣。

「難不成，這些紙門上的畫……」

「是這名穿和服的女子，她的記憶吧？難怪數量會那麼龐大。」

千早的右眼亮起青白色、宛如鬼火般的光芒。循著他的視線望去，紙門畫中的女子拚命試圖逃開百鬼夜行。

我不想看了。可是，沒有其他出口，走回頭路又能怎麼樣呢？

「你不用擔心，快結束了。」

他說得像是已觀看到未來。

接下來會看到駭人的結局，這個預感非常清晰。我拖著沉重的腳步，第一扇、第二扇，紙門畫上的故事不斷推進。終於，拚命逃跑的女子被一隻鬼抓住，朝她的肩膀揮下柴刀。接著，一隻、兩隻，那些異形全聚集過來，數量很快就來到三十隻。這時她的身體已被切成一塊塊，被那些鬼各自拿走。

最後一扇紙門上，只畫著一件鮮紅如血的朱色和服。

之後所有的紙門全是一片漆黑。恐怕一直到那道光的彼方，都是全黑紙門無止境地延續著吧。

「她爲什麼會在這種屋子裡？迷家不是山神的家嗎？是她的靈魂獲救了嗎？」

「不是靈魂，在這裡的只有記憶。」

「在我看來是同樣的東西。居然連死後都一直待在這種地方。這屋子可是什麼都沒有喔。只有記憶無止境地延續下去不是嗎？人如果在恐懼中死去，就沒辦法獲得救贖，只能不斷徬徨徘徊嗎？」

她做錯了什麼嗎？她看起來像個善良的人。至少，並不是應該以那種方式死去的壞人。

「不是這樣的。各種祭奠儀式就是爲了避免這種事。我們祈願，就是爲了讓那些死得悲慘或在恐懼中死去的人，靈魂可以安詳沉睡。不過，這是活人獻祭。對那些傢伙而言，她是神的物品，不是人。」

「太殘忍了……」

「一直向前，朝那道光走過去，我們就可以走出這裡。可是，我不喜歡這樣。大野木，怎麼辦？」

根本不需要問。

「不能幫她一把嗎？」

「來試試看吧，雖然可能會違反自然的法則。」

「是這樣嗎？」

「帶刀老以前總是說『要維持人類和鬼怪之間的平衡，爲此不得不有一些犧牲』。我們吵過無數次，可是，我就是不喜歡這樣。我沒辦法接受。」

最後就被趕出師門了。他笑著說，站到不久前經過的紙門前方。

「就是這裡。這裡的話，還來得及。」

千早的右臂，燃燒般的青白色右手抓住紙門。

「大野木，你不能去摸喔。雖然你應該摸不到，但有可能接收到詛咒。」

「這樣啊。嗯，畢竟是紙門，就算對面有另一個空間也不奇怪，是吧？」

「不知道可以幫到她多少就是了。」

●

紙門一開，我們就佇立在漆黑的山中。

「千早，這裡是……？」

「安靜。」

這樣厲聲提醒的千早居然有右臂。不是平常那種半透明的狀態，而是眞的有實像在眼前。

「嗯？啊啊，因爲這是在畫裡。比起這種事，你有看到那個嗎？」

順著千早指的方向望去，可以看見火把在黑暗中晃動著靠近。

「是那些鬼，不對，是那些攻擊她的村民吧？」

「大野木，你和他們打會贏嗎？」

「這……要一次跟這麼多人打實在太難了。再怎麼看也有將近三十個人。」

「咦，你是為了什麼才去學綜合格鬥技的啊。這些都是一般人喔。不過，可能有拿圓鍬或斧頭當武器就是了。」

「有武器的農民不叫一般人吧？先不管這個，現在要怎麼辦？」

「總之，先找到她吧。」

「我知道了。可是，要怎樣才能找到她？」

「我看得見，你放心。我們得快點，要在被追上前與她會合。」

「嗯。」

千早打頭陣，在獸徑上奔馳。半夜的山上，要不是今晚是滿月，根本連自己的手腳都看不見吧。不過，是因為現在有右臂嗎？千早奔跑的速度快到平常根本沒辦法比。看來，四肢的殘缺果然會影響全身的平衡。

「找到了。」

她躲在樹叢裡。要是千早沒告訴我，我肯定會看漏。她蜷縮著身子拚命屏住呼吸的身影，看得我心頭一緊。

「什麼啊，還是個小鬼。」

「是、是誰？」

一臉害怕地回頭的她，年紀遠比想像中還要小。和服上血跡斑斑，她一定嚇壞了吧，眼淚大顆大顆地掉。臉和手腳到處都是擦傷和割傷。

「安靜，我們沒有時間了。這樣下去，妳會被村裡那些傢伙殺害吧？」
她的神情依然充滿懼色，不停點頭。
「我被選爲白羽之箭（註）。可是我害怕，就逃跑了。大家一定很生氣，但我還不想死。我不想死。」
她被逼到走投無路，除了仰賴形跡可疑的我們，別無他法了。
「欸，我們是來幫妳的。但妳回不去村子了，也不可能逃到其他地方，結局無法改寫。可是，或許能讓事情變得不要那麼悲慘。」
「這是什麼意思？」
「我要帶妳去山神的家，祂一定會歡迎妳的。」
「不會痛吧？我不用再挨餓了嗎？」
「對。」
我拉住她的手，要扶她站起來時，才發現她背上和肩膀上都有傷。背上是箭傷，箭已斷了半支，還流了不少血。衣服上不斷滲透擴散的紅色痕跡，彷彿透露著她的時間所剩無幾。
「痛嗎？」
她搖搖頭，那張臉沒有一絲血色。
「動作快，我來背她。」
「不，我來。大野木，麻煩你守住背後……他們很接近了。」
「我明白了。千早，如果死在這裡，我們會變成什麼樣？」
「就是那些紙門畫上會多了慘遭殺害的我們嘍。」

「果然……」

「好，走吧……」

千早背起她，朝山頂邁出穩健的步伐。如他所說，背後的嘈雜聲不斷靠近。不管怎麼看，他們應該都會先追上我們。人數又多，就像去山上圍獵一樣。

「千早，我要離開一下。你先走，不用管我。」

「……我知道了。總之，就是往山頂走。」

「好，晚點見。」

他們跑了起來，我轉身背對他們，心裡有所覺悟。既然一定會被追上，我就必須殿後，完成自己的職責。

趁著暗夜，我屏住呼吸，朝腳步聲傳來的方向走去。

過了一會，只見有兩個人在樹林中走動。肌膚曬成淺黑色，只拿著火把。畢竟他們在追趕的只是一名負傷的年輕女子，身上沒帶武器也很合理。我順了順呼吸，試圖平緩急躁的心跳。要是遭到反擊，後果不堪設想，萬一他們趁隙大聲求援，我就會被一群人包圍殺害。

我從藏身的樹後，站到他們背後。不能遲疑，我從後面朝右邊那個男人的太陽穴就是一拳。我無視手上傳來的不舒服觸感，又揍向愣愣杵在左邊的那人眼睛，從背後施展裸絞，緊緊勒住他的脖子，壓扁他的氣管，不讓他有機會慘叫，效率極高地讓他暈厥。右邊那個男人

註：傳說日本古代習俗是活人獻祭時，會在即將成爲祭品的少女家屋頂擺上白羽之箭，也就是用白色羽毛製成的箭作爲記號。

恍惚地想爬著逃走，於是我也牢牢勒住他的脖子。

「這種不符合公務員風格的動作，我愈來愈上手了。」

面對鬼怪，我幾乎是無能爲力，所以至少希望在面對人類時能有一點貢獻。出於這個想法，我才開始學格鬥技。看來，這決定挺正確的。

「我得趕緊和他們會合。」

我擦掉滴落的汗珠，朝山頂跑去。火把的亮光還很遠。現在的話，應該還逃得掉。

我捲起袖子，全速奔過獸徑。雖然平常以山徑越野跑鍛鍊體力，我算是習慣在這種凹凸不平的路面上跑步，但現在畢竟沒穿鞋子，腳底痛得要命。我抱著必死的決心一邊向前跑，一邊望向天空，卻發現異象，不自覺地停下腳步。

夜空正在鬆弛，就像和紙起皺摺般逐漸綻開。

「紙門畫開始崩毀了？」

我慌忙加快速度跑向山頂。

然後，很快就趕上背著她的千早。

「讓你們久等了。」

「辛苦了，沒事吧？」

「沒事。比起這個，要繼續朝山頂跑嗎？還相當遠哪。」

「不，大野木，你幫我們爭取到了時間，不用擔心。而且我們快到了。」

到哪裡？我還來不及問出口，忽然就跑出了樹林外。眼前，曾經見過的大型屋敷盤踞似地佇立著。就像在此刻突然出現一樣。

「你看，到了吧。妳起得來嗎？」

她緩緩睜開毫無血色的眼皮，看見那座屋敷，不禁睜圓了雙眼。

「啊啊，山神的屋敷，好氣派。」

放我下來，她虛弱地說。從千早的背上下來後，她勉強用無力的雙腿站定，仍是一副隨時都會倒下去的樣子。然而，她轉身背對我們，朝屋敷邁出腳步。

「謝謝。到這裡，就好。往後，我就是屬於山的了。」

她微微一笑，下定決心似地輕聲說。在那雙眼睛中，我似乎看見了強而有力的光芒。

「救不了妳，抱歉……」

聽見千早歉疚、好似在哭的話聲，她搖搖頭。

「比起被爸爸他們殺死要好太多了。」

她自行打開屋子的大門。中庭裡，櫻花飄落著，春天的香氣瀰漫。綻放光彩的蝴蝶飛舞著，幻想般的美麗景象令人目眩神迷。

「——謝謝。」

她走進門後，伴隨著一道厚重聲響，門關上了。

下一瞬間，眼前的光景暗了下來。

●

回過神，我們兩個都躺在寬敞的和室裡。

我甩了甩昏昏沉沉的頭，爬起身，只見木格拉門開著，外頭是洋溢著春光的中庭。櫻樹和梅樹同時開花，顏色深青如湖底般的鳥站在枝頭上。

連一扇紙門都沒有，只看見木格拉門。不同於剛來的時候，現在和帶刀老的屋子一樣，有種十分協調的感覺。

「千早，你醒醒。」

我搖醒千早。他伸直手腳，正要打呵欠又拚命忍住。

「痛痛痛！我的腳好痛。」

這麼說來，我們只穿著襪子就在山裡跑來跑去，腳底全是傷。當時只顧著逃命忘記了，現在放鬆下來就覺得相當痛。

「傷都還在耶。」

「因爲不是在夢境裡啊，沒那麼好的事。但痛得很有價值，不是嗎？」

我望著中庭，同意他的話，腦海裡閃過少女最後的背影。

「有超出預期的價值喔。畢竟她自己進了山神家。沒有慘遭生父殺害，也沒有陷入絕望。儘管結局一樣，但走向結局的過程應該要是一種救贖。」

「幹麼啦，大野木，你在哭嗎？」

「我沒哭，你看錯了。」

「你眼睛濕濕的不是嗎？」

我們相視而笑，終於站起身。雖然全身上下都在痛，但最好不要久留。

「對了，聽說可以在迷家裡挑一樣喜歡的物品帶走。」

「哦，不過視線範圍內，連一扇紙門都沒看見耶。算了吧？這種時候如果太貪心，不會有什麼好事。」

「呵呵，也對。那我們就帶著彼此的命回去好了。」

「嗯。」

走出屋子，回過頭，不出所料，屋子忽然消失了。迷家十分罕見，是神明的屋子，可不是隨隨便便就能遇到的。

不過，如同民間故事常有的發展，老實人有福氣。

歷經一番波折回到卡車上時，車斗上擺著沒看過的巨大藤編籃。

我頓時心生警戒，千早不以為意，興沖沖地爬上車斗，打開籃子的上蓋，笑道：

「大野木，快來看，是她給我們的餞別禮。」

我趕緊爬上車斗，朝籃裡看去，裡面收著一件優雅的櫻色和服。

「原來那件紅色和服，原本是這個顏色啊。」

千早的話讓我熱淚盈眶。

如果那屋子裡留有一幅紙門畫，上面畫的一定是她穿著這件美麗和服的絢爛身影吧。

惡會

書上常寫什麼「鐵鏽味在口腔中擴散開來」，實際上如果嘴裡全是血，血的味道其實就還是血的味道而已。最重要的是，我沒有實際咬過鐵塊，根本不知道什麼是鐵鏽味。

在逐漸遠去的意識中，我迷迷糊糊地想著這些事。

「喂，沒空讓你昏倒。」

我正要抬起臉，左頰就挨了一拳。猛烈的衝擊使我眼冒金星。嘴巴裡有股不對勁的感覺，我伸舌頭過去檢查，最糟糕的事發生，看來臼齒斷了。當然，嘴巴裡到處都是傷口，被揍太多下我都搞不清楚情況了。

這裡是地下室嗎？四周沒看見窗戶之類的東西。腳邊地面像是方便用水沖洗般略微傾斜，我的血才剛湧出來就從排水溝流出去。我被綁在金屬椅上，唯一值得慶幸的是，身上的衣服還好好穿著。

我吐出一口血，斷掉的臼齒掉在地上。

「靈能力者大師，你就幫個忙吧。我也不喜歡動粗啊。」

「那你不如停手？」

又是一下。這次換心窩被狠狠踹了一腳。我沒辦法呼吸，胃裡的東西湧上喉頭。

「看來你不是一般人。通常被揍成這樣會叫得更慘。你那右臂也是因爲什麼抗爭才沒了的嗎？」

「車禍。我是一般人……甚至不是貨眞價實的靈能力者。」

我左眼的眼皮腫了，看不太清楚，只能勉強用右眼看著眼前這個男人。他是個流氓打扮的大塊頭，面無表情到令人毛骨悚然。像這樣把人抓回來痛扁一頓，對他來說大概是家常便飯吧。

實在失策，我懊惱地想。早知道平常就應該多把大野木的忠告聽進去。

「欸，小哥，我只是有工作想委託你。一點都不困難，就像你平常做的那些，聆聽死者的聲音，找出我正在尋找的答案。就是這樣而已。只要你點個頭，除了酬勞，我還會付你醫療費。」

「哦，會把我平安送回家嗎？」

「當然。」

「少騙人。依我的經驗來看，像你這種人，榨乾對方的利用價值後才不會讓人活著離開。」

他要是那種說話算話的人，怎會幹出這種事。

「……你不怕死嗎？」

每個人都愛問同樣的問題。

「那是遲早的事吧。我會死，你也會死，沒有人不會死。」

倒是沒錯，男人恨恨地說，脫下沾滿鮮血的襯衫丟到地上。那些全是從我身上噴出的血。自己現在究竟是什麼模樣，我連想像的力氣都沒有了。

「是右眼可以看見靈體？——那左眼就不需要了吧。」

儘管我不喜歡自己現在痛到沒辦法笑得很自然，但這種時候我決定就是要逞強到底。要哭著求他饒命也不是不行，但這傢伙大概只會喜孜孜地繼續揍我吧。

就算要死在這裡，我唯一想避免的，只有讓大野木從這種傢伙口中聽到我悽慘的死法。

「少開玩笑了，不要擅自增加別人的魅力。」

男人臉上浮現殘忍的笑容。

「那就從頭再來一輪好了。爲了你自己好，勸你在還有牙齒時就答應幫忙。」

他緊握的拳頭中，滴下我的血。

這或許是我用左眼看到的最後一個畫面。

○

我立刻察覺事態緊急。

千早說要出門，出去後已過兩小時，打電話到手機都沒人接。雖然這種情況很平常，但連對緊急用的鈴聲都沒反應就很奇怪了。我用定位系統找出的座標，是一條流經市內的河流，恐怕是有人把手機丟進河裡了。

照理說，我應該報警，但事態緊急，還要說明情況太浪費時間了。解決案子、釐清狀況，這些事都等以後再說，現在最重要的是得盡快找到他。

我取下眼鏡，換成隱形眼鏡，穿上平時的西裝。儘管這身打扮不方便活動，但不管去哪裡都顯得自然，可說是最大的優點。

我跑遍市內各地，探尋各種可能性。

我想得到的原因有兩個。

第一個是，被捲進隨機殺人的犯罪現場。

他在外面碰上一起案件，失去聯絡方式，甚至身受重傷倒地。不過，手機被丟棄的那條河流經的馬路，往來行人算是多的。在那種地方一個人倒在地上卻沒有引起騷動，也沒有被任何人發現，實在不合理。這個可能性很低。

另外一個就是，計畫性犯案。

有組織的犯罪集團抓走了他。依目前狀況來看，這是最合理的推測。儘管缺了一隻手臂，但他經歷過不少驚險難關，要在一瞬間，而且不引起旁人注意的情況下抓走他，需要一定的經驗和本事。但如果是反社會團體那類慣於使用暴力的傢伙，應該相當有可能吧。

若是前者我就束手無策了，不過要是後者，我就得去有機會突圍的地方拜訪一下了。

「畢竟有句話說，內行看門道嘛。」

此刻我才發現，自己握著方向盤的手用力到都發白了。我出乎意料地慌亂。不過，雖然因爲他被抓走的事實感到慌亂，但頭腦某處同時也極爲冷靜。有一個部分冷如寒冰，什麼感覺都沒有。

現在需要思考的是，最近的工作內容和人際關係。在什麼樣的狀況下，會有人想要抓走他？

我在一棟大樓前停好車。儘管常從縣警口中聽到一些傳聞，但可能因爲這地方基本上跟一般公務員扯不上關係，我感受到一種奇特的壓迫感。

直接殺過來或許是有勇無謀，不過爲了確認自己的猜測是否正確，這是最有效的方式。

馬上就有幾個凶神惡煞的男人從裡面走出來，在隨時可以出手的距離停下。他們的身高和體格都不同，該說眞不愧是黑道嗎？毫無感情地看著我的每個人都自帶威嚴。

「藤村部長派我來的。請問大園先生在嗎？」

我一這樣說，那些原本瞪著我的男人表情瞬間就變了，馬上帶我進去。

我爬上階梯，走到三樓。組員朝最裡面的房間揚聲說：

「若頭（註），藤村先生派了人過來，該怎麼處理？」

「噢，讓他進來。」

野獸咆哮般的低沉聲音響起。我走進去，房內擺設和我原本預想的截然不同，像一間總經理辦公室。辦公桌上擺著一堆堆文件，書架上也陳列著好幾個資料夾。

「藤村先生居然會派人過來，天要下紅雨了。」

一個小個子男人溫和微笑。年齡應該和藤村部長同歲或小幾歲，八成有練過柔道，兩邊耳朵像瘤一樣腫脹，右邊拳頭上可以看到撕裂傷的痕跡。

「突然造訪有失禮數，還請多多包涵。這是我的名片。」

「噢，你好、你好。」

我禮數周全地奉上名片，對方也客氣地遞來名片，上面寫著「本堂勇」。

「來，先坐下。坐下再談事情。」

在他的招呼下，我在沙發坐下，背後有兩個組員無聲站著。

「大野木龍臣先生是吧？啊啊，現下是你在負責對策室啊。原來如此，我有聽到消息。我們組裡的年輕人，之前受過你們關照吧？就是公寓大廈還什麼的那次。」

「對。當時沒能過來打招呼，實在很抱歉。」

「啊啊，哪裡，不用在意。人民的公僕本來就不好隨意進出我們暴力團的辦公室。畢竟大家都有自己的立場——所以，像這次直接把車停在辦公室前面，這種行為我實在不敢苟同。你看起來很聰明，應該不是蠢蛋才對。」

更加低沉而厚重的聲音震撼了我。那是會讓人後背爬滿雞皮疙瘩的聲音。

「真是抱歉，事情太緊急，我認為必須直接和這邊對話。只要您能回答我的問題，我馬上就走。」

「原來如此。不過，就算你是藤村先生派來的人，我也不會隨便答應你的請求。你說該怎麼辦才好？」

「當然。這次我是過來給您忠告的。」

我突然感覺到背後那些男人殺氣騰騰。

「哦，勞煩你特地跑一趟，還真是不好意思。你究竟是要來給我什麼忠告呢？」

「我接下來要說的話，是在報告現狀和推測，不過——是關於您手上的洗衣機。」

本堂臉色驟變，我感到房內的壓迫感又增強了。笑容從他臉上消失，彷彿要射穿我一般的目光緊緊盯著這邊。

「大野木先生，你清楚自己在說什麼嗎？」

「這純粹是我個人的推測，如果和事實有出入，請您聽過就忘。只是，如同我方才說過的，現在分秒必爭。」

我從口袋掏出手機，放到桌子上。

註：黑道組織中的第二把交椅，相當於下任組長。

「兩小時以前，我的工作搭檔櫻千早被人抓走了，現在安危不明，我認爲毫無疑問是職業人士下的手。」

「然後呢？」

「大約五天前，有一件委託不找對策室，而是直接找上被抓的他本人。詳細內容他不肯告訴我，但他回絕了那件委託。委託人的姓名是細田圭史。」

「沒聽過的名字……」

「這樣啊。問題在於，他拒絕了那件委託。他不接受工作委託的理由，通常分爲兩種。一種是他認爲自己處理不來。另一種是，他判斷不該接這個委託人的工作。然後，沒過幾天，今天他就失蹤了。我不懷疑這兩件事有關才奇怪。」

坐在眼前的本堂，一句話都沒說。

「關鍵是他被抓的理由。綁架一般人會伴隨相當高的風險。而被拒絕的委託人即使要承擔這麼高的風險，也一定要得到他的力量。而且，那還是只有他能辦到的事。八成是必須要從死者口中問出訊息吧？」

「…………」

「不惜借助外部，而且還是靈能力者這種不知是否可信的力量，也一定要問出來的訊息，究竟會是什麼？」

「……繼續說。」

「我透過自己的管道調查後，得知細田圭史是任職於市內一家會計事務所的會計師。聽說有段時間他爲某店的紅牌小姐一擲千金，債台高築。當時他借錢的對象，就是附屬於貴組的金融業者。」

「你……這麼多資訊，你是什麼時候查到的？」

我沒有回答，繼續往下說：

「像本堂先生這麼有見識的人，應該很容易想像得出來，會計師和暴力團組員暗地合作會是爲了什麼目的吧？」

我甚至有種感覺，只要稍微對這壓迫感有所退怯，自己就會被殺。爲了避免被本堂的目光擊倒，我絕不移開視線。

「細田是負責洗錢的。只要這麼假設，一切就都說得通了。不過，細田在一場意外中過世。對方想知道的，八成是登入海外銀行帳戶的ＩＤ之類的資訊吧。他僞裝成細田提出委託，想透過我的搭檔問出資訊，沒想到被拒絕了，才不得不採取最後的手段吧。」

「……所以說是洗衣機嗎？」

「對，但我聽說大園先生是講理的人。這次的事，組織到底知情涉入多少，我並沒有興趣，不過如果我的猜測正確，這幾年應該突然有組員的資金周轉變好。我想知道的是，他個人名義下的房屋和不動產資訊。對貴組來說，這些資訊恐怕連查都不需要查吧？」

本堂先生雙臂交抱胸前，一語不發地盯著我半晌，才下定決心似地開口：

「你有證據嗎？」

「沒有，全都只是推測。不過，如果這個猜測無誤，此刻我的搭檔極有可能正在被那個人嚴刑拷問，對貴組而言，應該也會引發相當大的問題。」

「原來如此，所以才說是忠告嗎？我有很多事想問，但首先得幫組裡擦屁股。我最近才在想組織的平衡似乎正在瓦解，麻煩事變多了……權田這個混帳，居然連那方面都出手了。」

「權田……是這個人啊。」

「嗯，八成沒錯。那傢伙很可能這麼做。他在我們組裡也是屈指可數的武鬥派。如果要教訓那混帳，必須多派些人手。大野木先生，多謝。看來能趕在情況變棘手前，先下手爲強。」

「不客氣，不足爲謝。本堂先生，比起這個，請問您知道權田會在哪裡嗎？不是那種市中心經常有人進出的辦公室，而是遠離人煙，或者有鬧鬼的房子之類的。」

「這樣的話，我大概知道在哪裡，你打算怎麼做？」

「我要去接人回來。這是十萬火急的事。」

本堂先生頓時啞口無言，接著如雷鳴般大笑出聲。

「你很瘋狂耶。你這個男人，當公務員太可惜了。」

「謝謝。」

「權田那傢伙應該是在曾上的破舊辦公室。以前我們組裡的年輕成員住在那裡，不知怎地後來開始鬧鬼，漸漸沒人住了。現在就像是那混帳的安全堡壘。」

「謝謝您的協助。」

「幫我向藤村先生問好。聽說他現在還是常常抓狂啊？這次我大大欠他一筆了。」

一瞬間，我腦中浮現了問號。啊啊，我想起來了。

「眞的很抱歉，有一件事我說謊了。」

「啊？說謊？」

「對。我並沒有向藤村部長報告這次的事。一切都是我個人的判斷。爲了見到您，才撒謊說是部長派我來的。」

本堂先生露出啞口無言的表情，接著又是一陣大笑。

「我馬上就會派人去支援，你要撐住別死啊。」

●

醒來時，我躺在磁磚地板上。挨了好多拳的臉頰貼著冰冰涼涼的磁磚很舒服。不光是臉，全身上下每個地方都在痛，我根本無從判斷哪裡傷得怎麼樣了。總之，看來我還活著。呼吸很困難，大概是肋骨裂了。

「你挺能撐的嘛。」

氣喘吁吁的男聲震動了鼓膜。

我想講句話諷刺他，但口腔裡腫脹不堪，根本說不出話。我能感覺到左眼還在動，看來沒被打爛。萬一變成獨臂的獨眼龍，眞的就沒有女生會靠近我了。

「沒辦法，看來只能改變做法了。」

「嗯？」

「你好像寄居在別人家吧。我把那傢伙也抓過來，讓你看著他落得跟你一樣的下場，說不定你會改變想法。」

我不由得想像起，大野木也被痛扁一頓的畫面。嗯，他比我壯得多，平時又有在鍛鍊，說不定根本沒什麼效果，但這句話光聽就令人火大。更重要的是，我就是討厭因爲自己的大意害完全無關的人受傷害，這種事根本不合理。

「我豁。」

我明明說的是「我說」，嘴巴太腫了，發不出正確的咬字。

「啊？」

「我是豁，我高蘇你。」

「你是說『我告訴你』嗎？哈哈哈，搞什麼，你這傢伙。被揍成這樣連滴淚也沒掉，卻無法忍受朋友被扁嗎？眞無聊。你白白挨打了。」

他用鋒利的刀子唰唰割斷將我綁在椅子上的繩子，忽然變輕鬆的左臂被他硬往上一扭，劇烈的疼痛害我忍不住呻吟，眼前金星直冒。痛到我連呼吸都要忘了，意識逐漸遠去。

「啊啊，左臂也斷了。快點，往前走。」

你這個王八蛋！我眞想罵一句，再向他吐口水，但嘴巴裡不斷有苦澀血水流出來，光是張口我就差點要咳嗽，連洩憤都做不到。

「要不是那個混帳會計師，才小小捉弄他一下就死了，也不用像這樣把你牽連進來。你要恨的話，就去恨他吧。你們這兩個死腦筋的，正好去那個世界當好朋友。」

下了兩級通往地底下的階梯，我看見昏暗通道上站著一個男人。他是死者。不，仔細一看，到處都是，每張臉都帶著畏懼的神色看向這個男人。恐懼和苦悶的心情傳了過來。

「這裡。」

通道底端，是一個原本該停著電梯的長方形大洞。沒有門，外觀是生鏽腐朽的顏色，一股腐臭味刺激著鼻子深處。

「啊啊，混帳，有夠臭。又得撒些石灰了。」

我朝洞底看了一眼，背後爬滿雞皮疙瘩。

滿滿的死者站在地獄底端、黑暗深處，沒有眼珠的空洞眼窩一齊望向這邊。令人毛骨悚然的怨恨及穢氣纏繞成漩渦。他們的腳邊，變成紅黑色的人類屍體，層層疊疊地堆成一座小山。

我心想「這個不能看」，緊緊閉上眼。這不是我處理得來的。不是兩、三個人而已，數不清的遺體像遭到廢棄似地，一具交疊著一具。

「這裡是垃圾桶，礙事的東西全丟進去就行了。這棟大樓原本隸屬於一個宗教團體，自從轉到組的名下後，有段時間是我們組裡的年輕成員住在這裡，但一直有人嚷嚷著看到奇怪的東西，煩得要命。現在就是我的城堡嘍。」

原來如此。看來，那個宗教團體也不是什麼正派組織。

「好了，你注意聽死者的聲音，問出石沉大海的號碼。動作快，不然你就會落得只能用折斷的手腳爬來爬去的下場。」

要是掉進這種地方，必死無疑。就算沒有死於下墜的衝擊，也會遭到咒殺。

轟轟！震動聲突然響起。老化腐朽的升降機發出淒厲慘叫，我以為是那些沾滿鮮血的重錘從毫無遮蔽的地方一直往上升，卻是電梯降下來了。

男人臉色大變。那是一種看見難以置信的事物的神情。他一改方才那種嗜虐殘暴的神態，臉上滿滿都是恐懼。

「喂，別開玩笑了。爲什麼突然動了？以前一次都沒有動過啊。」

碾碎骨頭和肉塊的聲音響起，緩緩降下來的電梯，布滿紅鏽的門板發出尖叫般的聲音，往左右打開。

電梯裡，一個熟悉的男人身穿西裝出現。

一看見我，他瞬間露出屏息的神情，臉上很快又浮現微笑。是我至今從未見過的笑法，令我不寒而慄。

原來大野木也會有這種表情啊。

百年難得一見地，他抓狂了。

●

乍看之下，這棟大樓的構造很像一家培訓機構，可是又不像日常使用的地方。蓋好應該很多年了，老化得相當嚴重。牆壁表面布滿裂痕，什麼時候倒塌都不奇怪。好像還有供電，但看不出是可以住人的地方。

按照原先的計畫，我從正面入口進去。我從外套口袋掏出拳擊手套，一邊戴上一邊把領帶鬆開拿下來。

「喂，渾球！」

一個男人從面對通道右側的一扇門出現，我用掌底狠狠砸向他的左眼，再用全身重量狠狠踹向半開的那扇門。男人的臉被門夾住，痛苦呻吟著倒下時，我又朝他後背重重踩下去，他當場就不動了。約莫是眼眶骨折、肋骨受損吧。

趁著每週上健身房鍛鍊身體的空檔，由於我希望對工作有所幫助，又開始練綜合格鬥技，但這些技能幾乎派不上用場。因爲，靈又揍不到。就這一點來看，人類對手就是又簡單又好，揍了就會倒，勒緊脖子就會昏厥，非常符合邏輯。

背後傳來怒吼，我一轉身就先使出迴旋踢，牽制他的攻勢。手持鐵管的年輕男人上半身後仰閃避時，我立刻使出擒抱，從膝蓋後面把人抬起摔到地上，利用他抓過來的右臂爲軸心翻了個前滾翻，扭轉他的關節鎖死。我一站起身，那個男人就發出慘叫，於是我用皮鞋鞋尖對準他的臉狠狠踹下去。

「不像在健身房練習時那麼順利耶。」

這是我第五次實戰，但並不如想像中順利，以後或許也該練練怎麼用武器。

我向摀著臉痛苦打滾的男人說：

「問個問題，你們抓來的那名年輕人在哪裡？」

男人邊哭邊搖頭。右臂的肘關節脫臼，韌帶也斷了，他現在想必痛得要命——我的鞋底緩緩踩上那處關節。

「我再問一次，你們抓來的那名年輕人在哪裡？」

「我、我不知道！是權田先生帶走了！」

「你這回答有說等於沒說。」

腳底傳來肉塊組織逐漸被踏爛的不舒服觸感。即便如此，我頭腦某處冷靜得出奇。我根本不同情這個男人，在心頭逐漸累積的只有煩躁。所謂的反社會勢力，說穿了就是即使長大成人，依然選擇用暴力來面對社會的集團。對這種違法集團使用暴力，我不會感受到良心的苛責，只感到氣憤。我這邊可是分秒必爭，事情卻毫無進展。

這時，轟轟！伴隨著響徹整棟建築物的巨響，通道底端的電梯門打開了。電燈不停閃爍，裡面站著一個年輕人，正朝我招手。應該是本堂先生安排來爲我帶路的吧。

「謝謝。」

我跑進電梯，門關上後，電梯伴隨著轟隆巨響朝地底下移動。內部裝潢破舊不堪，貼在壁面的鏡子都是髒汙，根本照不出東西。站在操作盤前方的年輕人一直垂著頭，一句話都不說。喇叭壞掉了嗎？不知從哪裡傳來一大群人低喃或呻吟般的聲音，聽了心裡毛毛的，但現下不是在意這種事的時候。連頭上滴落的紅黑色油脂，我也不放在心上。

只要千早平安無事，一切都無所謂。

不久後，電梯停了，那個年輕人的身影忽然消失不見。

我還來不及疑惑，厚重的門板就往左右打開，門前方的那條通道上，我看見渾身是血的千早。他背後站著一個人，但那種東西已進不了我的眼。

才看一眼，我就知道千早傷得很重。左眼眼皮腫成紫色，鮮血不斷從嘴巴湧出來。牙齒斷了嗎？臉腫成歪歪斜斜的形狀。衣服上到處是紅黑色血跡，左臂扭成奇怪的角度，軟趴趴地垂下來。

太好了，我說著露出笑容。終於趕上了。

接下來只要解決眼前這個大塊頭男人，事情就結束了。當然，對方不是能講道理的人。濫用暴力的人，就必須用暴力讓他屈服。

而且，此刻這種方式正合我意。

○

大野木不像我這種一年到頭都癱在沙發上耍廢，偶爾心血來潮才去散步的懶人，他常靠游泳或肌肉訓練來鍛鍊身體。

他在家裡也常趁打掃或煮飯的空檔舉啞鈴，平常我只覺得他真的好勤奮，現在看來，他不光是單純要鍛鍊身體而已。

他閃過大塊頭男人的拳頭，右手抓住對方的手臂。大野木把那條手臂往自己的方向一拉，鑽進對方懷中，手肘對準對方的心窩狠狠一擊。彎曲的手肘外側深深埋進對方的衣服裡。他的動作如行雲流水，順勢抓住對方的手臂往上一扭，把手放在對方的手肘上，一拉一轉，就把對方摔到地上。然後，他毫不留情地用皮鞋踏住對方的肩窩。

喀擦一聲響起，我這可不是在比喻。

不知是斷了還是脫臼，總之大塊頭男人的右臂軟綿綿地癱在地上。

目睹剛才還把自己當成破抹布一樣蹂躪的混帳東西當場屈服於暴力的身影，心情確實很暢快。只是，徹底抓狂的大野木下手毫不留情的程度真是不得了。

對方好歹是流氓，不可能一直被普通人壓著打。大野木確實也吃了幾拳，只是看起來似乎完全沒有效果。

不，眞的是毫不留情。繼右臂之後，這次換左臂被扭轉折斷，兩隻手臂看起來就像個卍符號，然而大塊頭男人依然沒有喪失鬥志。他也是精神不太正常，別說發出慘叫了，他還一副「老子要踹死你」的態度不斷抬起雙腿，如野獸般狂吼著。

相對地，大野木很沉默。只是一臉淡然地揍他、踢他，抓住關節用力一折。宛如一台被命令要以高效率完成任務的機器。

「好恐怖……」

我忍不住脫口而出。

突然間，我注意到電梯口站著一名死去的年輕男人。他脖子上殘留著被緊緊勒過的痕跡。他按下按鈕，電梯發出淒厲的聲響，朝樓上爬升。門依然開著，那一大片凝結般的黑暗又出現了。

我撐起陣陣發疼的身體，一邊小心避免掉下去，一邊探頭窺視那個長方形大洞。只見層層交疊在坩堝裡的屍體，以及站在上方的一群死者，我下定決心觀看這裡的過去——大批信徒聚集在此。群眾情緒高漲，歡欣鼓舞，每個人都如癡如狂地陶醉在幸福感中。一個理想中的共同體實現了。表面上是培訓機構。必須要用特殊的方式按下操作盤，電梯才會往地底下移動。一個爲了推廣完全教義的神聖空間。雀屛中選的信徒們的幸福生活逐漸傾斜。隨著日子過去，開始有人抱怨不公。比起用言語溝通，訴諸暴力的做法愈來愈常見。教祖的焦慮和狂妄。謳歌著最下級信徒們的崇高犧牲。在同儕壓力中，撐不下去的信徒接連被殺，財產遭到沒收，在地底下的聖域殉教。來送交財產的家人，也被拉進來變成信徒。監禁、暴力、拷問，每個人都慢慢沉醉在血腥氣味中。情況急遽惡化，屍體愈來愈多。有人想到可以利用電梯的軸承來處理屍體。連「殉教」這個詞都被放棄，「肅清」一詞則遭到濫用。被扔進去丟棄、愈疊愈高的屍體數量持續攀升。終於，所有信徒都死了，教祖及幹部們坐擁龐大財產。他們打算逃亡到新天地時，由於不幸的意外摔下去，撞到軸承死了。鈔票和屍體一起逐漸腐爛。

信徒們信奉自己的神，最後走到的結局。

我忍不住當場嘔吐。看著混血的胃液在地面上擴散開來，我暗想：好久沒遇上這麼噁心的事了。原來如此，帶大野木到這裡來的，也是他啊。

重物撞上牆壁的劇烈聲響傳來，我回過頭，大野木被打飛的身體癱軟地靠著牆。是撞破頭了嗎？他右半邊臉都是血。

「大野摸！」

我趕緊跑過去，他是吃了一記擒抱嗎？下半身感覺受到重創。

「千早，你沒事吧？」

「啊呀，刊也資道吧。」

怎麼看都是受了重傷吧。算了，大野木身上也到處都是瘀青和傷口，模樣十分悽慘。大塊頭男人折斷的雙臂癱軟下垂，他看也不看我們，拚命用肩膀按電梯按鈕。轟轟！頭上傳來巨響，電梯開始下降。

「混帳東西！不要以爲你們可以平安回去！我要召集手下把你們打死！」

一頭滿心憎恨的氣憤野獸在狂吠。不過，我不會讓他如願。

「趁現在。」

啊?大塊頭男人一臉傻呼呼的。然後，聽見我這麼說的會計師，一直掛在男人背後的會計師靈體，臉上浮現壯烈的笑容，身體往後倒下。

「咦!」

男人的身體像是嚴重失去平衡，整個人向後倒。他拚命想伸出手抓住邊緣，才忽然意識到自己的手臂斷了。雙臂都不聽使喚，軟綿綿地垂著，男人就以這副模樣消失在黑暗中。

很長的一聲慘叫響徹整棟樓，啪唰!肉塊砸爛的聲音響起。

我靠著大野木的肩膀，正要窺探長方形大洞時，電梯像要遮住那一幕似地正好到了。就像在對我說，沒有什麼好看的了。

「回去吧……」

「嗯。」

善後工作等之後再說吧。儘管不想和這件案子扯上關係，但他領著大野木到這裡來，這份恩情必須還。

慢慢上升的電梯底部，淒厲慘叫聲響徹地獄底端，不過那種事都跟我們無關了。

○

最後，我落得住院的下場。

牙齒斷了八顆，視網膜和下顎骨破裂，左上臂骨折，肋骨有七根骨折，內臟多處發炎，挫傷、打撲傷多達二十處以上。傷成這樣居然還沒死，連我都不禁要佩服起自己了。聽說大野木之前強迫我加入的保險會理賠一大筆錢，我決定要當成是一筆特別獎金。

受輕傷的大野木每天都來醫院看我，由於他無微不至到我媽都會自嘆弗如的程度，我馬上就把他趕出去了。而且他每次一看到我，就要向我道歉，實在麻煩透頂。實際上，大野木根本沒做錯任何事，他顧慮這麼多反而讓我渾身不自在。

更何況，這次要不是大野木來救我，我肯定早就被殺了。

無論何時死去都是沒辦法的事，我明明一直是這樣想的。但一看見及時趕到的他，我打從心底鬆了口氣，實在太丟人了。

算了，我決定轉換想法，其實住院這種事偶爾體驗一下也不壞。這家醫院的護理師個個都是美女，我不方便自己去洗澡和上廁所，備受照顧。所謂的白衣天使，看來未必是假的。不過，讓新手護理師照顧我的下半身，實在讓人害羞到臉頰都要燒起來了。就我個人來說，還是資深的姊姊比較好。

來探病的只有大野木一個人，我閒得發慌。會面時間結束後，那傢伙悄悄現身了。

「哎呀，眞是一場災難，傷得好嚴重。」

在別人的病房裡光明正大地抽著菸管的，就是夜行堂的店主。她穿著平常那件開襟衫，背靠窗邊站著。

「眞難得，妳居然會離開店裡。」

「只要時間別太久。」

呼，她吐出一口煙，彷彿會使人麻痺的甘甜香氣縈繞在我周圍。

「不要在病人面前抽菸啦。」

「你是受傷吧？而且我如果不抽菸就會死。」

「殺也殺不死的傢伙居然有臉這樣說。妳有什麼事？妳不是來探病的吧？」

「不，我就是來探病的。我想親眼看一下你的臉。嗯，沒想到居然腫得這麼大，好像膨脹的麵團。」

「我現在這樣算是恢復很多了。受傷的隔天，臉幾乎變成一倍大。」

慘烈到連湯匙都咬不住，眞的很難受。

「誰教你亂來。你活得太拚命了。這次就算被殺也不足爲奇，你最好重新想想自己該怎麼活。」

「沒想到我居然會被怪物擔心。我是生是死，對妳來說應該沒什麼差別吧。」

「不，我很看好你。畢竟沒幾個人能像你一樣，站在那個世界和這個世界的中間。如果是你，一定可以拿到我想要的東西。」

「又是這件事。妳還沒找到嗎？」

「嗯。不過我已從很多人身上打聽到相關資訊。我甚至還聽說，之前東西是在木山的姪子那裡。」

「那樣的話，有可能在他女兒鷹元楸手上嘍？不好意思，我不想和那傢伙扯上關係。那傢伙雖然有人類作爲容器，實力跟妳可是不分上下。話說回來，妳剛才不是還在擔心我的安危嗎？」

那等於是叫我去拆一顆原子彈。那可不是開玩笑的。

「呵呵，既然直接觀看到的你都這麼說了，八成就是那樣吧。不過，總有一天你們會遇上她的。這一點我敢肯定。」

刻在翡翠羅宇上的饕餮嗤笑著。化爲人形的黑暗就在眼前，這一點我很清楚。

「欸……妳的那個容器，是誰的？」

店主沒有回答，只是淺淺一笑，宛如融解般消失了。

「這傢伙眞是的，要緊的事總是一個字都不透露。」

我望向窗外，傍晚時分的美麗月亮高掛天際。

好似某個人的眼睛，是豔紅而美麗的滿月。

恠35／夜行堂奇譚

原著書名／夜行堂奇譚
原出版社／産業編集センター
作　者／嗣人
翻　譯／徐欣怡
責任編輯／陳盈竹
編輯總監／劉麗真
事業群總經理／謝至平
發 行 人／何飛鵬
出 版 社／獨步文化
城邦文化事業股份有限公司
115 台北市南港區昆陽街16號4樓
電話：(02) 2500-7696　傳眞：(02) 2500-1967
發　行／英屬蓋曼群島商家庭傳媒股份有限公司城邦分公司
115 台北市南港區昆陽街16號8樓
網址／www.cite.com.tw
讀者服務專線／(02) 2500-7718；2500-7719
24小時傳眞服務／(02) 2500-1900；2500-1991
服務時間／週一至週五：上午09:30～12:00；下午13:30～17:00
讀者服務信箱E-mail:service@readingclub.com.tw
劃撥帳號／19863813
戶名／書虫股份有限公司
香港發行所／城邦（香港）出版集團有限公司
香港九龍土瓜灣土瓜灣道86號順聯工業大廈6樓A室
電話／(852) 25086231　傳眞／(852) 25789337
E-mail:hkcite@biznetvigator.com
馬新發行所／城邦（馬新）出版集團Cite (M) Sdn Bhd
41, Jalan Radin Anum, Bandar Baru Sri Petaling,
57000 Kuala Lumpur, Malaysia.
電話：(603) 90578822　傳眞：(603) 90576622
E-mail:cite@cite.com.my

封面插畫／廖珮蓉
封面設計／高偉哲
排　版／游淑萍
印　刷／中原造像股份有限公司
●2024年10月初版
售價450元
YAKOUDOU KITAN

Originally published in Japan in 2022 by Sangyo Henshu Center Co., Ltd.
Traditional Chinese translation rights arranged with Sangyo Henshu Center Co., Ltd. through AMANN CO., LTD.
 ISBN 9786267415702（平裝）
9786267415689（EPUB）

國家圖書館出版品預行編目資料

夜行堂奇譚／嗣人著；徐欣怡譯．–初版．–
台北市：獨步文化，城邦文化出版：家庭傳媒城邦分公司發行，2024.10
面；公分. --（恠；35）
譯自：夜行堂奇譚
ISBN 9786267415702（平裝）
9786267415689（EPUB）

861.57　　113011547

獨步文化
APEX PRESS

廣	告	回	函
北區郵政管理登記證			
台北廣字第000791號			
郵資已付，免貼郵票			

115020台北市南港區昆陽街16號4樓
英屬蓋曼群島商家庭傳媒股份有限公司
城邦分公司

請沿虛線對摺，謝謝！

獨步文化
APEX PRESS

書號：1UT035	**書名**：夜行堂奇譚	**編碼**：

請於此處用膠水黏貼

獨步文化 APEX PRESS

讀者回函卡

謝謝您購買我們出版的書籍！
請費心填寫此回函卡，我們將不定期寄上城邦集團最新的出版訊息。

姓名：＿＿＿＿＿＿＿＿＿＿ 性別：□男 □女

生日：西元＿＿＿＿年＿＿＿＿月＿＿＿＿日

地址：＿＿＿＿＿＿＿＿＿＿

聯絡電話：＿＿＿＿＿＿＿＿ 傳真：＿＿＿＿＿＿＿＿

E-mail：＿＿＿＿＿＿＿＿＿＿

學歷：□ 1. 小學 □ 2. 國中 □ 3. 高中 □ 4. 大專 □ 5. 研究所以上

職業：□ 1. 學生 □ 2. 軍公教 □ 3. 服務 □ 4. 金融 □ 5. 製造 □ 6. 資訊
□ 7. 傳播 □ 8. 自由業 □ 9. 農漁牧 □ 10. 家管 □ 11. 退休
□ 12. 其他＿＿＿＿＿＿＿＿

您從何種方式得知本書消息？
□ 1. 書店 □ 2. 網路 □ 3. 報紙 □ 4. 雜誌 □ 5. 廣播 □ 6. 電視
□ 7. 親友推薦 □ 8. 其他＿＿＿＿＿＿＿＿

您通常以何種方式購書？
□ 1. 書店 □ 2. 網路 □ 3. 傳真訂購 □ 4. 郵局劃撥 □ 5. 其他

您喜歡閱讀哪些類別的書籍？
□ 1. 財經商業 □ 2. 自然科學 □ 3. 歷史 □ 4. 法律 □ 5. 文學
□ 6. 休閒旅遊 □ 7. 小說 □ 8. 人物傳記 □ 9. 生活、勵志 □ 10. 其他

對我們的建議：＿＿＿＿＿＿＿＿＿＿
＿＿＿＿＿＿＿＿＿＿
＿＿＿＿＿＿＿＿＿＿

為提供訂購、行銷、客戶管理或其他合於營業登記項目或章程所定業務需要之目的，家庭傳媒集團（即英屬蓋曼群島商家庭傳媒股份有限公司城邦分公司、城邦文化事業股份有限公司、書虫股份有限公司、墨刻出版股份有限公司、城邦原創股份有限公司），於本集團之營運期間及地區內，將以 mail、傳真、電話、簡訊、郵寄或其他公告方式利用您提供之資料（資料類別：C001、C002、C003、C011 等）。利用對象除本集團外，亦可能包括相關服務的協力機構。如您有依個資法第三條或其他需服務之處，得洽詢本公司服務信箱 cite_apexpress@cite.com.tw 請求協助。相關資料不提供亦不影響您的權益。

□我已詳讀權利義務之相關條款，並同意遵守。

請於此處用膠水黏貼